dtv

Im Hotel »Oslo Plaza« hat man die oberen Etagen abgeriegelt, und schwerbewaffnete Polizisten sind in der Umgebung postiert. In der Königssuite wurde soeben ein Friedensvertrag für Nordirland ausgehandelt, wobei das norwegische Außenministerium eine tragende Rolle gespielt hat. Der Vertrag soll sobald wie möglich im Osloer Rathaus in Anwesenheit zahlreicher Staatsoberhäupter unterzeichnet werden. Ein Alptraum für die beteiligten Sicherheitskräfte, denn es ist mit Anschlägen von einem Teil der IRA zu rechnen. – An Bord der »S/S Norway« befindet sich derweil ein Mann, der der Zeremonie im Osloer Rathaus rastlos entgegensieht. Er hat mit einigen von ihnen abzurechnen, und er ist unter dem Namen »Der Eunuch« bekannt …

Tande-P, Jahrgang 1950 und mit richtigem Namen *Alf Tande-Petersen,* ist einer der beliebtesten, geistreichsten und schlagfertigsten Zeitungs-, Hörfunk- und Fernsehjournalisten Norwegens; derzeit hat er sechs Sendungen beim öffentlich-rechtlichen Rundfunk. Verfasser von Theaterstücken und Revuen. Sein literarisches Debüt feierte er 1995 mit seinem Kriminalroman ›Besser wahr als nie‹; derzeit schreibt er an seinem dritten Krimi.

Tande-P

Die Rache der Falken

Thriller

Deutsch von
Karsten Lundt

Deutscher Taschenbuch Verlag

Deutsche Erstausgabe
März 1999
Deutscher Taschenbuch Verlag GmbH & Co. KG,
München

Titel der norwegischen Originalausgabe:
›Evnukken‹

Umschlagkonzept: Balk & Brumshagen
Umschlagfoto: © MAURITIUS
Satz: KCS GmbH, Buchholz/Hamburg
Gesetzt aus der Plantin 10/11,5˙ (Quark XPress, Version 3.31)
Druck und Bindung: C. H. Beck'sche Buchdruckerei,
Nördlingen
Gedruckt auf säurefreiem, chlorfrei gebleichtem Papier
Printed in Germany · ISBN 3-423-20198-3

Prolog

Er schläft. Und erwacht davon, daß er keine Luft bekommt.

Eine Hand liegt schwer auf seinem Mund und seiner Nase und preßt seinen Kopf in das Kissen. Er versucht sich herauszuwinden und sich zu befreien – aber es ist eine kräftige Hand, und nicht nur eine Hand hält ihn fest. Arme und Beine sind auch eingeschlossen. Eine gewaltige Panikwelle rauscht über ihn hinweg, ebbt ein wenig ab und gibt ihm Zeit, die Situation zu erfassen. Er ist in seinem eigenen Bett überfallen worden, er wird heruntergedrückt, er wird festgehalten, und er bekommt keine Luft.

Nächste Erkenntnis: Ich bin ruhig. Gefolgt von einer neuen und kräftigeren Panikwelle. Die Angst bricht über ihn herein und treibt den Körper zu verzweifelten Drehungen und Windungen an. Er muß Luft bekommen! Er muß sich losmachen. Er zuckt und zerrt, windet sich heftig – er liegt ganz ruhig, um in der nächsten Sekunde die Muskeln explodieren zu lassen. Aber keine der Anstrengungen hilft.

Er wird bald sterben. Die Augen treten ihm bereits aus dem Kopf. Er bündelt seine letzten Kräfte in einem verzweifelten Versuch, durch die Hand, die wie ein Betondeckel über seiner Nase und seinem Mund liegt, Luft einzusaugen. Er verschluckt seine Zunge und erbricht sich. Die Hand zeigt Verständnis. Die Hand nimmt Rücksicht und löst ihren Griff ein wenig. Die Nase ist frei. Er atmet!

Und er registriert. Zwei Dinge. Daß nichts gesagt worden ist. Und daß das Atmen durch die Nase einen infernalischen Lärm macht – jedenfalls drinnen im Kopf dessen, der es tut. Es schmerzt hinter den Augen. Er schließt sie, aber sie verweigern sich dem Verschluß. Sie wollen wissen – und suchen verzweifelt nach Anhaltspunkten, finden aber nur wenige in dem nächtlichen Dunkel des Raums. Außerdem gibt es physische Barrieren. Der untere Teil des Gesichtsfeldes ist ausgefüllt von dem behaarten Handrücken des Täters, und darüber erhebt sich ein noch stärker behaarter Unterarm, der in der Dunkelheit verschwindet und an den Schiefen Turm von Pisa erinnert. Er versucht, den Blick zur Seite zu wenden, aber dort erheben sich Kissenwände. Und als er schließlich die Augen nach hinten verdreht, riecht er mehr, als daß er es sieht, das bulldoggenartige Gesicht von Sergeant Buchanan. Der Mund des Sergeanten ist ein Knoblauchvulkan, der in diesem Moment ausbricht.

»Guck nicht so schockiert, Irenschwein – du hast doch wohl schon vom Zimmerservice gehört!?«

Der Sergeant beugt sich über ihn und kommt ihm so nah, daß er Probleme bekommt, sein Gesicht zu fokussieren. Er erahnt, daß der Mund sich zu einem Grinsen verzieht.

»Gib seine Schweißsocken her!« Die Befehle des Sergeanten werden sofort von einer schattenartigen Gestalt ausgeführt.

Wenn die Socken auch nach Schweiß riechen, so macht das nichts aus. Was den Geruch angeht, kann die Situation nicht mehr schlimmer werden. Die Knoblauchlava aus dem Mund des Sergeanten ergießt sich über sein Gesicht und verbrennt alle anderen Gase und Gerüche. Der Sergeant nimmt die rechte Hand von seinem Mund, doch bevor er ein wenig Luft in sich hineinsaugen kann, fühlt er, wie die Acrylmasse seinen Rachen ausfüllt. Der Sergeant stopft ihm auch noch die zweite Socke hinein, und aufs neue kämpft er gegen das Erstickungsgefühl. Er atmet durch die Nase wie eine Dampflokomotive, die zehn Minuten hinter dem Fahrplan liegt. Er fühlt, daß er sich erbrechen wird. Aber das darf jetzt, da er tief im Rachen einen Stöpsel stecken hat, nicht geschehen. RUHIG! Denk an etwas anderes. RUHIG! Atme durch die Nase.

»Klebeband!« befiehlt der Sergeant.

Trotz der Panik, die ihn überfällt, trotz des Lärms des Katastrophenalarms, den sein Körper aussendet, ist eine Ecke seines Gehirns imstande, halbwegs normal zu funktionieren, und diese Ecke ist dabei herauszufinden, wer dem Sergeanten assistiert. Er wundert sich, daß er merkwürdige Prioritäten setzt, daß er wissen will, wer es ist, bevor er erfährt, warum es geschieht. Aber so ist es nun mal.

Einer der Helfer liegt über seinen Beinen. Zwei andere halten die Arme fest. Aber solange er sie nicht sieht und sie nichts sagen, kann er nur raten, wer sie sind, und es sind viel zu viele, die in Frage kommen. Der vierte, der dem Sergeanten mit Socken und Klebeband assistiert, hat sich inzwischen zweimal schemenhaft offenbart. Deutlich genug, um ihn als den Gefreiten Gill zu erkennen. Sein neuer Stubenkamerad! Der bleiche, weichliche Gill. Der amtierende Weltmeister im ausweichenden Blick. Er wird in seiner Ermittlungsarbeit durch Sergeant Buchanan unterbrochen, der den Aluminiumklebestreifen so brutal anbringt, daß sein Kopf abrupt nach rechts gezerrt wird. Er fühlt einen warmen stechenden Schmerz durch seinen Nacken jagen.

Ohne zu sagen, was er vorhat, packt der Sergeant ihn mit zwei Fingern an der Kehle und hebt ihn mit einer drehenden Bewegung aus dem Bett. Die unangekündigte

Ortsveränderung schafft chaotische Verhältnisse für die Helfer, und es dauert einige Sekunden, bis sie in der veränderten Position ihren Griff erneuert haben. Als sein Gehirn ihn endlich informiert, daß hier eine Chance besteht freizukommen, ist es zu spät. Wieder ist er wie in einem riesigen Schraubstock eingeklemmt. Wie ein Rasender brüllt er durch die Acrylmasse und den Klebestreifen hindurch – und der gutwattierte Schrei unterstreicht das Bizarre an der Situation: Stille. Er ist Opfer und Zeuge einer Gewalttat, die Rücksicht auf dünne Wände und Nachbarn nimmt.

In seiner neuen Position steht er, etwa einen Meter von dem Kojenbett entfernt. Es ist ein Mannschaftsbett mit zwei Etagen, nur eine der beiden Kojen ist in Gebrauch. Er steht dem Bett zugewandt. Ein ebensolches steht an der gegenüberliegenden Wand, direkt hinter seinem Rücken. Der Helfer, der vorher wie ein Sack über seinen Beinen lag, liegt nun um sie herumgeschlungen. Die beiden anderen halten seine Arme auf dem Rücken eingespannt. Seine Augen haben sich an die Dunkelheit gewöhnt, und er kann sehen, wie Buchanan die Matratze von der oberen Koje herunterreißt. Der Sergeant gibt seine nächsten Befehle in Form eines Grunzens und eines Nickens. Die Helfer tragen ihn fort und legen ihn bäuchlings auf das Drahtgeflecht der oberen Koje. Der Fußwächter nimmt wieder seine erste Position ein, quer über seinen Beinen liegend, während die Armwächter ihn an den Handgelenken packen und wie zwei lebende Lote an beiden Seiten des Bettes herabhängen.

Als sie ihn auf das Bett hinaufmanövrieren, landet er mit dem Gesicht direkt auf einem hervorstehenden Draht des Geflechtes. Er reißt sich die Haut an Nasenwurzel und Stirn auf und blutet. Der Sergeant hat direkt neben dem Bett Stellung bezogen. Der Knoblauchvulkan bricht wieder aus. Diesmal gegen seinen Hinterkopf.

»Ich fühle mich betrogen, Irenschwein. Hier liegst du und schläfst, und ich habe doch gehört, daß du die Nacht damit zubringst, gutgläubigen Rekruten den Schließmuskel zu sprengen.«

Die Helfer lachen.

»Jetzt willst du sicher widersprechen: ›Was ist verkehrt an einem gemütlichen Beisammensein unter Jungs in der Stille der Nacht?‹« Der Sergeant hat seine Stimme geändert, man könnte ihn für einen Lehrer halten, der ein etwas ausführlicheres Referat über die vier verschiedenen Mägen der Kuh erwartet.

»Die Antwort lautet, daß es unnatürlich ist. Es ist krank und ekelhaft. Und nicht zuletzt ist es eine Verhöhnung all der normalen Jungs.«

Er vernimmt Beifallsbezeugungen der Helfer, kann sie aber noch immer nicht identifizieren.

»Ich kann damit leben, daß zwei alte Verwaltungsoffiziere jedes Wochenende verreisen, um in einem Motel herumzuschwuchteln. Weiß der Geier, wie sie ihn hochkriegen.«

Er lacht kalt.

»Wenn ›Suppenschüssel‹ der Mann in der Beziehung ist …«

Jetzt lachen auch die Helfer.

»… dann geht er sicher in die Küche und sucht sich einen Trichter, den er ›Kodak‹ hinten einpflanzt und in den er dann einfach seinen Schwanz hineingießt.«

Das Lachen der Helfer liegt jetzt zwischen Ekel und Belustigung. Der Sergeant fährt mit seiner Lehrerstimme fort:

»Mit dir ist das etwas anderes, Irenschwein. Du bist eine Gefahr für die Truppenmoral. Alle glauben, du bist ein anständiger Mann, und alle tappen in die Schwulenfalle. Man vermutet Muskeln und keinerlei Schwäche, bis man plötzlich irgendwann deine Hand im Schritt spürt.«

Er bemerkt, daß die Stimme des Sergeanten wieder in ihr altes, grobes Ich zurückfällt.

»Du benutzt deinen Veteranenstatus dazu, Frischlingen in der Koje aufzulauern. Du bist noch nicht einmal diskret dabei. Du hast deinen Schwanz sogar an den Wochenenden draußen, an denen dein Stubenkamerad hier ist. Kannst du dir vorstellen, wie kränkend es für Gill ist, wenn er die Tür zu seinem eigenen Zimmer öffnet und sich ihm zwei große Arschlöcher entgegenstrecken?! Das kannst du sicher, aber du scherst dich einen Dreck darum, du kranker Bastard!«

Das Bett knackt, als der Sergeant sich wegschiebt.

»Vielleicht bist du bereit, einen *militärischen* Blickwinkel auf die Schweinerei zu werfen. Einen Soldat während der Dienstzeit auf Militärgelände in den Arsch zu ficken, das ist Mißbrauch von staatlichen Ressourcen und Eigentum. Verstanden?«

Er überlegt, ob der Sergeant eine Antwort erwartet. Ein kräftiger Knöchelschlag gegen den Hinterkopf – er spürt, wie der Siegelring des Sergeanten seine Kopfhaut aufreißt – nimmt ihm jeden Zweifel. Er nickt und preßt einen bekräftigenden Laut hervor.

»Als Vorgesetzter darf ich die Augen vor so einem verbrecherischen Treiben nicht verschließen. Und deshalb habe ich mich entschlossen, das Übel bei der Wurzel zu packen, sozusagen.«

Die Helfer pflichten dem Sergeanten mit gedämpftem Gelächter bei. Er richtet seine Gehirntätigkeit wieder darauf, herauszufinden, wem die Stimmen gehören könnten, wird aber von einer Faust in seinem Kreuz unterbrochen, die den Saum seiner Unterhose ergreift und ihm das Kleidungsstück herunterreißt. Der vordere Teil bleibt hängen, und mit einem irritierten Schnauben reißt der Sergeant auch dieses fort. Es brennt und schmerzt, so daß die Tränen fließen, und er stöhnt hinter der Acrylmasse. Dann kriecht der Sergeant in die untere Koje.

»Ach, wie niedlich! Was für ein süßer kleiner Schnuller! Jetzt versteh' ich fast, warum du einen engen Hintern vorziehst. Eine Frau würde gar nicht bemerken, daß du zu Besuch bist. Das ist sicher so, wie einen Handmixer zu benutzen, um Wellen in einem Swimmingpool zu machen.«

Neues Gelächter – doch niemand daran zu erkennen. Außerdem hat er jetzt große Probleme, die Barriere, die die Nachforschungsecke des Gehirns schützt, aufrechtzuerhalten. Panische Angst überschwemmt alles. Und bald wird sie das ganze Gehirn besetzen. Wie ein Wasserfall stürzt sie hinein und füllt ihn mit wirbelnder kalter Flüssigkeit. Ein eisiger Unheilsstrom bildet sich in seinem Schritt und wird zu einem Angststrudel.

»Hol mich der Teufel, er hat doch tatsächlich auch rotes Haar am Schwanz, oder wie wir das Ding nun nennen wollen. Aber mal ehrlich, Irenschwein, du mußt doch noch mehr zu bieten haben als das hier.«

Die Stimme des Sergeanten hat wieder das Lehrerpult eingenommen.

»Vielleicht ist es ihm zu kalt? Meiner schrumpft auch, wenn ich eine eiskalte Dusche nehme.«

Das Bett bebt, als der Sergeant sich erhebt. Er hört Schritte in den Raum kommen, ein metallisches Klikken – und danach Bruce Springsteen. Sein Lieblingskünstler betritt den Raum mit einem Schrei und macht da weiter, wo er bei ›Tunnel of Love‹ aufgehört hatte.

Schnell dämpft der Sergeant Springsteen auf einen akzeptablen Nachtpegel. Dann kommt er zurück und nimmt wieder den Platz in der unteren Koje ein. Das Metallbett quietscht und schwankt. Dann wird es still. Ganz still, nur schwache Musik. Die Zeit foltert ihn. Dann ein erneutes metallisches Klicken. Auch das kann er problemlos identifizieren. Es ist das kurze trockene Geräusch, das entsteht, wenn man den Deckel eines Zippo-Feuerzeugs aufklappt. Des weiteren hört er, daß das berühmte Feuerzeug dem Werbeslogan alle Ehre macht und beim ersten Versuch zündet.

»Wärme pflegt zu helfen!« Der Sergeant hat seine Stimme in die Lehrerlage gebracht, Physikunterricht. Er schnauft in die Acrylmasse, und wieder rasen ihm die Augen aus dem Kopf. Er wiederholt all seine chancenlosen Versuche freizukommen und erreicht nichts, außer sich noch mehr von seinem Gesicht an dem Drahtgeflecht blutig zu reißen. Er wartet und vermutet, daß der Sergeant die Flamme des Feuerzeugs justiert. Auf höchste Stufe. Endlich – es ist wie eine Erleichterung – beißt sich die Flamme in seine Hoden. Er schreit wie von Sinnen und wirft sein Gesäß hoch. In dieser Lage, gespannt wie ein Bogen, bleibt er, bis die Helfer ihn erneut packen und ihn wieder hinunterziehen. Der Flamme entgegen.

»Hütet euch vor Ungeziefer, Leute! Jetzt wird Sackratten und Krätzläusen Feuer unterm Arsch gemacht!« Die Stimme des Sergeanten hat den Lautstärkeregler aufgedreht.

Roter Nebel füllt seinen Kopf. Wieder schneidet sich die Feuerklinge in ihn hinein. Wieder und wieder. Dann kann er die einzelnen Flammenstiche nicht mehr unterscheiden. Der Schmerz ist konstant – wie der rote Nebel.

»Sieht ganz so aus, als reagierte er nicht auf Wärme!« Die Stimme des Sergeanten wirkt ehrlich erstaunt. So, als ob der Inhalt des Reagenzglases sich rot gefärbt hätte statt blau.

»Letzter Versuch.«

Er hört Pferde. Das Geräusch wird beständig lauter. Sie sind auf der Flucht. Sie donnern aus seinem Gehirn heraus, mit ihm im Schlepptau. Er holpert wie ein kleines Bündel hinter den Pferdehufen über die Erde und hängt an einem Angelhaken, der in seiner Bauchdecke steckt. Er wird über einen Untergrund gezogen, der mit Glassplittern und glühenden Kohlen bedeckt ist. Aber das macht ihm nichts aus, denn die Pferde retten ihn vor dem Sergeanten. Er ahnt, wohin sie wollen – er ahnt, daß sie bald dort sind.

»Hol mich der Teufel, das ist das Merkwürdigste, was ich je gesehen habe! Die Klistierspritze des Irenschweins ist *kleiner* geworden?! Soweit das irgend möglich ist. Er schrumpft in der Wärme!?«

Der Sergeant grunzt ein Lachen hervor und erhebt sich von der unteren Koje. Diesmal bemerkt er das Schaukeln nicht. Lediglich die Stimme des Sergeanten kann er hören. Die Pferde setzen ihren wilden Galopp fort.

»Vielleicht spielen wir die falsche CD, Irenschwein? Vielleicht hätten wir lieber Jerry Lee Lewis spielen sollen mit ›Great balls of fire‹?«

Irgend jemand lacht – weit entfernt. Und es ist uninteressant, wem das Lachen gehört.

»Aber kein Grund zum Verzweifeln. Wir werden ihn schon noch hervorlocken. Es gibt noch andere Methoden. Die, die du am liebsten magst, haben wir ja noch gar nicht ausprobiert.« Er kann den Sergeanten nur schwach hören. Weit in der Ferne. Die Pferdehufe donnern auf den Boden. Er hängt immer noch direkt hinter ihnen, wie ein blutiger Köder am Angelhaken. Sie sind bald dort.

Da, wo sie hinsollen. Er will nicht zurück. Plötzlich versteht er, daß etwas schiefgegangen ist. Die Stimme des Sergeanten hat die Pferde eingeholt. Sie ist laut und deutlich. Er sperrt die Augen weit auf. Die Pferde sind im Kreis gelaufen. Er ist wieder in der Baracke in Fort Benning. Dem Sergeanten, Gill und den unbekannten Helfern ausgeliefert. Buchanan hat die untere Koje verlassen. Er steht – irgendwo hinter ihm.

»Wir werden durch den Hintereingang gehen und sehen, ob wir ihn herauspressen können. Mir scheint, er hat es wie die Schildkröte gemacht, Kopf und Hals eingezogen. Gib mir ein Stuhlbein, Gill!«

Er hört Gill zum Stuhl schlurfen. Und er lacht in das Drahtgeflecht. Der Stuhl ist eine Falle! Er sieht aus wie ein gewöhnlicher Stuhl, ist aber aus Sprengstoff gefertigt. Er hört die Stuhlbeine über den Boden schaben, als Gill den Stuhl anpackt – vielleicht an der Rückenlehne, wahrscheinlich mit beiden Händen. Dann hebt er den Stuhl hoch, sicher hoch über den Kopf, und zerschmettert ihn auf dem Boden.

Der Raum verschwindet in einem Feuerblitz, und mit ihm der Sergeant und Gill und die anderen Helfer. Oder besser gesagt – er verschwindet. Der Dynamitstuhl versagt nie. Er explodiert jedesmal – und bläst ihn hinüber in eine bessere Wirklichkeit.

1

Samstag

Das Bettzeug war naß von Schweiß. Er lag mit geschlossenen Augen, und er zitterte so, daß es seinen ganzen Körper schüttelte. Er atmete schwer, wie nach einer Trainingseinheit. Aber die Ursache war Angst, obwohl es vorüber war. Seit über einer Minute war er wach und wußte, daß er nicht auf dem Drahtgeflecht der oberen Koje in Fort Benning lag, sondern in einem zerschlissenen Doppelbett in Peel auf der Isle of Man. Er wußte aber auch, daß die Nachwirkungen des Alptraums ihn noch eine Weile quälen würden. Er öffnete die Augen und starrte an die Decke, ohne zu sehen. Er studierte die Risse in der Stukkatur, ohne Bewußtsein und Sinneseindrücke zu koppeln. So lag er lange und fotografierte – ohne Film in der Kamera. Dann wälzte er sich auf die Seite und nahm die Umgebung wahr.

Unvermeidlich fiel sein Blick zuerst auf den schrecklichen Teppichboden. Dieser war nicht nur aus grell glitzerndem Material, sondern hatte auch eine grauenhafte Naht in der Mitte, mit ausgefransten Kanten, die man durch wiederholten Gebrauch des Lieblingswerkzeugs englischer Teppichverleger – des Tackers – in Eisen gelegt hatte. Obwohl die Bewohner der Isle of Man alle Anstrengungen unternahmen, so wenig britisch wie möglich zu sein, waren sie also doch nachlässig genug gewesen, die englische Teppichverlegekultur anzunehmen.

Er befreite den linken Arm aus der feuchten Bettdecke

und sah auf die Uhr – der Samstag war drei Stunden alt. Und wieder einmal war er von dem fünfzehn Jahre alten Alptraum heimgesucht und geweckt worden. Daß er ihm den Nachtschlaf raubte, war dabei noch das geringste Übel. Die Angst und die Schmerzen dagegen wurden von Mal zu Mal schlimmer. Er widerstand der Versuchung, in Gedanken die Schmerz- und Angstkurve bis in die Zukunft zu verfolgen. Solange der Drang nach Rache proportional wuchs, war in gewisser Weise alles in Ordnung.

Er warf die Decke beiseite und setzte sich auf die Bettkante. Mit einer zornigen Bewegung zog er einen Zipfel der Decke an seine Nase. Er haßte den säuerlichen Geruch von verschwitztem Bettzeug. Es roch nach Angst. Aber das war nicht der einzige Grund dafür, daß er einen Fluch ausstieß, als er die Decke fallen ließ und aufstand – nach einem Alptraum hatte er immer Schmerzen im Unterleib. Phantomschmerzen nannten die Ärzte das, und sie hatten ihm erklärt, das seien eingebildete Schmerzen in einem Körperteil, das man nicht mehr besaß. Er fand diese Bezeichnung dumm, auch wenn »Phantom« eine durchaus schmeichelhafte Charakterisierung des Körperteils war, das sie ihm weggeschnitten hatten. Er hatte einfach Schmerzen, fertig. Und wenn die Schmerzen eingebildet waren, so war doch der Körper derselbe, ausgeliehen vielleicht in Madame Tussauds Wachsfigurenkabinett.

Vorsichtig, den rechten Fuß ein wenig nachziehend, ging er in einem Bogen über den Teppich, um den Metallstiften auszuweichen. Er kam ins Wohnzimmer, einen kleinen dunklen Raum mit rotbraunen Tapeten, rosabraunen Plüschmöbeln und Meerblick. Der Teppich war neu und bunt, Neonfarben in einem hypnotisierenden Muster. Er sah weg, hinaus auf das Meer. Die Straßenlaternen bildeten das Rampenlicht für ein düsteres Schauspiel, das sich weit draußen im Raum abspielte, dort wo Meer und Himmel sich begegneten. Ginge man weiter auf der dunklen Bühne, käme man nach Irland. Der Hintergrund der Bühne war Irland. Der Hintergrund war Haß – hier wie auch sonst in seinem Leben.

Er stand lange dort und sah in die Nacht hinaus, wandte sich aber ab, als die Dunkelheit zu lebendig wurde. Er ging durch das Wohnzimmer und kam auf den kleinen Flur, von dem auf jeder Seite eine Tür abging. Die Wohnung war o. k. – ja, eine der besten, die man in Peel mieten konnte. Zumindest unter der Hand. Er wählte die Tür zum Badezimmer. Eine Dusche, ein Glas Rotwein – und vielleicht würde er dann wieder schlafen können. Er überlegte es sich jedoch anders, als ihm im Badezimmerspiegel sein Gesicht begegnete. Nicht mehr schlafen, sondern ein Bier und einen Westernroman.

Seine Mutter merkte es immer, wenn er eine Nacht mit Alpträumen hinter sich hatte. Es regte sie auf. So gesehen war dieser letzte Alptraum gerade richtig gekommen – er würde die besten Voraussetzungen haben, wenn sie sich in knapp sechs Stunden treffen würden. Und wenn er in diesen sechs Stunden wach bliebe, wären die Voraussetzungen noch besser. Das Schlafdefizit würde die Spuren der nächtlich erlebten Grausamkeiten verstärken. Allein sein Anblick würde es ausreichend plausibel machen, daß er mehr Geld brauchte.

Seine Mutter dachte, sie finanziere das Projekt »Rache«, und gab ihm das, was er brauchte. Das, worum er sie bat. Sie gab es gerne, versicherte sie. Er betrog sie ungern, andererseits bereitete ihm die Täuschung auch keine großen Qualen. Das Geld, das die Mutter von seinem Vater, ihrem Ehemann, dem Schweinehund MacKellogh, geerbt hatte, gehörte der »Sache«. Die eigentliche Täuschung bestand darin, daß seine Mutter die Verfügungsgewalt über das Geld hatte und er sie um Unterhalt bitten mußte. Das meiste wurde für die »Sache« verwendet, und er hatte keine Bedenken, einen kleineren Teil für sein persönliches Racheprojekt zu benutzen.

Das Problem war, daß das Projekt »Rache« an einem toten Punkt angelangt war. Der Drang nach Rache war brennend heiß. Er war besessen davon. Und in seinem Verlangen hatte er nichts unversucht gelassen, um den Gefreiten Gill und die anderen aufzuspüren. Aber er war wie angewurzelt, war nicht einen Millimeter weitergekommen in den letzten zwei Jahren.

Er drehte die Brause auf und setzte sich in die Badewanne. Die kalten Wasserstrahlen wirkten wie Akupunkturnadeln gegen die Müdigkeit. Seit dem Überfall in Fort Benning konnte er warmes Wasser nicht aushalten – weder in der Dusche noch in der Wanne. Er seifte sich ein und wusch die Haut von den unsichtbaren Resten der Angst rein. Er dachte an Geld. Er wußte nicht genau, wieviel die Mutter geerbt hatte oder wieviel davon noch übrig war. Aber wahrscheinlich handelte es sich um eine eindrucksvolle Summe. Der Schweinehund hatte sich ein Vermögen erwirtschaftet, ohne der »Sache« auch nur einen Dollar zu gönnen. Auch die Mutter hatte ihren Haß, aber nicht auf die Briten, John Major, die Protestanten und die Unionisten. Sie haßte die, die ihren Sohn überfallen hatten. Nicht ein einziges Mal hatte sie sich kritisch oder zweifelnd geäußert oder ihn gebeten zu vergessen oder zu verzeihen. Sie wollte Rache, Rache für ihn. Er mochte ihre Einstellung.

Über sein anderes Leben – dasjenige, das der »Sache« geweiht war – sprachen sie nie. Eigentlich müßte sie das meiste erahnen können, aber sie stellte niemals Fragen.

Nicht einmal vom Tod ihres Ehemannes hatte sie gesprochen – obwohl er davon überzeugt war, daß sie von den Umständen wußte. Wie auch immer: Der wichtigste Grund dafür, daß er beinahe zärtliche Gefühle für seine Mutter hegte, war, daß sie niemals seine »Veranlagung« verraten hatte.

Er stand mit gebeugtem Kopf und ließ das kalte Wasser über seinen Rücken strömen. Er hielt die Augen geschlossen, um die Spuren nicht sehen zu müssen. Neue Alpträume würden kommen. Jedesmal würde er bei dem feucht-süßen Geruch von verschwitztem Bettzeug aufwachen. Immer wieder würde er sich nachts unter die Dusche stellen müssen.

Das Telefon klingelte. Ohne zu zögern würgte er die Dusche ab, griff sich ein Handtuch und ging ins Wohnzimmer. Unterwegs sah er auf die Uhr, es war halb vier. Er nahm den Hörer ab, sagte »ja« – das war alles, was er im Laufe des kurzen Gesprächs von sich gab.

Es war der Major, der sagte, daß sie sich auf den schlimmsten denkbaren Ausgang der Friedensverhandlungen vorbereiten müßten. Mehr nicht.

Er legte auf und ließ sich in einen Plüschsessel fallen. Der schlimmste denkbare Ausgang war ein Friedensabkommen. Sie hatten es befürchtet. Nicht daran geglaubt, aber mit dem Eintreten des Schlimmsten gerechnet. Und sie hatten beschlossen, Maßnahmen zu ergreifen. In dieser Angelegenheit war er auf der Isle of Man, um die Schlußfinanzierung zu regeln. »Tauben« und Briten mußten zurechtgewiesen werden. Der schlimmste denkbare Ausgang wäre auch eine Verhöhnung all derer, die ihr Leben im Kampf für die »Sache« gegeben hatten.

Er stand auf. Nur mit einem Handtuch bedeckt, wurde ihm kalt. Er ging zurück ins Bad und wickelte sich in einen Morgenmantel. Dann holte er eine Dose Bier aus dem Kühlschrank und setzte sich aufs Sofa, mit Aussicht auf die große, grauschwarze Bühne und den Bühnenhintergrund, den er nicht sehen konnte.

Und seine Gedanken kreisten um den Zeitfaktor.

Würden sie es schaffen?

2

Das Bürofenster war gekippt, schon die ganze Nacht, denn mit dem August war die Sommerwärme gekommen, und durch den kleinen Spalt brüllten der Verkehrslärm und das Rattern der Züge auf der Holmenkollenbahn herein. Der Grund dafür, daß er das Fenster lange Zeit nicht geschlossen hatte, bestand darin, daß in unregelmäßigen Abständen – wenn die Autos sich zurückhielten und die Eisenbahnschwellen eine Besinnungsminute einlegten – der Wind Kinderstimmen heranwehte – das Echo des sirenenähnlichen Heulens von der Wasserrutsche im Frognerbad.

Er nahm die Hände von der Tastatur und blieb lauschend sitzen. Sommererinnerungen stiegen in ihm auf. Noker Sokne war in Oslo aufgewachsen, und auch er hatte einige Liter Urin im Frognerbad hinterlassen. Er war um die Wette getaucht, hatte hinter blauen Lippen mit den Zähnen geklappert und war mit vierzehn anderen Hand in Hand vom Zehnmeterbrett gesprungen. Und als er jetzt so dasaß und in seinem Bürostuhl wippte, fühlte er, wie sich sein Magen zusammenzog bei dem Gedanken daran, wie herrlich aufregend es gewesen war, vor den Bademeistern zu flüchten, während man sich vor Lachen kaum halten konnte.

Er saß mit nach hinten gelehntem Kopf, entwarf nostalgische Bilder an der Decke und lächelte über sie. Ein erzürnter Autofahrer hupte ihn wieder in die Wirklichkeit zurück. Er stand auf und schloß das Fenster. Badeleben und Kindheitserinnerungen paßten nicht zu der Wirklichkeit, die er auf dem Bildschirm entworfen hatte: Bomben und Blut.

Es war nichts Ungewöhnliches für Noker Sokne, am Samstag zu arbeiten. Das Besondere an diesem Samstag war, daß er seiner lieben Ada gegenüber kein schlechtes Gewissen zu haben brauchte. Sie war auf einer Kreuzfahrt. Hätte sie seine Gedanken lesen können, hätte sie ihm einen sanften Verweis erteilt und gesagt: »Keine Kreuzfahrt, Noker, das ist Arbeit!«. Ada hatte das Angebot eines ehemaligen Kollegen, vier Wochen lang den Sicherheitsoffizier auf der »S/S Norway« zu vertreten, jubelnd angenommen. Sie hatte sich problemlos von ihrer Stelle als Kriminalobermeister beim Polizeipräsidium von Asker und Bærum freistellen lassen können, und morgen war sie seit einer Woche weg. Eigentlich hätte Noker auch mitkommen sollen, um sich von der letzten Chemotherapie zu erholen und zehn Kilo Fachliteratur aufzuarbeiten. Aber hier saß er nun, im Büro der Polizeihochschule, und schrieb Terrordepeschen anläßlich der Friedensverhandlungen im »Hotel Oslo Plaza«.

Das heißt, in diesem Moment feilte er an einem UNO-Rapport über Ian Kellogh, auch bekannt als der »Eunuch«. Er hatte sich dazu entschieden, auf englisch zu schreiben. In einem frustrierten Augenblick hatte er sich gefragt, ob er den Rapport nur aus Stolz nicht auf norwegisch schrieb und ihn dann übersetzen ließ. Die Antwort war ja.

Noker Sokne wußte wahrscheinlich auf der ganzen Welt am meisten über den Eunuchen. Eine Tatsache, die ihn nicht mit Stolz erfüllte. Daß er diese Spitzenposition innehatte, war ja wohl selbstverständlich: Seit seinem zehnten Lebensjahr war er leidenschaftlich an den dunkelsten Seiten der Menschen interessiert. Während die Gleichaltrigen ihre neuerworbene Lesefähigkeit an Donald Duck und dem Rosaroten Panther erprobt hatten, hatte Noker sich in die bestialische Karriere des Großinquisitors Tomás de Torquemada vertieft. Und parallel zum Konfirmationsunterricht hatte er sich fundierte Kenntnisse von der »Forschungstätigkeit« der Nazi-Ärzte über die menschliche Ausdauer und Anpassungsfähigkeit angeeignet. Und während die lüsternen Kameraden unzählige Stunden darauf verschwendeten, vor der Snack-Bar Mädchen anzurempeln, hatte Noker fast einen Orgasmus bekommen, als er sich mit den Nazi-Kollaborateuren der Rinnan-Bande beschäftigte, die für ihre Verhöre im Keller ihres Hauptquartiers Schraubzwingen benutzten.

Man sollte glauben, daß sich dieses Interesse für Folter und zerstörerischen Wahnsinn auf das Gemüt eines Jungen zersetzend auswirken würde, aber das galt nicht für Noker. Im Gegenteil. Er beschloß, sein Leben dem Kampf gegen sämtliche auf dieser Welt wandelnden Teufel zu widmen, und im Laufe der Jahre wuchs in ihm die Überzeugung, daß der beste Ausgangspunkt für die Realisierung eines solchen Vorhabens der Polizeidienst sei. Nach der Polizistenausbildung und einem frustrierenden Jahr auf einer Polizeiwache außerhalb von Trondheim, wo die Teufel heimliche Schnapsbrenner und Angler ohne Angelschein waren, hatte er sich das Ziel gesteckt, Experte auf dem Gebiet des internationalen Terrorismus zu werden. Er hatte ein Studium am Institut für Kriminologie und Strafrecht an der Osloer Universität angefangen, Schwerpunkt Psychopathologie. Später folgten Studienaufenthalte bei Scotland Yard und dem FBI, imponierende Beiträge und Vorträge auf – meist internationalen – Kongressen und Konferenzen und schließlich eine eigens für ihn geschaffene Stelle als Dozent an der Polizeihochschule in Oslo.

Seine erste Bekanntschaft mit Ian Kellogh alias der Eunuch hatte er vor 18 Jahren, während seines ersten Studienaufenthaltes in London, gemacht. An einem strahlenden Julitag wurde die Idylle eines ländlichen Jahrmarktes ein paar Meilen südlich der Hauptstadt von einer Explosion zerfetzt – mitten im Finale der »Weltmeisterschaft« im Tortenweitwurf. Niemand, weder die Polizei noch die Zuschauer noch die Verletzten, glaubte im entferntesten an einen Terrorakt. Die Schuld am Tod des Pastetenverkäufers und an den Verletzungen von sieben seiner Kunden gab man einer Propangasflasche – bis den Sonntagszeitungen telefonisch mitgeteilt wurde, daß ein Krimineller seine verdiente Strafe bekommen habe. Das Mosaik fügte sich: Der Mann, der die Pasteten verkauft hatte, war eine lokale Größe der Tories, der vor einem Monat landesweit damit Aufsehen erregt hatte, daß er für IRA-Terroristen eine kriegsrechtliche Behandlung sowie die Todesstrafe gefordert hatte.

Einige Zeugen hatten sich eine Person eingeprägt, die nicht zur örtlichen Bevölkerung gehörte – es war ein kleinerer Ort. Ihre Beschreibung wies auf Ian Kellogh. Dieser war der Sohn eines Amerikaners irischer Abstammung, hatte sich vor einer ganzen Weile der IRA angeschlossen und es in kurzer Zeit geschafft, als besonders grob, dreist und kreativ bekannt zu werden. Bis dahin also ein typisches Verhaltensmuster für ein Muttersöhnchen, das, aus den aufgedunsenen USA kommend, mit Recht das Gefühl hatte, den Schlachtfeldveteranen in der IRA beweisen zu müssen, daß er etwas zu der Organisation beizutragen hatte, was über Empörung und Rhetorik hinausging.

Aber Kellogh war kein gewöhnlicher Neuling. Er war eine Ausnahme. Daß man ihn in Irland früh identifizieren konnte, lag daran, daß er in den USA verdächtigt worden war, seinem Vater das Leben genommen zu haben, was eine eher ungenaue Charakterisierung ist, da er ihn regelrecht hingerichtet hatte. Er hatte eine Todesstrafe vollzogen, die die IRA in absentia über MacKellogh verhängt hatte – weil er die »Sache« verraten hatte. Genauer gesagt, hatte er seine finanzielle Unterstützung verweigert.

Schon in jungen Jahren hatte Ian seiner Umwelt gegenüber eine starke Sympathie für die IRA gezeigt. Und als er dann der amerikanischen Polizei entwischte, ließ auch die Art und Weise seines Verschwindens keinen Zweifel daran aufkommen, wo er wieder auftauchen würde.

Die dreiste Aktion in dem englischen Dorf hatte Noker Soknes Neugier auf Ian Kellogh geweckt. Er studierte frühere Aktionen des Eunuchen – oder besser gesagt, alle Attentate, von denen man wußte oder annahm, daß sie auf das Konto des Eunuchen gingen. Seitdem hatte er Ian Kelloghs Karriere mit Argusaugen verfolgt, ähnlich wie er es auch bei anderen bekannten Terroristen tat. Aber der Eunuch nahm auch in Nokers Bewußtsein eine Sonderstellung ein. Der Grund dafür lag auf der Hand: Der Eunuch war der gefährlichste Terrorist der Welt. Und diese Person hatte er jetzt zur Hauptperson einer Studie über die zunehmende Gefahr durch die Eliteterroristen aus aller Welt gemacht.

Der Eunuch und seinesgleichen sind die Ausnahmen, die die Regel bestätigen, daß man Terroristen grob in zwei Archetypen einteilen kann. Auf der einen Seite gibt es die Fanatiker, die den Terror als Werkzeug zur Durchsetzung politischer oder ideologischer Ziele wählen. Auf der anderen Seite findet man die Psychopathen, die sich irgendwelchen Terrororganisationen anschließen, einzig und allein, um Gewalt auszuüben.

Doch der Eunuch – und seinesgleichen – ließen sich in keiner der beiden Schubladen unterbringen. Der Eunuch war eine Mutation, ausgestattet mit den »besten« Eigenschaften aus beiden Lagern. Der Eifer des Eunuchen im Glauben an die »Sache« war größer als bei jedem Archetyp-1-Terroristen, gleichzeitig übertraf er alle Angehörigen des Archetyps 2 in der genießerischen Ausübung von Gewaltkunststücken. Selbstmordaktionisten rekrutierten sich häufig aus dieser Gruppe von Eliteterroristen. Aber im Gegensatz zu einem fundamentalistischen Selbstmordaktionisten, der von extremem religiösem Fanatismus angetrieben wird, handelte der Eunuch überlegt und selbständig. Niemals würde er in den Tod gehen, nur um einen Befehl auszuführen, auch nicht, wenn er von »höchster Ebene« käme. Wüßte er allerdings, daß es richtig für die »Sache« wäre, würde er nicht einen Augenblick zögern. Darüber hinaus verfügte er über eine weit bessere Allgemeinbildung und militärische Ausbildung als die fertig programmierten religiösen Roboter aus dem Mittleren Osten. Der Eunuch war eine Klasse für sich.

Ein Ein-Mann-Heer. Es gab nur wenige Klassenkameraden – die meisten kamen aus dem Westen. Noker schätzte ihre Anzahl auf ein paar hundert.

Nach dem Abschluß des Osloer Abkommens zwischen der PLO und Israel hatte Noker das Problem der Eliteterroristen auf einer UNO-Konferenz in Berlin aufgegriffen. Die Abhandlung, an der er arbeitete, war eine Fortsetzung seines Beitrags für diese Konferenz. Er war so gut wie fertig, es galt nur noch, die richtigen englischen Worte für die Schlußfolgerung zu finden, die lautete, daß man intensiver an der »Neutralisierung« von Elementen wie dem Eunuchen arbeiten müsse. Andernfalls könnten die Osloer Vereinbarungen 1 und 2 sowie weitere Friedensbemühungen wertlos sein.

Während der Archetyp-1-Terrorist seine Karriere bei Abschluß eines Friedensvertrags wahrscheinlich beenden wird und der Archetyp 2 sich einen anderen Krieg sucht, wird die Gattung der Eunuchen nur zu neuen fanatischen Höhenflügen gereizt. Und sie erweitern ihr Feindbild. Jetzt sind auch ehemalige Kampfgenossen, die sich haben »bekehren lassen«, Gegner der »Sache«.

Noker nahm an, daß es hinter dem Eunuchen einen Führungsoffizier oder eine Art »Bindeglied« gab, das ihm einerseits Aufträge vermittelte und ihm andererseits auf kreative Art und Weise zuarbeitete.

Aber es waren bei weitem nicht alle »Eunuchen« aktiv. Man nahm an, daß die IRA die Waffenruhe dazu genutzt hatte, eine Reihe »schlafender« Eliteterroristen im Lager des Feindes zu plazieren.

Noker hatte sämtliches zugängliches Material über den Eunuchen gesammelt. Aber »sämtliches« war genaugenommen nicht besonders viel. Die meisten Daten stammten aus der Zeit, bevor er die USA verlassen hatte. Während seiner Jahre in Irland hatte die Polizei im großen und ganzen nichts außer einer Reihe von Verdächtigungen gegen ihn registrieren können. Das jüngste Foto, das man von dem Eunuchen besaß, war bei seiner Aufnahme in die US-Navy aufgenommen worden.

Noker hatte die spärlichen Informationen mit seinen Kenntnissen von den Abgründen der Seele verknetet, eine Messerspitze kriminalbiologisches Wissen, einen gehäuften Löffel Prädiktionstheorie und eine Prise Phänomenologie hinzugefügt und so versucht, unter die

Oberfläche des Mannes zu dringen, der die zweifelhafte Ehre besaß, als der »gefährlichste Terrorist der Welt« zu gelten. Nokers Ziel war es, den Eunuchen zu verstehen und seine Gedanken nachvollziehen zu können.

Während er blätterte, um das englische Wort für »plausibel machen« zu finden, fiel ihm plötzlich auf, daß er das Kreischen der Kinder durch das geschlossene Fenster besser hören konnte als durch das geöffnete. Es war, als ob das Isolierglas den Lärm herausfilterte und nur das Geräusch gesunder Entfaltung hindurchließ. Er bildete sich das zweifellos ein, aber wenn er einem Phänomen erst einmal Aufmerksamkeit schenkte, mußte es auch untersucht werden. Schließlich war er Forscher. Außerdem mußte er ohnehin etwas mit dem Fenster unternehmen – die Sonne schien so intensiv auf seinen Monitor, daß er kaum sah, was er schrieb.

Noker klappte das Wörterbuch zu, stand auf und öffnete das Fenster sperrangelweit, lehnte sich hinaus und sog die warme Sommerluft und den Geruch von aufgeweichtem Asphalt in sich auf. Die Sonne schien direkt auf die Fassade. Er mußte einsehen, daß es schwierig war, auch nur einigermaßen wissenschaftlich genau festzustellen, ob das Kreischen aus der Badeanstalt jetzt leiser oder lauter war. Demgegenüber bestand kein Zweifel daran, daß das Schreien der Kinder ihn froh machte – und ein bißchen traurig. Sie konnten keine Kinder bekommen, Ada und er. Wegen seiner Krankheit. Aber sie hatten davon gesprochen, ein Kind zu adoptieren. »Die Welt ist voll von Kindern, die Liebe brauchen«, sagte Ada immer. Und jedesmal verfinsterte sich ihr Blick, und sie fügte hinzu: »Schade nur, daß es immer noch diese Bürokraten gibt, die meinen, ein elternloses Kind in einem Flüchtlingslager sei dort, wo es ist, auch weiterhin besser aufgehoben, wenn das vorgesehene Kinderzimmer in Norwegen unter zwölf Quadratmeter groß ist.«

Noker schloß die Augen und zögerte einen Augenblick, ehe er den Computer ausschaltete. Alternativ hätte er die Gardine zuziehen können, um den Bildschirm wieder lesbar zu machen, aber so ein großer Workaholic war er dann doch noch nicht. Er konnte morgen weitermachen, oder an einem anderen Tag – wenn es regnete. Er sah ein, daß es in diesem Augenblick viel wichtiger war, an die Luft zu kommen und im Frognerbad eine Zigarette und ein Softeis zu genießen.

3

Jeje war verliebt.

Nicht nur wie üblich für einen Abend, nein, dies war die große Verliebtheit – auch bekannt als Liebe. Diejenige, die Kaffee und Tageslicht verträgt und jeden Abend die hinteren Reihen im Kino füllt. Der Beweis dafür war nicht nur die Tatsache, daß Jejes Gedanken in der letzten Woche permanent um die Dänin Diana Munkebjerg gekreist waren, sondern auch ein feierliches Gelöbnis vor sich selbst, ein neues und besseres Leben anzufangen. Im Laufe seiner gut fünfzehn Jahre als Partnerjäger hatte Jeje genau diesen Beschluß viermal gefaßt – jedesmal in der heiligen Überzeugung, die »Richtige« gefunden zu haben.

Ein neues, besseres Leben war für Johnny Jøran Johansen – oder Jeje, wie er sich aus naheliegenden Gründen lieber nannte – gleichbedeutend mit dem Abschied von einem anderen heißen Liebesverhältnis – von dem zu seiner Verbrecherkarriere. Jeje war Vollzeitkrimineller, Berufsverbrecher – und er liebte seinen Job. Er war der

Kronprinz im harten Kern um den Hehler und Autolackierer Schæfern Amundsen, spezialisiert auf Einbrüche in Villen und Industriebetriebe. Diana hatte er erzählt, daß er als Unternehmensberater in einer kleineren Firma arbeite, die sich mit Personalentwicklung und Betriebsanalyse beschäftige. Jeje hatte gehofft, daß sie nicht auf sein Erwerbsleben zu sprechen kommen würde, bevor er es geschafft hatte, zu kündigen und etwas Neues zu finden – als Fahrradkurier oder Asphaltierer, egal was –, um bloß nicht lügen zu müssen. Aber natürlich gehörte diese Frage zu den ersten, die sie stellte. Und da er sich nun doch aufs Bluffen verlegen mußte, war er stolz darauf, ihr etwas erzählt zu haben, was man eine ironische Umschreibung seiner Tätigkeit für Schæfern nennen konnte.

Jeje empfand eine leidenschaftliche Lust dabei, einzubrechen und anderer Leute Wirklichkeit zu durchsuchen. Es gab ihm einen geradezu erotischen Kick, sich auf Streifzüge in fremde Häuser zu begeben und sich mit all dem zu versehen, was er attraktiv fand. Um dann einen regelrechten Orgasmus zu erleben, wenn er zu Hause in Ruhe und Frieden und in Gesellschaft einer Flasche Wodka seinen neuerworbenen Reichtum liebkosen konnte. Aber dennoch: Im Moment war er viel stärker in Diana Munkebjerg verliebt. Ja, er war dermaßen bis über beide Ohren verliebt, daß er nicht einmal nennenswert traurig wurde, wenn er daran dachte, daß er nie mehr jenen Freudenrausch erleben sollte, in den ihn der Anblick einer juwelenbesetzten Rolex eines fremden Mannes versetzte, die er zwischen einem Stapel Hemden entdeckt hatte. Ab jetzt würde er leben wie die meisten anderen. Und das war ein Leben, das er als Außenstehender immer für grau und langweilig gehalten hatte. Aber jetzt wußte er es besser. Jeje war davon überzeugt, daß Partys, Einbrüche und Anmachtouren voll und ganz mit

Diana, Kindern und Familienleben aufgewogen werden konnten. Endlich hatte er die Richtige gefunden.

Er hatte nie über den Widerspruch nachgedacht, daß »die Richtige« für Johnny Jøran Johansen immer eine Frau war, die das genaue Gegenteil von ihm selbst repräsentierte. Jejes Traumfrau war niedlich, still und ein wenig rundlich – eine Unschuld vom Lande, eine stattliche, üppige Frau, die treu sein konnte. Wie Diana – und all die anderen. Daß die Richtige zu finden gleichbedeutend mit einer 180-Grad-Wende in seiner Lebensführung war, hatte ihn nie mit Zweifel oder Unruhe erfüllt. Im Gegenteil, er fand es richtig. Er war eben ein Betrüger.

Er saß mit einer Flasche Mineralwasser und Blick auf die Tür im Restaurant des Holmenkollen-Parks. Eines der vielen Laster, die in seinem neuen Leben keinen Zutritt hatten, war Zuspätkommen. Über eine halbe Stunde lang hatte er Mineralwasser getrunken und auf die Tür gestarrt, durch die Diana bald hereinkommen würde. Er sah sie vor sich, und schlagartig mußte er seine Beine übereinanderlegen. Er sah sich verstohlen um, aber niemand schien sich zu kümmern um einen schlanken, hochgewachsenen und gutgekleideten blonden Mittdreißiger, der mit Haut und Haar verliebt war. Er zwang sich, an Fußball zu denken, befahl seinem Gehirn, sich für die Torwartkrise bei Brann zu engagieren. Aber von dieser Weicheiermannschaft in Bergen war der Sprung nicht weit zum Frauenfußball, und von Frauen zu Diana war es dann eigentlich nicht mal mehr ein Sprung.

Er winkte dem Kellner und bestellte eine neue Flasche Mineralwasser. Er ergriff die Gelegenheit, um aufzustehen und zur Toilette zu gehen – um die Frisur zu überprüfen und die Dinge wieder an ihren Platz zu legen.

Diana war 28 Jahre alt und kam aus Skagen. Sie hatte

drei Jahre auf dem Königlichen Schloß in Kopenhagen gearbeitet und war jetzt auf selbiges in Oslo delegiert, um sich mit der norwegischen Küche bekanntzumachen, mit dem Ziel, die Küche in Königin Margrethes neu erbautem Osterdomizil in Norwegen zu führen. Diana war Kaltmamsell, aber nur dem Namen nach. In sexueller Hinsicht war sie das Heißeste, was Jeje jemals im Bett hatte. Heute kannten sie sich genau eine Woche, und er hatte sie zum Essen eingeladen, um das Ereignis zu feiern. Das heißt, eigentlich waren es zwei Ereignisse, aber das zweite war nicht der Rede wert: Jeje war sieben Tage lang sauber geblieben. Er sah ein, daß das keine große Leistung war, aber immerhin waren es für ihn Ferien.

Noch nie hatte sein Sinn für schöne Dinge so heftig reagiert wie auf Diana Munkebjerg – und das, bevor er wußte, daß sie auf dem Schloß angestellt war. Er richtete sein Haar, trocknete einen Wassertropfen von seiner Stirn und ging zurück ins Restaurant. Diana war zum Glück noch nicht gekommen. Er sah auf die Uhr: Fünf Minuten über die Zeit. Hoffentlich war sie nicht krank geworden, oder überfahren.

Seine Eltern würden natürlich jubeln. Sie verursachten ihm ein permanent schlechtes Gewissen. Er konnte sich ihnen gegenüber nicht besonders profilieren, um nicht zu verraten, was er denn wirklich in Oslo trieb. Aber auch dieses Stadium wäre bald überstanden. Doch Schæfern war ein Problem. Denn es gab noch ein Paradox in Jejes Leben: Obwohl er nirgendwo formell angestellt war, war es für ihn doch beinahe unmöglich zu kündigen. Gerade jetzt. Schæfern war immer noch fuchsteufelswild wegen der Befehlsverweigerung. Wahrscheinlich war es die erste Auftragsverweigerung aus ideellen Gründen, die er erlebt hatte.

Der Auftrag hatte darin bestanden, sich fünfzig Kilometer nördlich von Oslo in eine Kirche zu schleichen und einen Kosovo-Albaner herauszuschleppen, der dort zusammen mit seiner Frau und zwei Kindern um Kirchenasyl ersucht hatte. Der Mann sollte, wohlverschnürt, auf dem Parkplatz vor dem Polizeipräsidium von Romerike abgelegt werden. Danach sollte die Polizei telefonisch davon unterrichtet werden, daß ein Paket für sie angekommen sei.

Jeje wußte nicht, wer für diesen Job teuer bezahlte, aber als er durch die Fernsehnachrichten erfuhr, daß man Neonazis für die Entführung des Kosovo-Albaners verantwortlich machte, wurden Jeje zwei Dinge klar: Erstens, daß er sich all die üblen Beschimpfungen, die er über sich hatte ergehen lassen müssen, als er den Job ablehnte, hätte sparen können – denn es stand immer ein anderer bereit. Und zweitens, daß es gut war, Neonazis zu haben.

Plötzlich – mitten in einem Schluck Mineralwasser – stand sie da, in einem etwas altmodischen weißen Hosenanzug, und war so unschuldsblond und schön, daß Jeje vom bloßen Hinsehen ein schlechtes Gewissen bekam. Es war an der Zeit, sich zusammenzureißen, um so etwas Unersetzliches wie Diana nicht dadurch zu verlieren, daß er immer noch keinen ehrlichen Job gefunden hatte. Zumindest hätte er vor genau einer Woche mit Schæfern brechen sollen. Er beschloß, gleich morgen aufs Arbeitsamt zu geben – oder eben Montag. Er war zu jedem Job bereit – und wäre es als Denunziant für Parkverstöße.

Jeje stand auf und umarmte Diana zur Begrüßung. Dann schob er sie vorsichtig von sich, die Hände auf ihren Schultern – und genoß ihren Anblick.

»Soweit das überhaupt möglich ist, Diana, bist du seit dem letzten Mal noch schöner geworden«, sagte er leise und ernst, und küßte sie auf die Stirn. Sie hatten sich das letzte Mal am vorigen Abend gesehen. Diana lächelte so breit, daß die Perlenreihe in ihrem feuchtroten Rahmen ihn blendete. Dann schlang sie ihre Arme um seinen Hals und zog ihn zu sich heran – und ohne die Gäste an den Nachbartischen zu warnen, bohrte sie ihre Zunge tief in seinen Mund. Der Überfall kam für Jeje so überraschend, daß er Atemnot bekam. Er riß sich los und füllte seine Lungen, sah sich errötend um – und begrüßte ihre Zunge. Als sie ihn mit einem lauten Plopp-Laut entließ, war er sehr erregt.

»Wollen wir etwas essen?« Er taumelte auf seinen Stuhl, um gleich wieder aufzuspringen. Er ging um den Tisch herum, um ihr den Stuhl zurechtzurücken. Sie setzte sich, ohne auf ihn zu warten.

Sie hatten unter einem Baum im Vigelandpark zueinandergefunden. Jeje war auf seiner samstäglichen Joggingtour, sie führte ihren Hund aus – ein kleines weißes Wollknäuel namens Cäsar. Sie hatten sich beide unter dem Baum eingefunden, weil eine einsame dunkle Spätsommerwolke es für gut befunden hatte, sich über Oslo West zu entleeren. Jeje war als erster gekommen und war dabei, Dehnübungen am Baumstamm zu machen. Er bemerkte nicht, daß Diana sich denselben Baum als Regenschirm ausgesucht hatte, bis Cäsar an seinem Bein eine Reviermarkierung anbrachte.

Der Kontakt war da. Und die Sekunden waren kaum zu Minuten geworden, als Jeje wußte, daß das hier Ernst war. Die charmante, blonde Dänin Diana mit den ausgeprägten Kurven war eine neue Kandidatin für »die Richtige«. Jeje kramte das verstaubte Spielbrett hervor, das zu dem seriösen Anmachspiel gehörte. Es war schon spät am Tag, also übersprang er Komplimente und Schmeicheleien und ging gleich zu einem stimmungsvollen Abendessen für zwei über. Er wählte die Perle unter allen Restaurants am inneren Oslofjord: »Lille Herbern Fjordkro«. Diana hatte die Einladung angenommen, und der Abend war ein Erfolg geworden. Sie saßen draußen und genossen Krabben, Weißwein und den Sonnenuntergang. Jeje hatte sich vorgenommen, Diana nicht gleich am ersten Abend ins Bett zu überreden – die Sache mit ihr war ihm zu kostbar, als daß er sie durch verbale Nötigung aufs Spiel setzen wollte. Statt dessen bot er ein übertriebenes Maß an Charme auf und war der unterhaltsamste Kavalier im Restaurant, was jedoch nicht viel bedeutete. Nur zwei weitere Tische auf der Terrasse waren besetzt, und zwar von Paaren, die die Aussicht suchten, um nicht miteinander reden zu müssen. Je öfter Diana lachte, desto mehr gelangte Jeje zu der Überzeugung, daß er einen historischen Augenblick in seinem Leben erlebte. Und um so wichtiger wurde es, zu verhindern, daß die Kameraden A und G – Alkohol und Geilheit – die Oberhand gewannen. Außerdem mußte Diana vorsichtig auf seine Tätowierung vorbereitet werden. Sie war aus einer Schnapslaune heraus bei Tattoo-Jack in Nyhavn entstanden. Es war ein roter Pfeil auf seiner linken Pobacke, unter dem geschrieben stand: »Vorsicht, heiß!«

Nach einem Glas Weißwein bestellte Jeje Mineralwasser. Diana riß die Augen auf, sagte aber nichts. Sie leerte im Laufe des Abends die Weinflasche, und zum Kaffee trank sie zwei Kognak. Jeje beruhigte sich damit, daß die Dänen ein viel entspannteres Verhältnis zum Alkohol haben als die scheinheiligen Norweger. Und während norwegische Frauen schon mit einem Glas Baileys intus auf den Tisch springen und ›I am sailing‹ grölen, behielt Diana die Haltung.

Er hatte gerade bezahlt – per Scheck, als sie die Hand ausstreckte und den Kugelschreiber ergriff. Sie schrieb etwas auf eine Serviette, die sie Jeje hinschob. Auf der Serviette stand in zierlicher Schnörkelschrift: Ich will mit dir schlafen. Jeje war geschockt. Er blieb stumm und errötete. Diana fing an zu lachen und bat um Antwort. Jeje faßte sich und nahm den Stift. Als Diana die Serviette zurückbekam, hatte er den aufgedruckten Willkommensgruß des Restaurants eingekreist und unterstrichen.

Einige Stunden später, als sie schwer und verschwitzt in seinem Arm lag, hatte sie gefragt, ob sie der Reklame gerecht werde. »Reklame?« hatte er verständnislos wiederholt. »Ja, du weißt schon«, antwortete sie, »Sei froh in Dänemark.« Er hatte pariert, indem er verlangte, von nun an Königlicher Hoflieferant genannt zu werden.

Angesichts Dianas sexueller Direktheit hatte ihn ein Anflug von Unruhe überkommen, der aber bald verschwand, als ihm einfiel, daß die Dänen auch in dieser Hinsicht freier und spontaner sind als die Norweger.

»Ich denke, wir sollten ein Dreigängemenü nehmen.« Jeje reichte ihr die Karte.

»Hast du Hunger?« fragte Diana schelmisch.

»Du nicht?« Jeje sah überrascht aus.

»Doch, aber nur auf dich!« Sie sagte das unnötig laut, fand Jeje. Er lachte bemüht.

»Zumindest müssen wir zur Feier des Tages mit Sekt anstoßen«, sagte er.

»Ich könnte mir vorstellen, den Tag anders zu begehen«, lächelte sie.

»Anders begehen?« Jeje fuhr sich mit der Hand durchs Haar. »Wie denn?«

»Ich lade dich auf eine Feier im Schloß ein!« Sie machte eine gravitätische Geste mit dem Arm, während sie ihr Angebot vorbrachte.

»Auf dem Schloß?! Beim Leibhaftigen!«

»Nein, beim König.«

»Aber ist es nicht verboten, auf ...«

Er wurde rot, als er sich so reden hörte. »Ich meine, wie willst du das hinkriegen?«

»Ich gebe dich als Lieferanten aus.«

»An einem Samstagnachmittag?!«

» ... kann es natürlich schon einmal passieren, daß der König Lust auf frische Erdbeeren bekommt!«

»Aber sind die nicht auf Skaugum, oder in ihrem Haus in Tjøme? Es ist doch Sommer, und es ist Wochenende.«

»Hast du etwa Angst? Du, als königlicher Hoflieferant?«

»Teufel auch! Angst?! Nein, es kam nur ein wenig überraschend – es ist ja noch nicht viele Wochen her, daß ich das Schloß beliefert habe.« Er schlug ein kurzes Lachen an, in der Hoffnung, cool zu wirken. Es ging total an Diana vorbei.

»Es ist doch dumm, Geld für teuren Schampus zu verschwenden, wenn man Royal-Castle-Schnaps umsonst haben kann.«

Jeje war in der Defensive, was ein seltenes Erlebnis für ihn war. Er legte eine Gesprächspause ein.

»Party auf dem Schloß! Du – der war neu!«

»Jetzt bist du süß, Jeje.«

»Gut, daß du das findest. Ich habe nämlich vor, dich zu mir nach Hause einzuladen – hinterher. Und damit du den Übergang vom Schloß zu Jejes Zweizimmerwohnung in Grünerløkka überstehst, ist es erforderlich, daß du mich als langfristige Investition ansiehst.«

»Das, was wir hinterher bei dir machen, können wir

genausogut auf dem Schloß tun.« Sie beugte sich über den Tisch zu Jeje und sprach mit gedämpfter – nach Jejes Geschmack bei weitem nicht ausreichend gedämpfter – Stimme weiter:

»Ich will, daß du mich auf dem Schreibtisch des Königs nimmst!«

Jeje verschlug es die Sprache. Die Kinnlade fiel ihm herunter. Diana beugte sich noch weiter vor und schob sanft mit dem Zeigefinger seinen Unterkiefer wieder hoch.

»Zeig ein bißchen Begeisterung, Junge!«

Er schüttelte den Kopf. »Bedaure, aber mir ist eingefallen, daß ich für eine Nummer auf dem Schloß nicht richtig angezogen bin, ich habe kein Du-REX dabei.« Er lachte nicht mehr. »Verdammt noch mal, Diana, du kannst deinen Job verlieren!«

»Und du glaubst, das würde ich riskieren? Du hast mich darum gebeten, Jeje. Du behandelst mich ja wie ein Wunschbild, das bin ich aber nicht.«

»Jetzt komme ich nicht mehr mit.«

»Eben, du benimmst dich wie dein eigenes Double. Wie ein frisch bekehrtes Sektenmitglied. Das wird mir zu anstrengend.«

Sie hatte ihren Finger wieder weggenommen, und er saß mit offenem Mund da und starrte sie an. Eine Alarmglocke schrillte in seinem Kopf. Sagte sie, daß sie es nicht mehr aushielt? An ihrem Jubiläumstag? Er räusperte sich.

»Wenn ich dir nun sage, daß ich so bin, weil ich … Angst habe, dich zu verlieren …«

»Ich bin nicht Bambi.«

»Und das sagst du erst jetzt!?«

Sie lachte. Die Alarmglocke verstummte. Er legte seine Hand auf ihre.

»Hast du Lust, mit mir nach Hause zu kommen und dir meine Peitschen anzusehen?«

»Gerne, ich war schon immer ein wenig neugierig auf SM. Wie hart schlägt man denn eigentlich zu?«

»Kommt auf die Unterlage an. Wenn es zum Beispiel der Schreibtisch des Königs ist, kann man ruhig drauflosdreschen.«

»Du weißt, daß sie es getan haben?«

»Auf dem Schloß?«

»Ja, auf diesem Fest. Das war vor meiner Zeit, aber ich habe die Fotos gesehen, in ›Hören und Sehen‹. Eins war im Büro des Königs aufgenommen – ein Kerl hatte die Füße auf den Schreibtisch gelegt und rauchte. Danach wurde es viel härter.«

Jeje winkte einem Kellner.

»Ich habe immerhin ein King-Size-Wasserbett.«

»Super. Cäsar liebt es, auf einem Wasserbett zu schaukeln.«

Jeje wandte sich zur Wand und zog eine Grimasse. Den Köter hatte er ganz vergessen, das Wollknäuel!

4

Sonntag

Auf jemanden, der Polizeiinspektor Odd Bjerg nicht kannte, wirkte er wie ein typischer Tourist, als er umherschauend und feierlich wie ein Flamingo über den Sonja-Henies-Platz dem Eingang des »Oslo Plaza« entgegenschritt. Wie die meisten Touristen blieb er ungefähr auf der Mitte des Platzes stehen, legte den Kopf zurück und ließ den Blick über das gesamte Hotel schweifen. Wenn man es so betrachtete, schräg von der Seite, überraschte einen das Gebäude dadurch, daß es für ein Hochhaus ungewöhnlich schmal war, weshalb es im Volksmund auch der »Schlagstock« genannt wurde.

Während er so mit nach hinten gebeugtem Kopf mitten auf dem Platz dastand, machte er eine Drehung um 360 Grad und stellte dabei fest, daß weder die Nachbarschaft des in jeder Beziehung kleineren Postbankgebäudes noch die Umgebung von Nedre Grønland überhaupt dem »Oslo Plaza« seinen Glanz nehmen konnten. Berg war leidenschaftlich an Architektur, Stilarten und bildender Kunst interessiert. Er investierte seine gesamte Freizeit in Museums- und Galeriebesuche, und das meiste seines Ersparten in Nachschlagewerke und Gemälde. In den letzten Jahren war er ein leidenschaftlicher Bewunderer von Knut Rose geworden, und zwei Bilder von ihm zierten die Wände seines Reihenhauses in Lysejordet. Odd Berg war Ästhet – und folglich ein einsamer Wolf im Osloer Polizeiapparat.

Er richtete den Blick wieder auf das Hotel. Neben der Freude fürs Auge, die das Hotel bot, war die Architektur auch äußerst funktionell, jedenfalls für die Polizei. Er zählte bis zur 26. Etage. Dort begann die Business-Class. Dort war das Nadelöhr. Die 26. bis einschließlich der 31. Etage waren als Hotel im Hotel gebaut und besonders luxuriös eingerichtet – »Plaza Tower«, mit der Königssuite auf dem mit Abstand höchsten Punkt, 118 m über der Erde.

Um sich Zutritt zur Business-Class zu verschaffen, muß man eine bestimmte Schlüsselkarte für den Aufzug haben. Aufgrund dieser Zugangsbegrenzung und der geringen Grundfläche des Hotelturms mit nur einem durchgehenden Korridor lassen sich die oberen Etagen hermetisch abriegeln – ein Sicherheitsvorteil, der das »Oslo Plaza« zum idealen Schauplatz für jene Art von Aktivitäten machte, die gerade jetzt in dem Hotel stattfanden und für deren Sicherheit Berg die oberste Verantwortung trug: Heimliche Friedensverhandlungen.

Genauer gesagt spielten sie sich in der Königssuite im 31. Stock ab, in dem ellipsenförmigen Speisesaal, in dem auch die historischen Verhandlungen zwischen Israel und der PLO stattgefunden hatten. Seit einem Monat versuchte man jetzt, über dem Eßtisch aus Birke einen weiteren tragischen Konflikt zu lösen, den Streit zwischen Protestanten und Katholiken in Nordirland. Die »Friedensengel« im Auswärtigen Amt hatten es wieder einmal geschafft, zwei unversöhnliche Feinde zum Gespräch zu versammeln: Sinn Fein und die IRA auf der einen Seite des Tisches, Großbritannien und die Unionisten auf der anderen.

Die meisten, die an diesem strahlenden Sonntagmorgen im August sahen, wie Polizeiinspektor Odd Berg auf dem Sonja-Henies-Platz den Kopf hin- und herbewegte, kannten ihn und waren davon überzeugt, daß der Grund dafür, daß er mitten auf dem Platz angehalten hatte und den Kopf wie in einem Kugellager drehte, darin bestand, daß er kontrollieren wollte, ob seine Leute auf ihrem Posten waren. Ob die vielen Polizeiposten auf Dächern, in Autos und hinter Gardinen im näheren Umkreis des Hotels besetzt, und ob die Mannschaften in Bereitschaft waren. Berg war ein berüchtigter Pedant, und ohne daß er es wußte, hatte er durch seine bloße Gegenwart eine spontane Alarmübung ausgelöst. Nur drei Sekunden, nachdem er in der Fußgängerunterführung beim Oslo Spektrum gesichtet worden war, waren alle 16 aufgestellten Mannschaften samt dem Stab im »Hotel Plaza« darüber informiert, daß der »Pedant« im Anmarsch war. Kein schlechtes Ergebnis, wenn man in Betracht zog, daß das Spezialeinsatzkommando am Tag zuvor eine schriftliche Klage über die unbrauchbare Kommunikationsausrüstung eingereicht hatte.

In der Hoffnung, frische Sommerluft zu atmen, füllte Berg seine Lungen und trat die zweite und letzte Etappe über den Sonja-Henies-Platz an. Er ging an drei wartenden Taxis vorbei, deren Motoren liefen. Nachdem die meisten Taxis in Oslo mit Klimaanlagen ausgerüstet worden waren, traf man selten auf einen stehenden Wagen, dessen Motor nicht lief. Lag die Temperatur unter zehn Grad plus, verteidigte man den Leerlauf mit zu befürchtenden Startproblemen, lag sie darüber, war es so warm, daß man die Klimaanlage benötigte.

Berg betrat die Schaufeln der riesigen Hoteldrehtür, und als er drinnen auf den Marmor heraustrat, blieb er noch einmal irritiert stehen: Berg und alle anderen, die das Foyer betraten, wurden im »Radisson-SAS« willkommen geheißen. »Das ist doch wohl der Gipfel der Ungeschicklichkeit«, dachte Berg, »ein Hotel umzutaufen, das einen so bekannten und einprägsamen Namen hat wie das ›Oslo Plaza‹! ›Radisson-SAS‹, was soll das denn sein? Die Schwulengruppe des Zimmerkellners?«

Er schüttelte die Eigentümlichkeiten der Hotelbranche von sich ab, indem er den beiden Zivilbeamten zunickte, die diskret ihren Dienst als Sicherheitsposten rechts vom Rezeptionstresen, am Eingang zum Fahrstuhlkorridor, versahen. Er selbst wählte die Treppe. Er mußte nur in die zweite Etage, in die Konferenzabteilung. Und indem er die Treppe hinaufging, bekam er ein wenig von der großzügigen Kunstsammlung des Hotels mit. In der ersten Etage genoß er den Anblick von Sonja Henie, die auf einem beschlittschuhten Bein vor dem Eingang zu dem nach ihr benannten Festsaal stand.

Die drei Gruppenräume in der zweiten Etage waren alle von der Polizei besetzt und zu einer Einsatzzentrale, einem Besprechungsraum und einem Speise- und Ruheraum umfunktioniert worden. In einem benachbarten Korridor verfügte die Polizei über zwei weitere Zimmer. Das eine wurde als Lager benutzt und war darüber hinaus von den Rauchern besetzt. Das andere war mit Kabeltrommeln und Steckdosenpaneelen angefüllt und diente als Ladezentrale – das Einsatzkommando verfügte über ein eindrucksvolles Arsenal an tragbaren EDV- und Kommunikationsgeräten. Der Wachleiter, Arnstein Karlsen, begrüßte den Polizeiinspektor mit einem schiefen Lächeln und einem »Morgen, Berg«, als der Chef die Einsatzzentrale betrat. Berg quittierte mit einem kurzen Nicken und einem Blick, der eine eindeutige Aufforderung war, Bericht zu erstatten.

»Was bringt dich um diese Zeit hierher«, fuhr Karlsen unverdrossen fort.

»Nichts Besonderes«, sagte Berg und wiederholte mit einem Blick den Befehl, Bericht zu erstatten. Karlsen ging wieder auf sein Pult zu.

»Hier ist alles o. k.!«

Berg verzog zufrieden den Mund und drehte seinen Kopf um 180 Grad herum – sowohl links als auch rechts von ihm saßen Mannschaften. Und alle waren plötzlich sehr beschäftigt gewesen, als der »Pedanten-Alarm« losging. Karlsen verfolgte das Geschehen auf drei Überwachungsmonitoren, während er redete.

»Unsere Freunde haben die ganze Nacht gearbeitet, und wir hatten zwei Ausflüge zur britischen Botschaft. Um die Fernmeldezentrale zu benutzen, denke ich mal.«

Während der Wachleiter redete, ging Berg zu einem freien Stuhl und setzte sich auf die äußerste Kante der Sitzfläche. Er legte die Hände auf die Knie.

»Was das Innenleben des Hotels angeht, so hat ein pakistanischer Koch von der Frühstücksschicht einem litauischen Kellner einen Apfelausstecher in die Wange gejagt, angeblich, weil der Kellner auf seinen Gebetsteppich uriniert haben soll. Der Kellner, der jetzt auf der Unfallstation liegt, mit einem Tunnel durch die Wange bis hinten zum Weisheitszahn, behauptet inzwischen, daß der Koch ihn wie rasend angriff, als er ihn bat, damit aufzuhören, seine Füße in der Küchenspüle zu waschen.« Karlsen teilte seine Aufmerksamkeit lässig zwischen Berg und dem Geschehen auf dem Bildschirm auf.

»Außerdem haben wir kurz vor fünf heute früh hochfeinen Besuch bekommen. Da hat einer unserer Fernsehstars vorbeigeschaut. Leider gab es keine Autogramme für uns, er hatte es nämlich ausgesprochen eilig.«

Karlsen erntete gedämpftes Gelächter. Er sah sich um und grinste breit.

»Ganz nüchtern war er wohl nicht mehr, aber immerhin traf er die Fahrstuhltür beim zweiten Versuch. Kurz gesagt: er war sturzbetrunken – jedenfalls nach meinen Maßstäben. In Trøndelag sagt man ja: ›Du bist nicht richtig voll, wenn du noch auf dem Boden liegen kannst, ohne dich festzuhalten.‹«

Erneutes Gelächter. Berg schaute ungeduldig auf die Uhr.

»Er torkelte runter in die 15. Etage und begann, an die Tür zu Zimmer 1523 zu donnern …«

»Faß dich kurz, Karlsen.« Ungehalten bemerkte Berg, daß die Aktivität in der Einsatzzentrale gleichzeitig mit dem Erzähltempo des Wachleiters abnahm. Karlsen fuhr im selben Tempo fort.

»In Zimmer 1523 wohnt noch ein Fernsehstar, dieser neue, der Schwede, der das Zweite Programm retten soll – und der war bei der Arbeit, gewissermaßen. Genauer gesagt ›unterhielt‹ er die neue Flamme unseres norwegischen Fernsehstars. Es gab einen Höllenlärm da oben, ja, eine kleine Schlägerei, könnte man sagen. Aber bevor wir es für nötig befanden einzugreifen, schlossen die beiden Freundschaft und beförderten die ›Dame‹, also die Flamme von dem norwegischen Fernsehstar, hinaus auf den Gang. Danach haben sie sich zehn Drinks auf das Zimmer bestellt. Wir haben uns dann entschlossen, alle drei festzunehmen, weil die Dame auf dem Gang ein Riesenspektakel veranstaltet hat. Außerdem war sie nackt, abgesehen von einem T-Shirt mit der Aufschrift: ›Das Zweite – Norwegens Serienmeister‹. Ja, das war die Nacht …«, Karlsen sah zu Berg herüber, »… in wenigen Stichworten.«

Berg grunzte und schob den Stuhl näher zu Karlsen heran.

»Können wir uns draußen auf dem Gang unterhalten?« Er stand auf und ging, ohne auf Antwort zu warten, zur Tür. Karlsen eilte ihm nach, während er versuchte, sich die Hose über den Bauch zu ziehen. Drei, vier Meter weiter auf dem Gang blieb Berg stehen.

»Ich muß mit dir sprechen – allein, mit dir und Sokne. Sobald wie möglich.«

»Sokne?« Karlsen verzog die Augenbrauen.

»Mit dir und Noker Sokne, ja. Es ist etwas passiert, etwas Bedeutendes.«

Es vergingen einige Sekunden, bevor Arnstein Karlsen sich gesammelt hatte.

»Etwas in Richtung Ärger?«

»Schlimmer. Es ist Frieden, Karlsen!«

5

Den Aufzug zu nehmen war ein Fehler gewesen. Er war zum Frühstücken im »Leeward Dining Room« gewesen, dem einen der beiden großen Speisesäle auf der »S/S Norway«, und jetzt stand er eingeklemmt in einer Ecke des Aufzugs auf dem Weg nach oben zum »Sky Deck«. Bei jedem Halt sickerten neue blutarme, englische ältere Ehepaare hinein, die ungeniert die Köpfe zusammensteckten und über das Thema »man sagt, er kommt aus einer alten, vornehmen Familie« plauderten. Zu seiner großen Irritation bemerkte er, daß es ihnen gelang, ihn in die Defensive zu bringen – er begann, an der Identität, die er sich ausgesucht hatte, zu zweifeln.

Die Tuschel-Kolonie wollte auf das Sonnendeck, so daß er sich mit den Ellbogen einen Weg bahnen mußte, als der Aufzug endlich das »Sky Deck« erreichte. Er widerstand der Versuchung, den Weg bis zur Suite zu rennen, aber als er dort war, schob er die Schlüsselkarte mit einer heftigen Bewegung in den Schlitz, öffnete und sprang beinahe hinein. Er schloß rasch die Tür und lehnte sich dagegen.

Was, verdammt, war mit ihm los? Hatte er Angst vor präsenilen Pensionären? Er riß sich die Schottentracht vom Leib, schleuderte die Klamotten, inklusive der lächerlichen Mütze, auf den Boden. War es eine schlechte Wahl gewesen? Er kam zu keinem Ergebnis, und es gab niemanden, den er um Rat fragen konnte. Er allein bestimmte seine Identität. Und niemand anders kannte sie – nicht einmal der Major.

Er legte sich auf das Doppelbett, nur mit seiner Unterhose bekleidet. Sie nannten es Bett, obwohl es an Bord eines Schiffes stand. Er hatte herausgefunden, daß es mit der Größe zusammenhing. Wenn im Kreuzfahrtkatalog von Suiten und Luxuskabinen die Rede war, hieß es Bett, aber in der Beschreibung von Quartieren niedrigerer Kategorie war die Rede von Kabinen mit zwei, drei oder vier Kojen.

Er hatte viel Zeit auf seine Identität verwendet. Wie gewöhnlich. Aber nicht allein aus Gründlichkeit – er hatte einfach reichlich Zeit. Und es erschien ihm sinnvoll, soviel wie möglich davon für die Vorbereitungen zu nutzen. Er hatte die Vor- und Nachteile der Schottenidentität gründlich abgewägt. Sie war gewagt. Wenn der Anlaß dafür, als ein anderer aufzutreten, kein Gesellschaftsspiel mehr ist, sondern eine Frage von Leben oder Tod, zieht es einen instinktiv in die Anonymität. Aber auch in dieser Beziehung hatte er sich zum Experimentieren berufen gefühlt und erfahren, daß eine extreme Identität in gewissen Fällen genauso sicher war wie die Anonymität. Und eine Kreuzfahrt war ein solcher Fall. Ein reservierter Schotte in Nationaltracht, allein unterwegs auf einer der teuersten alternativen Wohnmöglichkeiten, wird eine Rarität, von der man spricht. Eine spannende exotische Attraktion, die wegen ihrer Anziehungskraft und Einladung zum Beobachten zum gemeinsamen Eigentum wird – jeglicher Gedanken an niederes Verhalten wie Toilettenbesuche und das Stehlen von Handtüchern enthoben.

So hatte er es sich ausgedacht, und so hatte es sich entwickelt. Und jetzt war er unsicher, zweifelte daran, ob er richtig gewählt hatte – nur weil ein paar redselige Pensionäre einen neugierigen Blick auf ihn geworfen hatten. Es war ein schlechtes Zeichen. Ein Hinweis auf bevorstehende Angst.

Alles wäre einfacher gewesen, hätte er nicht dieses verdammte rote Haar. Rotes Haar eignet sich schlecht zum Färben oder Bleichen. Das Ergebnis einer solchen

Behandlung ist unter Umständen noch auffälliger als das Ausgangsprodukt. Die Alternative war, sich kahlzuscheren, aber das könnte noch größere Aufmerksamkeit erwecken, auf jeden Fall in Kombination mit der Schottentracht. Hinzu käme noch der beträchtliche Aufwand, die Glatze zu erhalten. Das Haar durfte also rot bleiben – bis die Haarfarbe zu einer konkreten Bedrohung würde, zum Beispiel als Bestandteil einer offiziellen Täterbeschreibung.

Er nahm das Hörgerät heraus und legte es auf den Nachttisch. Das Hörgerät hatte er für einen Geniestreich gehalten. Stellte man ihm eine Frage, die er nicht beantworten konnte oder wollte – zum Beispiel, zu welchem Clan sein Tartan gehörte – so brauchte er nur an dem Hörgerät herumzufummeln und zu antworten: »Zwanzig vor drei.«

Er mußte nicht lächeln. Noch ein schlechtes Zeichen.

In sozialer Hinsicht hatte er im großen und ganzen keinen Umgang mit anderen als sich selbst. Es hatte sich so ergeben – eine natürliche Folge der übergeordneten Instanz, der »Sache«. Einmal war er dumm genug gewesen zu glauben, er könne sich ein Liebesverhältnis erlauben. Aber bevor die Sache zu weit ging, war er sich darüber klargeworden, daß es nicht die Person war, in die er sich verliebt hatte, sondern die Tatsache, daß er ein Wesen getroffen hatte, dem seine körperliche Begrenztheit nichts ausmachte. Ein richtig liebenswürdiges Wesen, und dazu noch mit gleicher »Veranlagung« und ähnlichem Schicksal. Der Betreffende war Kriegsinvalide aus dem Falklandkrieg und hatte selbst keinen funktionstüchtigen Unterleib mehr.

Dieser lästige Unterleib. Seit dem Augenblick der Wahrheit in der Pubertät hatte er ihm mehr Probleme als Glücksmomente bereitet. Erst beim Militär hatte er erlebt, daß er ein Sexualleben hatte. Solange er es hatte. »Du kannst froh sein, daß du schwul bist«, hatte ein wohlmeinender heterosexueller Krankenpfleger ihn getröstet, als er nach der Operation aufwachte. Er hatte laut und herzlich gelacht. Damals.

Der Vorschlag, gegen die Konferenz in Oslo aktiv zu werden, sie zum Schweigen zu zerschlagen, war von ihm selbst ausgegangen. Der Major hatte zurückgemeldet, daß »man« den Vorschlag unterstütze. Er hatte sich auf die Aktion gefreut. Wenn es etwas gab, was er sich innerlich wünschte, so war es, die Quislinge zu vernichten, die sich bei den Briten, bei John Major, anbiederten. Sie waren Verräter an der »Sache«. Ein Attentat auf die »heimlichen« Verhandlungen in Oslo würde den Überläufern, den Unentschlossenen, den Feinden und den Friedensvermittlern zeigen, daß der Betrug entdeckt war. Und daß die Tauben keine Macht hatten. Aber jetzt war es also zu spät. Kurz bevor er an Bord gegangen war, hatte der Major ihn angerufen. Der schlimmste Fall war eingetreten. Er berichtigte sich. Nur scheinbar war es zu spät. Die Parteien hatten sich über einen Vertrag geeinigt. Aber es war immer noch möglich, die Welt davon zu überzeugen, daß der Vertrag nicht das Papier wert war, auf dem er geschrieben stand. Es gab ausreichend Zeit, und die Operation war angelaufen.

Ein zischendes Geräusch ließ ihn auffahren – obwohl er schon ein paarmal Besuch von diesem Pfeiflaut gehabt hatte. Einer der Angestellten an Bord – wahrscheinlich ein Mitarbeiter des Informationsdienstes – hatte es sich zum Ziel gesetzt, die Leute aus den Kabinen zu vertreiben, indem er dieselben mit dicht beschriebenen A4-Bögen füllte. Diese wurden durch den Schlitz unter der Kabinentür hindurchgeschoben, was diesen zischenden Laut erzeugte. Er stand auf und holte die neueste Meldung. Sie war dazu gedacht, ihn aufzumuntern, sie lautete nämlich, daß die Tour – die Kreuzfahrt – ein Erlebnis fürs Leben werden würde. Als Teilnehmer an der großen Europa-Kreuzfahrt der »S/S Norway« – mit einem Spitzbergenbesuch als I-Tüpfelchen – würde er »Eindrücke sammeln, die nie von der Netzhaut verschwinden«. Er lachte nicht. Über Spitzbergen stand da, daß er die Westküste zu sehen bekommen werde, daß in Longyearbyen, im Magdalenenfjord und in Ny-Ålesund die Möglichkeit zum Landgang bestünde und daß das Schiff, soweit die Eisverhältnisse es zuließen, den 80. Breitengrad passieren würde – all dies wahrscheinlich in der Absicht, den Erinnerungsspeicher auf der Netzhaut der Passagiere zu bereichern. ›Titanic II‹, dachte er – immer noch ohne zu lächeln. Er knüllte das Papier zusammen und warf es in den Papierkorb. Dann legte er sich wieder auf den Rücken ins Bett.

Er schloß die Augen und rief sich die schlimmstmögliche Szenerie ins Gedächtnis – ein fester Bestandteil seiner Vorbereitungen. Vielleicht würde es notwendig werden, den Semtex-Sprengstoff am Körper zu befestigen und selbst mit auf den Höllentrip zu gehen. Er hatte von Selbstmordaktivisten in Hamas gehört, die sogar die Explosion überlebt hatten – wahrscheinlich, weil ihre Führer schlecht ausgebildet waren. Vielleicht waren sie aber auch geizig gewesen und wollten am Sprengstoff sparen. Wenn es nicht von entscheidender Bedeutung war, daß eins oder mehrere der Zielobjekte eliminiert würden, so war die Wirkung eines Attentats, bei denen Personen lediglich verletzt wurden, genauso gut. Um nicht zu sagen besser. Eine Leiche kann keinen Schmerz ausdrücken. Aber für einen heiligen Krieger, der sich darauf freute, im Paradies seinem Gott zu begegnen, war es natürlich ein gewaltiger Abstieg, mit weit aufgerissenem

Bauch am Wegrand zu erwachen, umgeben vom verhaßten Feind und mit der Gewißheit, daß das Treffen mit Gott im Paradies nicht stattfindet, dafür aber eins mit einem Folterknecht in der Hölle.

Hatte das Erlebnis im Fahrstuhl vielleicht mit einer schleichenden Todesfurcht zu tun? Ein Ergebnis dessen, daß das Unterbewußtsein von der äußersten Konsequenz Besitz ergriff. Er hatte geglaubt, daß er jederzeit darauf vorbereitet sei, dem Tod ins Auge zu sehen. Daß er bereit – ja willens – sei, für die »Sache« sein Leben zu opfern. Dieser Glaube war seine einzige Religion, verlöre er ihn, wäre auch alles andere verloren. Die Oslo-Aktion könnte davon abhängen, daß er – *er* allein – im entscheidenden Augenblick nicht zögerte.

Obwohl er den neuen Plan des Majors noch nicht kannte, lag es auf der Hand, was sie zu tun hatten: So gnadenlos und abschreckend zuschlagen, daß der Vertrag nicht ernstgenommen werden könnte, am besten noch vor seiner Unterzeichnung. Das Beste wäre es, die Vertragspartner davon abzuschrecken, ihre Unterschrift zu leisten. Das wäre eine souveräne Machtdemonstration.

Er war sich nicht ganz sicher, ob er an das Gelingen ihrer Aktion glaubte. Er *wollte* es glauben, er mußte es glauben. Aber es galten neue Regeln. Die Welt schlug zurück, ließ sich nicht mehr so leicht einschüchtern. Eine Autobombe in London brachte die Leute dazu, die Hände zu Fäusten zu ballen und zu fluchen, zwang aber niemanden in die Knie.

Aber vielleicht eine Bombe in Oslo?

Er starrte an die Decke und überlegte, wie seine Mutter reagieren würde, wenn sie erführe, daß er in ihrer Heimatstadt in Fetzen gesprengt worden war.

6

Noker Sokne saß auf dem Rücksitz eines zivilen Polizei-Volvos und verstand überhaupt nichts. Sie fuhren, was das Zeug hielt, und hatten zu allem Überfluß auch noch zwei Fahrräder vor sich. Was zum Teufel hatte er getan? Man hatte ihm nur mitgeteilt, daß er ins »Hotel Plaza« mitkommen sollte, zu einem Treffen. Sie hatten ihn zu Hause in dem niedrigen Wohnblock in Tåsen abgeholt – was nicht weiter schlimm war. Die meisten Nachbarn wußten ohnehin, daß er an der Polizeihochschule unterrichtete, oder zumindest, daß er beruflich irgendwie mit der Polizei zu tun hatte. Aber worum ging es? Es mußte etwas mit den Verhandlungen zu tun haben. Hatte Arnstein Karlsen einen Terroristen aufgegriffen, vor dem ihn Noker Sokne nicht gewarnt hatte?

Kaum. Aber was konnte es sonst sein? Es ging ihm auf, daß er genau jetzt dafür bezahlte, daß er in einer Behörde mit schlechtem Mannschaftsgeist und schwacher Führung arbeitete: Sobald jemand hinter deinem Rücken »Hallo« ruft, fühlst du dich verunsichert.

An der Rezeption wurde er von Karlsen und Odd Berg empfangen, dem Polizeiinspektor, der auch als der »Pedant« bekannt war. Berg war wie immer untadelig gekleidet – an der Grenze zum Affektierten, er trug eine mokkabraune zweireihige Jacke mit Messingknöpfen und cremefarbene Jeans. Arnstein Karlsen trug Uniformhemd und -hose und eine marineblaue Ausgabe von Bergs Jacke. Genauer gesagt eine Strickjacke jener Art, die Mitte der siebziger Jahre Favorit der Gabentische war – mit großem Schalkragen, zweireihig und tief ausgeschnitten, und natürlich mit Messingknöpfen. Noker stellte fest, daß die Jacke ein Beispiel dafür war, daß die Größe XL nicht länger das war, was sie einmal gewesen war.

Dabei sah er selbst wie ein wandelnder Rotkreuzcontainer aus – in zerschlissenen braunen Seglerschuhen, ausgeblichenen Shorts, die irgendwann einmal dunkelrot gewesen waren, und dem gelben T-Shirt, das die Polizei während des Staatsbesuchs des chinesischen Präsidenten hassen gelernt hatte. Es war reichlich gebraucht und hatte Rotweinflecken. So wie die meisten es getan hätten, hatte er das angezogen, was gerade zur Hand war, als die Polizei kam, um ihn zu holen. Zu Nokers Überraschung war es Karlsen, der angesichts seines Aufzugs die Nase rümpfte. Es war auch Karlsen, der ihm zu verstehen gab, daß er die Zigarette löschen solle. Sie gaben sich zur Begrüßung die Hand – denn trotz allem war Noker Sokne Privatdozent und der herausragende Experte des Landes auf dem Fachgebiet des internationalen Terrorismus. Außerdem genoß er großes Ansehen im Ausland und war – erst 33 Jahre alt – das einzige skandinavische Mitglied in der neuen UNO-Gruppe zur Bekämpfung des internationalen Terrorismus – UNITT.

Sie hasteten zu den Aufzügen. Auf dem Weg schnipste Noker die Glut von seiner Zigarette und steckte sie sich hinters Ohr. Berg drückte den Knopf. Hinter seinem Rücken öffnete sich eine Tür. Karlsen spielte die Rolle des Hütehundes und wartete, bis die beiden anderen Platz gefunden hatten, ehe er selbst in den Aufzug trottete. Nacheinander klopfte er alle seine Taschen ab, um die Fahrstuhlkarte zu finden. Es stellte sich heraus, daß sie dort war, wo er die Suche begonnen hatte, nämlich in seiner Hemdentasche. Dieser Schnitzer machte ihn so nervös, daß er zweimal den Kartenschlitz verfehlte, bevor es ihm endlich gelang, den Aufzug zum Leben zu erwecken. Er warf einen dümmlichen Blick auf Berg. Dann knickten sie alle drei in den Knien ein, als der Expreßaufzug sie nach oben katapultierte.

Vor den Aufzugstüren in der 26. Etage war ein Kontrollpunkt mit bewaffneten Mannschaften eingerichtet, inklusive Personen- und Gepäckscanner. Hier wurden wirklich alle kontrolliert, vom Reinigungs- und Küchenpersonal bis hin zu Abgeordneten und Polizisten. Sokne und Karlsen schlüpften lautlos durch das Scannertor, während Berg seine Taschen leerte und Schlüsselbund, Kleingeld und einen lächerlichen kleinen Stahlkamm, der ihn seit seiner Studienzeit begleitet hatte – wovon der Zustand einiger Zinken deutlich Zeugnis ablegte – in ein Plastikkästchen legte, das für bewegliches metallisches Gut vorgesehen war. Dennoch piepste es, als er den Detektor passierte. Leicht errötend zog er seine Jacke aus, durchsuchte sie nochmals und fand eine Hundepfeife. Verlegen murmelte er gegenüber Karlsen und Sokne irgend etwas von nachtschlafender Zeit, legte die Pfeife in das Plastikkästchen und machte seine zweite Runde durch das Scannertor, diesmal mit Erfolg.

»Wir nehmen 2623. Das ist ein Nichtraucherzimmer.« Karlsen unterstrich die Aussage, indem er Sokne einen vielsagenden Blick zuwarf. Es war eine in der ganzen Behörde bekannte Tatsache, daß Berg hysterischer Nichtraucher war. Angeblich wegen einer Allergie. »Follow me«, sagte Karlsen und zog mit seinem hoch erhobenen Universalschlüssel durch den Korridor – wie ein Reiseleiter auf Gran Canaria.

Sie zogen in einen Raum ein, der zwei Sessel und einen Schreibtischstuhl als Sitzgelegenheiten bot – zusätzlich zum Bett. Sie setzten sich der Rangordnung nach: Berg und Karlsen in die Sessel, Sokne auf den Schreibtischstuhl.

»Ich habe eine gute und eine schlechte Nachricht«, eröffnete Berg – und wurde zum zweiten Mal innerhalb weniger Minuten rot. Es war ihm plötzlich aufgefallen, daß seine Einleitung wie der Beginn eines schlechten Ärztewitzes klang. Aber Karlsen und Sokne stellten keine solchen Assoziationen an. Karlsen war ein Veteran in der Osloer Polizei und hatte so viele Floskeln und leere Phrasen gehört, daß »eine gute und eine schlechte Nachricht« wie schöngeistiges Gerede vorbeizog. Noker war zu gespannt, um Zweideutigkeiten zu bemerken – er wußte immer noch nicht, warum er an einem frühen Sonntagmorgen in ein Nichtraucherzimmer in der 26. Etage des »Oslo Plaza« zu einem Treffen gerufen worden war.

Berg räusperte sich. Er legte den rechten Fuß über das linke Knie und zupfte die Bügelfalte zurecht. Dann holte er Luft, legte den Kopf schief und heftete seinen Blick an ein Gemälde an der Wand hinter Karlsen. Er mochte es, einer von den jungen Tüchtigen. Davon gab es viele. Seine Gedanken schweiften zu der Annonce – zu der Möglichkeit, ein einzigartiges Werk von Knut Rose zu kaufen. Er wandte sich ab.

»Heute um fünf Uhr früh wurde ich ... wurden die Polizeichefin und ich ins Außenministerium zu einem Informationsgespräch gerufen. Es wurde vom Außenminister persönlich abgehalten. Die Botschaft wird heute um zwölf Uhr in einer Pressekonferenz wiederholt. Dann wird öffentlich bekanntgemacht, daß sich die Parteien, hier im Hotel, auf einen Vertrag geeinigt haben – auf einen Friedensvertrag.«

Er unterstrich die Sensation, indem er wiederholt kurz mit dem Kopf nickte. Dann saßen sie da und sahen einander nur an. Karlsen brach das Schweigen.

»Warum zum Teufel kriegen wir nichts davon mit, wenn so etwas passiert? Wir, die hier oben im selben Haus sitzen und aufpassen? Direkt unter ihren Füßen?« Er machte eine theatralische Bewegung mit den Armen. »Das ist doch nicht zu fassen! Findet ihr nicht? Wir, die

die Verantwortung für die Sicherheit dieser Leute tragen, sind tatsächlich die letzten, die erfahren, daß sie Weltgeschichte geschrieben haben?«

Berg sah ihn nachsichtig lächelnd an. Noker, der das Schlimmste befürchtet und daher begonnen hatte, nervös an einem Senffleck auf seinem rechten Hosenbein herumzureiben, saß nun mit gekreuzten Armen und grinste breit. Deshalb also saß er hier.

Er hatte schon lange gewußt, daß es den Schlichtern im Außenministerium mit unschätzbarer Starthilfe von Präsident Clinton gelungen war, die Lager in Nordirland an den Verhandlungstisch zu bekommen. Die IRA und Sinn Fein waren bereit, sich mit Briten und Unionisten zu treffen, unverbindlich und in aller Heimlichkeit in Oslo – nach dem Muster der Verhandlungen zwischen Israel und der PLO. Jetzt wie damals liefen die Verhandlungen in der Königssuite des »Oslo Plaza«. Das erste Treffen hatte kurz nach Mittsommer stattgefunden, seitdem hatte es zwei weitere im Juli gegeben und nun dieses, das fast eine Woche gedauert hatte.

Die Bestrebungen, einen neuen Vertrag zustande zu bringen, waren so gut getarnt gewesen, daß es möglich war, die offiziellen Friedensverhandlungen auf dem Schloß Stormont in Belfast aufrechtzuerhalten. Sie verliefen, als sei nichts geschehen – was im übrigen auch dem inhaltlichen Status der dortigen Verhandlungen entsprach. Sie bewegten sich auf der Stelle, und sie waren zum Scheitern verurteilt, bevor sie begannen – weil Sinn Fein ausgeschlossen worden war. Streng genommen hatten die Verhandlungen in London in den letzten Monaten keinem anderen Zweck gedient, als die Aufmerksamkeit davon abzulenken, was in der Königssuite des »Oslo Plaza« vor sich ging.

In seinem kleinen Büro in der Polizeihochschule hatte

Noker gewissenhaft Gefahreneinschätzungen für den Überwachungsdienst der Polizei erstellt, aber mit jeder Woche, die verging, schwand sein Glaube an dieses neue Friedensprojekt immer mehr – ohne ersichtlichen Grund. Es war eben so. Um so froher überrascht war er jetzt.

»Und die schlechte Nachricht?« fragte Karlsen.

»Die schlechte Nachricht ist, daß die Unterzeichnungszeremonie in Oslo stattfinden wird – und daß wir uns auf einen riesigen Aufmarsch von Staatsoberhäuptern einrichten müssen. Und wir haben extrem wenig Zeit für die Vorbereitungen, der Vertrag soll unterzeichnet werden, sobald es praktisch möglich ist.«

Er lächelte.

»Für die norwegischen staatlichen Behörden heißt es jetzt natürlich das PR-Eisen schmieden, solange es heiß ist.«

»Das ist ja nichts Neues«, fiel Karlsen ein. Er sah Berg an.

»Und dir hat man die Verantwortung übertragen?«

Berg nickte.

»Praktisch möglich heißt, sobald der britische Premierminister, der Leiter von Sinn Fein und der irische Präsident nach Oslo kommen können. An der Spitze von einem ganzen Rudel Prominenter, fürchte ich. Zum Beispiel ...«

Berg wurde von Noker gestört, der sich vorbeugte und die Minibar öffnete. Nachdem er sich Überblick verschafft hatte, versah er sich mit einer Tüte Erdnüsse. Er lächelte Berg an.

»Frühstück!«

»Zum Beispiel Bill Clinton, der die treibende Kraft für eine Oslo-Lösung war. Des weiteren müssen wir damit rechnen, daß England EU-Kollegen einlädt – wie Frankreich und Deutschland. Und es würde mich nicht wundern, wenn unsere Pfadfinder im Außenministerium die Gelegenheit nutzten, um die PLO und Israel am Verhandlungstisch in der Königssuite wiederzuvereinigen. Kurz gesagt: Wir müssen mit dem vollen Programm rechnen. Alle, die können und irgendeinen Anlaß haben, wollen sich im Licht eines solchen Tages sonnen.«

»Der reine Wahnsinn!«

Ein Schwall von Erdnußkrümeln stob aus Nokers Mund. Er fuhr fort, ehe Berg sich äußern konnte.

»Die Behörden müssen die Gästeliste auf ein Minimum begrenzen. Ein Friedensvertrag für Nordirland ist keine Neuigkeit, über die alle ungeteilt positiv denken. Ich möchte daran erinnern, daß nicht die gesamte IRA-Leitung an den Verhandlungen hier im Haus teilgenommen hat, sondern nur eine Fraktion. Oder besser gesagt: Eine wichtige Fraktion innerhalb der IRA war bedauerlicherweise nicht an der Ausarbeitung des Vertrags beteiligt, nämlich die Falken. Und die werden die Nachricht von einem Friedensvertrag wie eine Kriegserklärung aufnehmen. Wie konkret ist der Vertrag überhaupt?« Er sah Berg an.

»Der Außenminister nannte ihn einen Intentionsvertrag. Ich habe es so verstanden, daß es sich um eine Absprache handelt, die die Parteien dazu verpflichtet, die Arbeit an einem weiteren Vertrag aufzunehmen, der dann der eigentliche Friedensvertrag werden soll. Das Konkreteste an dem Vertrag, der jetzt unterschrieben werden soll, ist, daß es einen Waffenstillstand geben wird.«

»Eben!« Noker hustete, und wieder stob eine Erdnußwolke aus seinem Mund. »Nur die Falken in der IRA können einen Waffenstillstand garantieren. Das bedeutet, daß das, worüber wir hier reden, kein Friedensvertrag im eigentlichen Sinn ist. Es ist, so wie ich es verstehe, ein Vertrag, der den Willen zum Frieden ausdrückt, abgeschlossen mit Sinn Fein und dem moderaten Flügel der IRA auf der einen Seite. Sicher irgendwie wertvoll, aber wir dürfen nicht vergessen, daß der Vertrag für eine Gruppe orthodoxer IRA-Kämpfer dastehen wird wie ein Bündel von Verhöhnungen und Provokationen. Sie befinden sich klar in der Minderheit und genießen nur minimale Unterstützung in der Bevölkerung, aber sie sind weit gefährlicher als die Tauben, weil sie über die Waffen und die Terroristen verfügen. Unter Vorbehalt dessen, daß ich den Vertragstext nicht kenne, möchte ich behaupten, daß die Parteien – kurzfristig – eine Verstärkung des Nordirland-Konfliktes herausgehandelt haben. Das gleiche passierte nach dem Oslo-1-Vertrag.«

Berg und Karlsen nickten wissend.

»Zum Glück für uns wurde *der* Vertrag in Washington unterschrieben. Aber dieses Mal wollen wir die Ehre offenbar mit niemandem teilen. Wir wollen Norwegens heimlichen Einsatz für den Frieden dort unter Dach und Fach bringen, wo er hingehört – und der Preis dafür ist ein riesiges Sicherheitsproblem.«

Indem er tief einatmete, gab Noker zu erkennen, daß er fertig war. Berg stand auf und ging zum Fenster. Er stellte sich mit dem Rücken zu Karlsen und Sokne.

»Und wir haben eine Staatsministerin, die bereit ist, jedweden Preis für genau so einen Anlaß zu zahlen.«

»Und das ist noch milde ausgedrückt!« platzte es aus Karlsen heraus. Er saß für die rechtsaußen angesiedelte »Fortschrittspartei« in der Stadtteilvertretung. Berg sprach weiterhin mit der Thermopanescheibe.

»Wenn du glaubst, Sokne, daß Frau Brundtland dabei mitmacht, die Unterzeichnungszeremonie in einem Hangar des Militärflughafens zu arrangieren – nur in Anwesenheit der Teilnehmer –, dann mußt du umdenken!«

Noker war beeindruckt, wie gut Berg Klartext reden konnte, und überlegte, ob er in einer größeren Versammlung wohl genauso geradeheraus sprechen würde. Er wischte sich das Erdnußsalz am Hosenbein ab.

»Mein Job ist es nicht, die Motive von Frau Brundtland zu analysieren, sondern vor Terrorismusgefahr zu warnen, wenn sie besteht. Meinetwegen mag die Staatsministerin so strategisch denken, wie sie will, aber irgend jemand ...«

Er machte eine Kunstpause.

»... muß ihr erzählen, daß sie da keinen Hallelujavertrag verkauft. Bestenfalls kann sie einen Intentionsvertrag für den Frieden in Nordirland vorweisen, schlimmstenfalls verweist sie auf ein Dokument, das genauso wenig mit Frieden zu tun hat wie eine schriftliche Aufforderung zur Nachbarschaftshilfe in meiner Hausgemeinschaft.«

Berg drehte sich um.

»Dein Job besteht übrigens auch darin, dich etwas nuancierter auszudrücken, als das jetzt der Fall ist.«

»Ich werde dich an diese Worte erinnern, wenn es knallt, Berg!«

Der Satz blieb einen Augenblick im Raum stehen – wie ein rotes Tuch.

»Ich werde natürlich mein Bestes tun, um die Politiker wieder auf den Boden zu holen, aber ich mache mir dahingehend keine Illusionen.«

Bergs Stimme bebte. Er holte so tief Luft, daß er sich hintenüberbeugte.

»Laßt mich euch ein Beispiel dafür geben, mit was für irrationalen Argumenten wir uns in dieser Sache herumplagen müssen: Brundtlands einziger weiblicher Konkurrent um die Stellung als UNO-Generalsekretär ist die irische Präsidentin, Mary Robinson. Und was für ein K.-o.-Sieg ist es nicht für Brundtland, daß Mrs. Robinson jetzt demütig nach Oslo kommen und Brundtland dafür danken muß, daß sie aufgeräumt hat, und das in einer Angelegenheit, die in den Griff zu bekommen sie selbst nicht imstande war. Außerdem ist der Oslo-Vertrag dabei umzukippen.«

»Das ist wirklich wie im Kindergarten«, bestätigte Karlsen.

Berg kümmerte sich nicht um die Unterbrechung.

»Wie gesagt: Ich werde natürlich für eine minimale Zeremonie kämpfen, aber innerlich habe ich mich schon auf das Gegenteil eingestellt. Alle Signale und die Erfahrung deuten darauf hin, daß die Regierung das Ereignis bis zum Letzten für PR-Zwecke ausschlachten wird. Und nicht nur das. Nicht ein Fleckchen auf der Erde wird im Unwissen darum sein, daß Norwegen – ›The Peacemaker of the World‹ – es wieder geschafft hat.«

»Frieden, jetzt auch als olympische Disziplin«, bemerkte Noker. Berg nickte zustimmend.

»Brundtland hat die Goldmedaille in der Umweltpolitik verfehlt – und jetzt setzt sie auf eine neue Disziplin mit noch größerem Publikumszulauf.«

»Und wir von der Polizei sind ihre Dopingmittel«, kam es hitzig von Karlsen. »Alle Diktatoren, die ihr Image aufpolieren wollen, sehen zu, daß sie auf einen Staatsbesuch nach Norwegen eingeladen werden, denn da wird es ihnen garantiert, daß die Polizei sie davor bewahrt, einmal ordentlich vorgenommen zu werden.«

»Das Leben ist nun mal ungerecht, Karlsen!«

Noker warf die zusammengeknüllte Erdnußtüte in Richtung Papierkorb. Er traf nicht.

»Brundtland lädt irgendeinen Mistkerl zum Galamittag auf Akershus ein – und die Polizei-Informanten müssen sich mit Kaffee und Keksen begnügen. Irgend etwas ist in jedem Hause nicht so, wie es sein soll. Ich für mein Teil brauche jetzt zum Beispiel so nötig eine Zigarette, daß ich bald verrückt werde.« Noker saß schon mit der Prince-Packung und dem Zippo-Feuerzeug in der Hand auf dem Sprung.

»O. k., fünf Minuten!« Berg drehte sich um. Er hatte von Noker Soknes Nikotinabhängigkeit gehört. Den Gerüchten nach rauchte er zwischen achtzig und hundert pro Tag. Er hatte häufig versucht aufzuhören, besonders seit seinem Krebsleiden – jedoch immer ohne Erfolg. Aber soweit Berg wußte – auch das nur gerüchteweise –, hatte er den Verbrauch um zehn bis fünfzehn reduziert.

»Bitte wirklich nur fünf Minuten! Ich werde im Außenministerium erwartet.« Noker nickte und ging hinaus auf den Gang. Berg blieb einen Moment stehen und starrte nachdenklich auf die Tür. Im nächsten Augenblick erwachte er aus der Trance und winkte Karlsen zum Fenster heran.

»Auch wir Nichtraucher brauchen ein wenig Pausenunterhaltung, Arnstein. Schau hinaus und sag mir, was du siehst.«

Karlsen sah Berg fragend an, ging dann zum Fenster, preßte das Gesicht an die Scheibe und starrte hinaus.

»Nichts.«

»Blödsinn. Du siehst die Osloer Antwort auf ›Jurassic Park‹ – Nedre Grønland. Man hat es hier geschafft, auf wenig Raum fünf riesige Dinosaurier aufzustellen. Hier hast du den Brachiosaurus ›Oslo Plaza‹, etwas weiter den Mamenchisaurus ›Oslo Spektrum‹, dann den Diplodocus – Oslo City – und einen Apatosaurus mit Hüftdysplasie – Oslo Hauptbahnhof –, schließlich noch eine besondere Ausgeburt an Häßlichkeit, den Ultrasaurus – das Postbankgebäude.«

Karlsen sah Berg befremdet an, bevor er wieder zu seinem Sessel trottete.

»Und zu Hause geht es gut?« fragte er.

7

Diana hätte das Finale in der Wet-T-Shirt-Weltmeisterschaft gewonnen, zumindest, wenn Jeje zu entscheiden hätte. Er stand in der Schleppegrellsgate und betrachtete sie und wußte nicht so recht, ob er eifersüchtig oder stolz sein sollte, daß die gesamte männliche Bevölkerung in der Nachbarschaft dastand und genauso dachte wie er. Sein Kompromiß bestand darin, daß er zu ihr hinging und ihr die graue Feuerwehrdecke, die sie um die Schultern gelegt hatte, über die T-Shirt-Brust hinaufzog. Sie sah ihn aus großen verzweifelten Augen an.

Normalerweise war der Sonntagmorgen ein ruhiger Zeitpunkt in Grünerløkka. In diesem Stadtteil mit nur wenigen Kindern und vielen Alleinstehenden beschränkt sich das Nachtleben auf Freitag- und Samstagabend, wohingegen er sonntags morgens daliegt wie eine leblose Asphaltwüste.

Jedoch nicht an diesem Sonntag. Das Wollknäuel Cäsar hatte um halb sieben für alle den Weckdienst übernommen. Nun lag er naß und vergnügt zu Dianas Füßen und genoß den Anblick all der unbekannten Schuhe um ihn herum.

Jeje war weniger begeistert. Er war sogar rasend vor Wut, hatte aber auch Angst. Er fürchtete, daß die Feuerwehr die Polizei hinzurufen würde. Wenn die Bullen vier Fernsehgeräte, vier Videorecorder, drei CD-Spieler und 29 Angeln der Oberklasse in einer Wohnung von rund 50 Quadratmetern finden würden, bestünde doch eine gewisse Wahrscheinlichkeit, daß sie sich für den Besitzer der Wohnung interessierten. Der Feuerwehr-Einsatzleiter hatte einen erstaunten Pfiff ausgestoßen, als er das Schlafzimmer betreten und den 29-Zoll-Fernseher von »Bang & Olufsen« am Fußende des Bettes gesehen hatte, der an einen dreimotorigen »JVC«-Videorecorder angeschlossen war, und darüber auf einem Regal eine »Philips«-Midianlage – samt drei Fernbedienungen auf dem Nachttisch. Aber solange die Feuerwehrleute ihn bloß als Technikfanatiker ansahen, gab es weiter keinen Grund für sie, die Polizei zu rufen. Es war ja nichts Kriminelles geschehen.

»Den Rest überlassen wir der Versicherung!«

Der Einsatzleiter reichte Jeje die Versicherungspolice, die er – in der Hoffnung, sich vor Polizeieinmischung zu schützen – unaufgefordert herbeigeholt hatte. Er bemerkte, daß der Nachbar aus der Etage unter ihm ihn zornig aus den Augenwinkeln ansah. Der Einsatzleiter sah dasselbe und fügte hinzu:

»Das kann man wohl in die Rubrik ›gewöhnliche Unglücksfälle‹ einordnen.«

Der Nachbar schnaufte verärgert. »Früher gab es für Idioten gesonderte Heime«, sagte er sauer.

Jeje biß die Zähne zusammen und ließ sich nicht provozieren. Das hingegen aber tat der Einsatzleiter.

»Es gibt einen großen Unterschied zwischen einem Unglücksfall und einer Unachtsamkeit – gegen das erste kann man sich nicht absichern. Nächstes Mal erwischt es vielleicht Sie.«

Der Nachbar ließ sich nicht besänftigen. »Ich frage mich nur, was ich beim nächsten Mal auf den Kopf bekomme. Die ganze Wohnung ist ja verwüstet!«

»Man wird zum Aufräumen kommen«, tröstete ihn der Einsatzleiter.

»*Wer* wird zum Aufräumen kommen?« wollte der Nachbar wissen.

»Wir haben die Versicherungsgesellschaft benachrichtigt. Zufälligerweise sind Sie beide bei der ›Storebrand‹ versichert. Sie wollen einen Wagen schicken. Es gibt Firmen, die von so etwas leben. Wertsicherung. Sie sind unterwegs.«

Der Nachbar schnaubte wieder und wandte sich demonstrativ noch ein Stück von Jeje und Diana ab. Der Einsatzleiter ließ seinen Blick über die drei Wolldeckenindianer gleiten und unternahm einen halbherzigen Versuch, sich ein Lachen zu verkneifen. Er nickte Jeje zu.

»Und Sie sollten Ihrem Hund die Krallen schneiden!«

Aus der Jubiläumsfeier war nicht der große Festabend geworden, den Jeje sich erhofft hatte. Er hatte gut angefangen, mit gegrilltem Hähnchen und Rotwein an dem runden, intimen, gläsernen Eßtisch im Wohnzimmer. Diana schien seine Höhle zu gefallen. Es gab dort keinen Kamin wie bei ihr in der Haxthausens Gate – und auch kein Bad. Wie so viele Leute in Grünerløkka hatte Jeje eine Duschkabine im Schlafzimmer und die Toilette auf halber Treppe.

Er meinte allerdings, klare Signale dafür registriert zu haben, daß Diana ein Wasserbett für ein wenig albern hielt, zumindest für reichlich ausgefallen – obwohl Cäsar es liebte, auf den Wellen zu schaukeln. Ansonsten pries sie alles in den höchsten Tönen – sagte, daß die Wohnung hübsch möbliert und nett dekoriert sei. Das Beste aber sei der Straßenname.

»Schweppes ...«, versuchte Diana.

»Nein, Schleppegrellsgate!«

»Schweppesclepps ...«

»Das ist das reinste Nüchternheitsmittel. Du betrinkst dich nicht hemmungslos, wenn du weißt, daß du später einem Taxifahrer verständlich machen mußt, daß er dich in die Schleppegrellsgate fahren soll«, lachte Jeje.

Sein Aus erfuhr dieser Abend, als Jeje die Nachrichten einschaltete.

Der Sprecher in der grellen Jacke hatte berichtet, daß der Polizei immer noch jegliche Spur von den drei Männern fehlte, die den Kosovo-Albaner aus dem Kirchenasyl entführt und ihn vor dem Polizeipräsidium von Romerike abgeliefert hatten. Die Ermittler hielten weiterhin an der Theorie fest, daß dahinter »neonazistische Kräfte« stünden, sagte der Nachrichtensprecher.

Jeje war selbst schuld. Angeregt durch den Rotwein und Diana – oder auch umgekehrt –, hatte er die Neonazi-Theorie mit einem »Nie im Leben!« kommentiert. »Und wer, glaubst du, war es?« hatte Diana gefragt. »Die Fortschrittspartei«, hatte Jeje geantwortet – und dann war die Hölle los gewesen.

»Warum soll Carl I. Hagen für alles, was hier im Land schiefgeht, die Schuld bekommen? Demnächst wird er auch noch für das schlechte Wetter verantwortlich gemacht!« Diana ereiferte sich nicht nur, sie raste vor Zorn.

»Ich habe nicht gesagt, daß es Carl I. Hagen war«, hatte Jeje eingewandt. »Ich habe gesagt, daß ich glaube, daß die Fortschrittspartei dahintersteckt – und wenn es möglich ist, hier mal auszureden, dann kann ich dir erklären, was ich meine. Nämlich, daß es einer von diesen verdrehten

Nationalisten sein kann, der hofft, daß die Fortschrittspartei bald aufs Ganze geht und eine bessere Rassenhygiene in Norwegen fordert. Dafür braucht er noch nicht einmal Mitglied zu sein.«

Diana hatte wütend zurückgegeben: »Das heißt, eigentlich glaubst du, daß die Fortschrittspartei die Anlage zu einer Nazipartei in sich trägt. Oder etwa nicht!?«

Er war kurz davor gewesen zu explodieren, wurde aber von dem Schlußgong der Nachrichten gerettet – als er plötzlich bemerkte, daß sie sich *stritten.* Er hatte geschluckt und die Augen geschlossen.

»Es ist zu einfach, Diana – gefährlich einfach –, zu glauben, daß nur Neonazis so etwas tun. Es ist so leicht, einen Sündenbock zu haben. Und in Norwegen haben wir zur Zeit zwei überbeanspruchte Sündenböcke, die Neonazis und die Satanisten.«

Während Jeje sprach, hatte er sich zu ihrer Hand hervorgetastet. Der bittere Zug war plötzlich von ihrem Gesicht verschwunden. Er hatte vermutet, daß sie sich genauso fühlte wie er.

»Wenn ein heftiger Nordwest drei Grabsteine in irgendeinem Kaff umwirft, bringen sie das in den Boulevardzeitungen und in den Fernsehnachrichten als Werk von Satanisten. Das ist die neueste Masche der kleinen Journalisten. Sie machen den Vandalismus jugendlicher Saufköppe zu reißerischen Geschichten für die erste Seite, indem sie Neonazis und Satanisten die Taten zuschieben. Verdammt noch mal, ich hab selbst Grabsteine umgeschmissen, als ich sturzbetrunken war!«

»Wußt ich's doch, du bist Satanist«, lachte Diana.

Ihr gemeinsames Lachen hatte in einer heißen Umarmung geendet. Doch ein leicht feindlicher Unterton wollte nicht verschwinden und lag den Rest des Abends in der Luft. Die Jubiläumsfeier im Bett war ein reines Ritual. Jeje hatte sich damit getröstet, daß der leicht feindliche Unterton beim Erwachen am nächsten Morgen verschwunden sein würde, und er hatte sich beim Einschlafen auf die Morgennummer gefreut.

Aber dann war da Cäsar.

Jeje hatte mit Absicht – und in einer vorsichtigen Hoffnung – die Schüssel mit den abgenagten Hühnerknochen auf die äußerste Kante des Küchentisches gestellt und davor strategisch günstig einen Stuhl plaziert. Er hatte gehört, daß Hühnerknochen für Hunde lebensgefährlich seien. Aber er machte sich keine Illusionen darüber, daß das Wollknäuel intelligent genug war, um seinen Hinweis zu verstehen. Aber man denke nur, Cäsar hatte ihn verstanden. Als sich Stille über die kleine Wohnung in der Schleppegrellsgate gelegt hatte – und nur durch Jejes Schnarchen unterbrochen wurde –, hatte Cäsar seine Chance gesehen. Er war auf den Stuhl gesprungen und hatte die Schüssel mit den Hühnerknochen umgestoßen, so daß sie auf dem Boden in tausend Stücke zerbrach, ohne daß jemand aufwachte. Dann hatte er es sich mit vier fetten Hähnchenschenkeln wohlsein lassen – und war satt geworden. Aber es war noch ein Haufen voll Leckereien übrig, und als der Hund, der er nun unzweifelhaft war, hatte er sich entschlossen, diese zu vergraben.

In dem Wasserbett.

Jeje war davon aufgewacht, daß er am Boden des Bettes lag und naß war. Durch und durch naß. Diana war an Land gekrochen und betrachtete schockiert die Reste des Wasserbettes. Jeje war aufgestanden und hatte fieberhaft damit begonnen, Handtücher in den See zu werfen, der überraschend klein war, was seine natürliche Erklärung hatte. Das meiste Wasser war in das Schlafzimmer des Nachbarn im Erdgeschoß gelaufen. Er hatte sich an der

Tür gemeldet – außer sich vor Wut und genauso naß wie Jeje und Diana. Und er hatte damit gedroht, die Polizei zu rufen. Es war Jeje gelungen, ihn davon zu überzeugen, daß für Überschwemmungen eher die Feuerwehr zuständig sei und daß es den Schaden nur vergrößern würde, wenn sie erst die Polizei riefen.

»Was machen wir jetzt?« fragte Diana. Die Feuerwehrwagen waren weggefahren und die Schaulustigen auf dem Heimweg. Sie, Jeje und der Nachbar standen noch immer auf dem Bürgersteig, alle drei mit der grauen Feuerwehrdecke um die Schultern.

»Ja, das war's dann wohl. Ich für mein Teil denke, um Kirchenasyl zu ersuchen, bei der ›Inneren Seemannsmission‹ ...«

Sie lachte. Der Nachbar schnaufte und verschwand in der Toreinfahrt. Jeje legte einen Arm um Diana.

»Aber du Glücksschwein hast ja ein Heim in der Haxthausens Gate, ohne Überschwemmungsschaden, und kannst bald wieder trockenen Fußes ins Bett gehen.«

Er wagte nicht, zu ihr herüberzusehen, hatte Angst, daß der Kloß im Hals die Oberhand gewönne. Jeje – am Rande der Tränen? Es stand nicht zum besten. Er fühlte etwas Kaltes, Feuchtes an seiner Wange und identifizierte es als Cäsars Schnauze. Er war stark versucht, dem Wollknäuel die Faust in den Unterkiefer zu treiben, so daß die Zähne des Köters wie Konfetti über den Bürgersteig prasseln würden. Dann fühlte er etwas *Warmes* an seiner Wange, etwas Feuchtwarmes, das sich in Richtung auf sein Ohr bewegte. Dianas Lippen brachten sein Trommelfell zum Jubeln.

»Du kannst bei mir einziehen, Jeje«, flüsterte sie.

Er schloß die Augen und fand ihren Mund. Sie standen lange da und küßten sich – und rissen sich erst los, als Cäsar anfing zu winseln. Er lag zwischen ihnen eingeklemmt. Jeje kraulte das Wollknäuel hinter den Ohren, beugte sich dann herab, rieb seine Nase an Cäsars Schnauze und sagte mit betont süßer Stimme: »Ungezogener Bengel, du!«

8

Obwohl vor seinen Augen nur Hochhäuser aus Glas und blassem Beton lagen, sah Polizeiinspektor Odd Berg doch ein Meer von kräftigen Farben, die sich zu Blumen, Bäumen, einem Garten fügten. Er versuchte, sich ein Gemälde vorzustellen, das er nicht kannte.

Die Annonce hatte in ›Aftenposten‹ gestanden. »Frühe Arbeit von Knut Rose zu verkaufen. Einmaliges Sammlerobjekt. Gehobene Preisklasse.« Er hatte sich unter der angegebenen Chiffrenummer gemeldet und war drei Tage später angerufen worden.

Es waren einige Sekunden vergangen, ehe er den Anruf mit der Annonce in Verbindung brachte. Der Anrufer stellte sich nämlich als Journalist Anton Amundsen von ›Dagbladet‹ vor, auch bekannt unter dem Kürzel Cicero. Sie kannten einander. Berg hatte viel mit Amundsen zu tun, beruflich. Er war einer der sehr wenigen Journalisten, von denen Berg etwas hielt. Gründlich, zuverlässig, wahrheitsgetreu.

Amundsen hatte Berg erzählt, er sei geschieden und habe finanzielle Probleme, daher die Annonce. Das Gemälde, das er verkaufen wollte, hatte er vor vielen Jahren während eines Interviewbesuchs in Knut Roses Atelier gekauft. Ein Gemälde, das mit der Rückseite zum

Raum an die Wand gelehnt stand, hatte seine Neugier geweckt. Auf der Rückseite stand der Titel: ›Im Garten des E-Werk-Verwalters in Malvik‹. Amundsen hatte zu Knut Rose gesagt, daß er das Bild ganz einfach haben müsse, wegen des Titels. Rose war auf den Spaß eingegangen und hatte billig verkauft. Der Grund dafür, daß Amundsen Berg so genau darüber aufklärte, war, daß es sich nicht verbergen ließ. Es stand hinten auf dem Gemälde. Unter dem Titel hatte Knut Rose hinzugefügt: »Für Anton Amundsen für'n Appel und 'n Ei«. Nichtsdestotrotz wollte Amundsen jetzt 45.000 Kronen für das Bild haben. Es sei ein hübsches Gemälde, hatte Amundsen versichert. Er sei nicht enttäuscht worden, als er es damals im Atelier umgedreht hatte.

Aber 45.000 Kronen sind verdammt viel Geld, dachte Berg und drehte sich um. Sokne und Karlsen waren zurückgekehrt. Aber er konnte es sich leisten. Für jemanden, der im öffentlichen Dienst angestellt war, stand er finanziell ganz gut da. Es waren keine Kinder in dem Reihenhaus in Lysejord aufgewachsen, und er und seine Frau lebten bescheiden, obwohl sie sich einiges hätten leisten können, denn sie hatte fast drei Millionen von ihren Eltern geerbt – Geld, das in Wohnungen angelegt war und wie Unkraut wuchs. Berg hatte das Gefühl, daß er nicht so sehr auf die Summe reagierte, sondern darauf, daß der Verkauf für den Journalisten Amundsen ein ökonomischer Coup wäre. Sokne sah auf die Uhr.

»All right«, sagte Berg und setzte sich. »Wir machen da weiter, wo wir aufgehört haben. Sokne, du meinst also, daß die Gefahr eines Terroranschlags auf die Unterzeichnungszeremonie groß ist?«

»Beachtlich groß. Einzelheiten inbegriffen.« Noker sah Berg ernst an.

»Du hattest schon angefangen, das zu begründen, aber könntest du eventuell …«

»Gerne. Innerhalb der IRA vollzieht sich ein Machtkampf, schon seit langem, und zwar zwischen den Falken und den Tauben. Die Chefs der Tauben befinden sich zur Zeit hier im Hotel in der obersten Etage, und sie wollen den Frieden. Ein Wunsch, den sie sicher mit der Mehrheit in der IRA teilen, und zweifellos auch mit neunundneunzig Prozent der Bevölkerung. Die Falken sind in der Minderheit, und sie wissen, daß das Spiel aus ist, wenn die Friedensinitiative durchschlägt. Wir tun klug daran, wenn wir damit rechnen, daß sie nicht ruhig zusehen werden, wenn ein Oslo-Vertrag für Nordirland unterzeichnet wird, und wir tun ebenfalls klug daran, anzunehmen, daß sie dagegen das Mittel einsetzen werden, an das sie am meisten glauben und auf das sie sich am besten verstehen: Terror.«

»Aber diejenigen, die den Vertrag ausgehandelt haben, sind doch verdammt noch mal Leute aus der Führung der IRA«, protestierte Karlsen.

»Das Problem besteht darin, daß die IRA momentan nicht eine Führung hat, sondern zwei. Und wir haben Grund genug, anzunehmen, daß es mit der Kommunikation zwischen den Fraktionen nicht zum besten steht – auf gewissen Gebieten ist es zweifelhaft, ob überhaupt Kommunikation besteht. Aber weil die Tätigkeit der IRA so extrem und nach außen gerichtet ist, kann man sich schwer vorstellen, daß sich die Organisation durch innere Streitigkeiten aufreibt. Wir sehen eine geballte Faust, entdecken aber keine Muskeln, die versuchen, die Faust zu öffnen, und auch keine Kräfte, die darangesetzt werden, die Opposition zu sprengen. Meine Theorie ist, daß die Falken aus taktischen Gründen in den großen Waffenstillstand mit eingeschlagen haben, ja, ihn vielleicht sogar vorgeschlagen haben. Ein Schachzug, um den endgültigen Sieg über die Tauben davonzutragen. Sie haben gehofft und darauf gesetzt, daß nichts passieren würde, daß ihnen nicht John Majors ausgestreckte Hand entgegenkommen würde, sondern vielmehr blanke Kugeln. Die Realität liegt irgendwo dazwischen. Es ist nicht in dem Maße schiefgelaufen, daß die Falken mit der Faust auf den Tisch schlagen und rufen können: ›Ein Waffenstillstand funktioniert nicht!‹ Andererseits haben auch die Tauben nicht das erreicht, was sie sich gewünscht hatten. Sinn Fein wird die Teilnahme an den Verhandlungen versagt. Keine der Parteien ist zufrieden. Es herrschen Unruhe und Frustration.«

»Aber du sagst doch selbst, daß die Tauben deutlich in der Mehrzahl sind«, wandte Karlsen ein.

»Richtig! Aber die Falken haben die Kontrolle über die Waffen. Und was noch schlimmer ist: Sie haben höchstwahrscheinlich die Eliteeinheit der Armee, die Terroristen, auf ihrer Seite.«

Berg räusperte sich, als wolle er andeuten, daß er nun auch etwas zu sagen habe.

»Aber abgesehen davon, ob der Vertrag gut oder schlecht ist – er ist Realität. Ist es nicht ganz einfach zu spät?«

»Bei einem Volk, das seit fast einem Menschenalter im Bürgerkrieg gelebt hat, sitzt der Glaube an den Frieden tief vergraben. Einige wenige Bombenanschläge als Protest gegen den Oslo-Vertrag können ausreichen, um die Stimmung wieder in die ›Es-hat-ja-doch-keinen-Zweck-Haltung‹ umschlagen zu lassen. Wir dürfen nicht vergessen, daß die IRA die Stimmung in der Bevölkerung viele Jahre lang durch Terror kontrolliert hat. Gegen das eigene Volk. Gewöhnliche Kriminelle werden gekreuzigt oder auf andere Art hingerichtet. Eine kritische Äußerung gegen die ›Sache‹ wird mit einer Kugel ins Knie vergolten.«

»Dann müssen wir uns also auf einen ganzen Haufen Terroristen bei den Unterzeichnungsfeierlichkeiten einstellen?« Karlsen sah Sokne verärgert an, als ob er es wäre, der die Verantwortung für die schlechten Neuigkeiten trug.

»Das hängt von einzelnen ab, zum Beispiel von dem, über den ich gerade einen Rapport für die UNITT schreibe, ein IRA-Terrorist, der unter dem Namen ›Eunuch‹ bekannt ist. Einer der ganz Extremen. Und wenn wir es mit *dem* zu tun bekommen, dann würde ich mich für den Hangar auf dem Flugplatz entscheiden, wenn ich Staatsminister wäre.«

Karlsens Mund verzog sich zum Protest. »*Ein* einzelner Verrückter ist doch wohl keine Bedrohung. Insbesondere dann nicht, wenn wir wissen, wer es ist.«

Noker wandte sich wieder dem Fleck auf seiner Hose zu.

»›Verrückter‹ ist nicht ganz die richtige Bezeichnung für diesen Kerl. Wenn wir den Terrorismus ernst nehmen ...«, er blickte zu Berg, »... dann ist hier die Rede von seinem Weltmeister. Was seine Reserven angeht, so ist er eine Art menschliches Atom-U-Boot, fähig, fern der Heimat und über lange Zeit einen Ein-Mann-Krieg zu führen. Er braucht nur eine Stunde in deiner Garage, Karlsen, und er hat eine ganze Batterie Molotow-Cocktails und Bomben hergestellt. Ja, ganz recht, denn du hast doch sicher ein paar Benzinkanister und einen halben Sack Kunstdünger da rumstehen? Und ein paar Nägel und Schrauben, Spritzmittel und ein paar Rohrenden?«

»Wir fassen ihn, bevor es soweit kommt.«

»Er geht niemals los ohne mindestens zwei falsche Identitäten im Handgepäck. Und sollten wir das riesige

Glück haben, beide zu enttarnen, dann findet er auf dem nächsten Flohmarkt oder in einer Drogerie die Requisiten, um sich eine dritte zuzulegen.«

»Supermann also!« brummte Karlsen.

»Der Eunuch, oder Ian Kellogh, hat die beste Terroristenschule der Welt durchlaufen. Er hat die denkbar beste Ausbildung im geräuschlosen Töten, im Maskieren, im Fälschen von Dokumenten, im Gebrauch von Waffen und in Überlebenstechniken genossen. Außerdem ist er einer von den US-Marines, oder besser gesagt, beinahe einer von ihnen. Er mußte die Ausbildung einen Monat vor dem regulären Ende abbrechen – wegen eines Überfalls.«

Karlsen stieß einen Pfiff aus.

»Ach, dann ist das *so* einer!« sagte er beeindruckt. »Genauso wie dieser Hamilton, der Spion Coq Rouge, in den Büchern von Jan Guillou!«

»Er ist noch einen Tick schärfer«, korrigierte Noker. »Hamilton ist Navy Seal.«

»Warum zum Teufel gibt es bloß niemanden, der aus einem Veteranen der Reserve einen Helden macht?« fragte Karlsen und sank grinsend in seinen Stuhl zurück.

Berg ergriff das Wort.

»Die werden mich nach Zahlen fragen, Sokne. Und ich kann ihnen nicht erzählen, daß die Gefahr von Anschlägen so riesig ist, und dann nur mit diesem Eunuchen aufwarten. Das sähe lächerlich aus.«

In Nokers Kiefermuskeln zuckte es, aber er beherrschte sich.

»Wenn die so dumm sind und glauben, daß hundert Terroristen ins Land kommen werden, dann nenn ihnen diese Zahl. Ich kann ihnen garantieren, daß sie, falls das Schlimmste eintritt, auch nicht von dem enttäuscht sein werden, was ein einziger ausrichten kann.«

Berg nickte nachdenklich. Ein paar Sekunden saßen sie schweigend da.

»Früher oder später mußte das doch passieren. Oder?« Karlsen sah Noker fragend an.

»Was denn?«

»Daß Norwegen sich zum Eheberater für die ganze Welt aufspielt, ist ja schon kein ungefährliches Image. Aber wenn man glaubt, daß es uns noch einmal gelingt, Hausfrieden zwischen zwei verhaßten Parteien zu schaffen, ohne weitere Komplikationen zu riskieren, als daß einem das Kopierpapier ausgeht, dann glaubt man doch auch an den Weihnachtsmann, oder?«

»Eben!« Noker stimmte ihm zu. »Außerdem handelt es sich eher um *vier* verhaßte Parteien.«

»Bedaure, aber ich hab diesen ganzen Konflikt immer noch nicht ganz verstanden. Also, wer da nun wen nicht leiden kann, meine ich.«

Noker lachte herzlich, ohne daß Karlsen sich daran störte. Aber dann grinste Berg – und Karlsens Augen wurden zu Schlitzen.

»Erklär es mir, Berg, so, daß ein Idiot wie ich es kapiert!«

»Was?« sagte Berg mit verlegener Miene.

»Du hast gehört, was ich gesagt habe. Du kannst dich nicht mit einem untergeordneten Einsatzleiter sehen lassen, der nicht weiß, worum es in diesem verdammten Nordirland-Konflikt geht.«

»Also«, Berg räusperte sich, »es handelt sich ja um einen besonders komplizierten Konflikt. Und ohne zu sehr ins Detail zu gehen …«

»Ganz einfach«, drängte Karlsen.

»Zunächst gibt es da … eine grundlegende Spaltung in der irischen Bevölkerung. Da sind die, die in Union mit England leben wollen, und die, die sich losreißen wollen.

Der größte Teil Irlands ist ja bereits ein eigener Staat, eine Republik. Es gibt die Protestanten in Nordirland, die eine Union mit Großbritannien wollen. Ihnen gegenüber stehen die Katholiken, die sich eine vereinte irische Republik wünschen. Sie sind in der Minderheit – in Nordirland, haben aber dafür ihre eigene Armee, die IRA.«

»Unionisten und Engländer gegen die IRA und Sinn Fein!« Noker half Berg ein und bekam als Dank einen Blick der Erleichterung zugeworfen.

»Und Sinn Fein ist die Partei der IRA?« Karlsen wandte sich Noker zu.

»Sie behaupten selbst, daß sie eine selbständige politische Partei sind, aber es besteht nachweislich ein enges Geflecht zwischen der IRA und Sinn Fein.«

»O. k.«

Karlsens Gesichtsausdruck bekam einen energischen Zug – möglicherweise, weil er Berg gegenüber einen Stich gemacht hatte. Entschlossen schlug er seine rechte Faust in die linke Handfläche.

»Aber selbst wenn ganz Irland so ein verdammtes Wespennest ist, dürfen wir hier nicht den Kopf verlieren. Vorläufig ist es ja wohl nur eine Theorie, daß dieser Eunuch oder andere Terroristen in Aktion treten werden?«

»Richtig!« sagte Noker. Indem er antwortete, blickte er zu Berg.

»Wie, sagtest du, heißt dieser Teufel richtig?«

»Der IRA-Soldat, Karlsen, heißt Ian MacKellogh. Oder einfach Kellogh. Offiziell heißt er MacKellogh, aber er hat die Mac-Vorsilbe abgelegt, als er nach Nordirland zog. Wahrscheinlich, weil es ›Sohn von‹ bedeutet, und wenn es etwas gibt, das dieser Kerl sich nicht wünscht, dann ist es, damit hausieren zu gehen, daß er Sohn seines Vaters ist.«

»Kellog? Wie die Cornflakes?« Karlsen grinste.

»Wie die Cornflakes, aber mit ›h‹ am Ende. Inzwischen ist er besser bekannt als der ›Eunuch‹, obwohl sicher niemand wagt, ihn so zu nennen.«

Berg hatte sich von dem Verhör über Nordirland erholt und rutschte auf seinem Stuhl nach vorne. Er sah auf die Uhr und hob einen Arm.

»Der Rest muß bis heute abend warten. Ich plane ein Informationstreffen für alle Beteiligten um achtzehn Uhr. Karlsen, du kannst sie zusammenrufen. Und Sokne, ich hoffe, du kannst alles andere beiseitelegen und von jetzt an hundertprozentig mit uns zusammenarbeiten?«

»Selbstverständlich.«

»Von Vorteil ist«, fuhr Berg fort, »daß die Tauben mit uns zusammenarbeiten werden, was die Terrorgefahr angeht. Sie haben genausowenig Interesse an Störungen wie wir – und ich habe mir die Freiheit genommen, für dich ein Treffen zu arrangieren, Sokne. Der Verantwortliche für die Sicherheit der Sinn Fein-Delegation ist bereit, sich mit dir in der Königssuite zu treffen, jederzeit.«

Noker grinste.

»Endlich bekomme ich die Pracht mal zu sehen!«

Sie standen auf. Noker kramte seine Rauchutensilien hervor und ging zur Tür. Berg knöpfte seine Jacke zu.

»Wenn etwas sein sollte, Karlsen, ich bin im Außenministerium.«

Karlsen nickte zur Bestätigung, während er vergebens an seiner Strickjacke herumzerrte.

»Mach ihnen klar, daß wir Zeit brauchen. Unterzeichnung im November, das würde passen.«

Berg quälte sich ein Lächeln ab.

»Wir werden sehen«, sagte er und eilte die Tür hinaus.

»Verdammtes Gehetze«, murmelte Karlsen. »Ich hätte gerne noch einiges geklärt. Zum Beispiel, ob dieses Informationstreffen auf dem Polizeipräsidium stattfinden soll oder hier im Magen des Dinosauriers!«

9

Noker wußte nichts von der Königssuite, bevor er in die Verhandlungen zwischen der PLO und Israel hineingezogen worden war. Seitdem hatte er viel davon gehört. Unter anderem, daß das Hotel eigens Hummer aus Alaska einflog, wenn es einen Gast danach gelüstete. Man stand Tag und Nacht parat, und dafür bezahlte der Gast dann auch 37.000 Kronen pro Tag, um dort wohnen zu dürfen. Dabei reichte es nicht, einen Stapel Tausender auf den Tresen zu legen und die Königssuite zu verlangen. Früher, als das Hotel neu war und die Suite noch »Vestasuite« hieß, war man großzügiger gewesen gegenüber Lottomillionären und anderen neureichen Typen aus der »Vesta«-Leitung. Der jetzige Besitzer, die »Nordisk Renting AG« in Stockholm, hatte inzwischen verfügt, daß die Königssuite weniger frequentiert werden sollte – und jede Anfrage wurde zunächst nach Stockholm gefaxt, um dort abgesegnet zu werden.

Für jemanden, der all das wußte, war es urkomisch, daß das erste, was ihm in der Königssuite begegnete, ein massiver Stilbruch war. Er begrüßte eine halbe Portion von einem Kerl in Samthosen und enger Strickweste. An den Füßen trug er *Sandalen* – Noker konnte den Orientteppich förmlich protestieren hören –, der Kopf war in eine Masse von ungekämmtem Haar gehüllt, schwarz gelockt und oben leicht grau durchzogen. Das Gesicht bedeckte ein struppiger, grauer Bart, aus dem eine Pfeife herausschaute, die anzeigte, wo der Mund war.

»Linnar Slouhn.« Der Kobold nahm seine Pfeife aus dem Mund, gab Noker die Hand und lächelte. Mitten in all dem Haar offenbarte sich etwas Hellrotes, Feuchtes, und Noker erwischte sich bei unanständigen Assoziationen.

»Noker Sokne. Eine nette Hütte haben Sie hier!«

Noker merkte, daß Mister Slouhn ihn mit einem diskreten Blick von oben bis unten musterte, und er erkannte, nicht ohne eine gewisse Selbstironie, daß er selbst in der vornehmen Umgebung mindestens ebenso fehl am Platze war wie der Ire.

»Bitte! Sehen Sie sich um.« Slouhn trat einen Schritt zur Seite und ließ ihn passieren. Noker wurde von seinem weiteren Aufenthalt in der Suite nicht enttäuscht. Derjenige, der ihm erzählt hatte, daß die Königssuite eine der luxuriösesten Wohnungen Norwegens war, hatte nicht übertrieben. Noker hatte zwar nicht genug Wohnungen reicher Leute besucht, um ganz sicher zu sein, aber er glaubte nicht, daß irgendeine Wohnung diese 350 Quadratmeter auf der Spitze des »Oslo Plaza« überbieten könnte. »Ich habe gehört, daß sie annähernd 20 Millionen gekostet hat«, paffte Slouhn zwischen einigen tiefen Zügen aus seiner Pfeife hervor.

»Das kann schnell ins Vulgäre abgleiten«, lächelte Noker. »Daß man sich Marmor und handgemalte chinesische Seidentapeten leisten kann, ist noch kein Garant für guten Geschmack.«

»Rauchen Sie?« fragte Slouhn und blickte Noker hoffnungsvoll an.

»Was das Zeug hält!«

»Dann gehen wir in die Bibliothek, das ist unser Raucherzimmer.«

Sie begannen das Treffen mit einer Schweigeminute, die sie den Rauchutensilien widmeten. Noker zündete sich eine Prince an, legte zwei Packungen in Reichweite auf den Tisch, inhalierte und lehnte sich genüßlich in dem weinroten Sofa zurück. Linnar Slouhn demontierte seine Pfeife und holte einen Lederbeutel mit allerhand Kleinkram hervor. Es schien Noker, als habe er seiner Pfeife die Hunderttausender-Inspektion verordnet.

»Wir sollen zusammenarbeiten, Herr Sokne.«

»Noker, unter Freunden.«

»Ich bin Linnar. Herr Berg hat mir erzählt, daß ...«

»Zunächst einmal herzlichen Glückwunsch zu dem Vertrag!« Noker streckte anerkennend den Daumen nach oben.

»Gleichfalls! Ohne euch Norweger wäre er nicht zustande gekommen. Wir stehen in eurer Schuld.«

»Laß uns hoffen, daß er Bestand hat. Was hat Berg gesagt?«

»Daß du Terrorismusexperte bist, und zwar ein hervorragender.«

»Zu mir hat er das noch nie gesagt.«

Sie lachten. Linnar steckte das Pfeifenmundstück in den Mund und blies braunen Satz in den Aschenbecher.

»Das ist das Ekligste, was es für die Frau eines Pfeifenrauchers gibt. Ist sogar als Scheidungsgrund anerkannt – in den USA.« Er hob seinen Kopf und heftete den Blick auf Noker.

»Wie groß ist die Gefahr eines Anschlags auf die Unterzeichnungsfeierlichkeiten?«

Noker antwortete, ohne zu zögern.

»Ich hatte gehofft, daß du mir das erzählen kannst.«

Linnar setzte wieder sein unanständiges Lächeln auf.

»O. k., ich befürchte, es wird Ärger geben.«

»Von welcher Seite?«

»Vom harten Kern der IRA.«

Noker nickte Linnar ein paarmal rasch zu, schloß sich damit seiner Befürchtung an und forderte ihn zum Weitersprechen auf.

»Es ist nur überraschend, daß sie nicht schon früher reagiert haben. Aber sie haben wohl die ganze Zeit noch gehofft, daß die Verhandlungen scheitern würden.«

»Du willst damit sagen, daß die Falken grundsätzlich gegen eine friedliche Lösung sind?«

»Ich glaube, sie fürchten eine Friedenslösung wie den Tod. Der lange Waffenstillstand hat sie in ungeahntem Ausmaß Macht und Ansehen gekostet, und sie hatten währenddessen nichts, rein gar nichts zu tun.«

»Und sie werden sich nicht noch einmal hereinlegen lassen!«

»Sie haben Sinn Fein als Entschuldigung dafür benutzt, den Waffenstillstand zu brechen – es sollte ein Protest dagegen sein, daß Major uns von den Londoner Verhandlungen ausgeschlossen hat. Aber ich glaube, daß der eigentliche Grund darin liegt, daß sie sich nicht damit abfinden können, sich an eine neue Wirklichkeit zu gewöhnen. Sie haben das Spiel einfach schon zu lange getrieben.«

»Ein inständiger Appell von Gerry Adams würde sie vielleicht ein wenig beruhigen?«

»Sie nehmen keine Befehle von Außenstehenden entgegen.«

Noker sah von seiner Zigarette zu Linnar auf, sagte aber nichts. Ihre Blicke trafen sich.

»Und sie nehmen keine Befehle von den Tauben entgegen.«

»Irgend jemand muß doch das Kommando haben, und vielleicht ist dieser Jemand ja sogar bereit, auf die Vernunft zu hören.«

Linnar lachte.

»Du als Experte weißt sicher, daß eine Erklärung für den großen Erfolg der IRA – wenn ich diesen Ausdruck mal benutzen darf – in einer Struktur von selbständigen Zellen liegt. Viele kleine Einheiten, und die Befehlskanäle sind besonders gut getarnt. Dasselbe gilt für die Identität der Führung. Nur sehr wenige kennen den Namen des militärischen Führers in der IRA – ich schon gar nicht.« Noker stand auf und ging zögernd ein paar Schritte über den prächtigen alten Teppich. Ein merkwürdiger Anblick, er ging wie einer, der an einem frühen Wintertag das dünne Eis auf seine Tragfähigkeit prüft. Die Zigarette hielt er mit der Glut nach oben, um keine Asche auf den Teppich fallenzulassen. Sein Tonfall wurde leicht dozierend: »Eine solche Struktur ist für eine offensive Organisation besonders effektiv – wird aber lebensgefährlich, wenn sie zum Leerlauf gezwungen wird. Das hast du ja bestätigt. Man wird leicht frustriert, wenn man nichts zu tun hat, und es ist schwierig, die Kampfbereitschaft über Befehlskanäle anzustacheln, die keinen direkten Kontakt zulassen. Was ich aber gerne wissen möchte, ist, wie groß die Zellen innerhalb der IRA sind. Sind sie einheitlich groß, oder variieren sie? Können sie zum Beispiel schon aus nur einem Terroristen und einer Verbindungsperson bestehen?« Linnar beendete das Auskratzen seiner Pfeife. Ein paar Sekunden saß er stumm da, dann legte er Pfeifenkopf und Metallschaber vorsichtig auf den Tisch.

»Mein lieber Noker. Man hat mir nicht mitgeteilt, daß ich an einem Verhör über die IRA teilnehmen soll. Ich dachte, wir zwei sollten uns treffen, um die Sicherung der Unterzeichnungszeremonie zu besprechen. Ich möchte ungern unkooperativ wirken, aber einer der Gründe dafür, daß ich mich gegen das hier verwahren muß, besteht darin, daß meine Kenntnisse über die IRA stark begrenzt sind. Ich bin Funktionär in einer politischen Partei. Wir von

Sinn Fein haben gesagt, daß wir natürlich das Unsrige tun, um für den sicheren Ablauf der geplanten Feierlichkeiten zu sorgen, aber ihr dürft nicht erwarten, daß wir dazu die gesamte Organisation der IRA aufrollen. Es ist richtig, daß wir Leute von der IRA mit in unserer Delegation haben, aber diese haben immer nur zu Sinn Fein gehalten, und ich befürchte, daß sie nicht auf dem neuesten Stand sind – außerdem ist niemand von ihnen in einer strategischen Position innerhalb der IRA gewesen.«

Er sah Noker mit starrem Blick an – dort, wo der Mund sein mußte, war nicht die Andeutung eines Spalts zu sehen. Noker starrte einige Sekunden lang auf den Boden. Dann hob er den Kopf.

»Entschuldige, wenn ich aufdringlich geworden bin. Gelegentlich geht mein fachlicher Eifer mit mir durch.«

»Akzeptiert«, sagte Linnar und nahm die Ausschabung seiner Pfeife wieder auf.

»Eigentlich habe ich nur eine relevante Frage. Zum gegenwärtigen Zeitpunkt, wie ihr Politiker zu sagen pflegt.«

»Und die wäre?«

»Kennst du … hast du von einem Terroristen gehört, der der ›Eunuch‹ genannt wird?«

»Der Eunuch!?«

»Getauft auf den Namen Ian MacKellogh.«

»Niemals. Und auf die Gefahr hin, daß ich mich wiederhole: Nur sehr wenige kennen irgend jemanden namentlich in der IRA.«

»Sorry.«

»Ist schon in Ordnung. Darf man fragen, warum du dich für diesen Eunuchen interessierst?«

»Ich glaube, daß er einer von denen ist, die sich von einem Friedensschluß besonders stark frustrieren lassen. Er gehört zur Elite.«

»O. k. Ich kann einen Informanten fragen.«

»Gut. Und noch mal: Es tut mir leid, wenn ich ins Fettnäpfchen getreten bin.«

»Schon vergessen, Noker.«

Linnar setzte das Mundstück zärtlich wieder in den gesäuberten und neu gestopften Pfeifenkopf ein, nahm die Streichholzschachtel und stand auf.

»Wie wär's mit einem Glas auf den Frieden? Irischer Whiskey?«

Noker streckte zur Antwort den Daumen nach oben und hoffte, daß Linnar ihn durch all den Rauch sehen konnte.

10

Bereits am frühen Vormittag wurde es Polizeiinspektor Odd Berg klar, daß der Raum, den er für das Informationstreffen des Einsatzkommandos am Abend vorgesehen hatte, zu klein sein würde. Er hatte an den Konferenzraum gedacht, der Wand an Wand mit der Einsatzzentrale im »Hotel Plaza« lag. Aber die Pläne für die Unterzeichnungszeremonie nahmen mit jeder Stunde größere Ausmaße an, und entsprechend wuchs Bergs Personalbedarf. Um halb drei nahm er mit Karlsen Kontakt auf und bat ihn abzuklären, ob der Sonja-Henie-Saal zur Verfügung stünde. Karlsen rief im Hotel an, brachte in Erfahrung, daß Sonja Henie ihnen zur Verfügung stünde, und bestellte die Konferenzeinrichtung.

Als nächstes platzte der für das Treffen angesetzte Termin. Karlsen meldete, daß die meisten der Benachrichtigten keine Ahnung von einem Friedensabkommen hätten. Er schlug deshalb vor, das Treffen auf die Zeit nach den Fernsehnachrichten zu legen, damit die Leute auf dem neuesten Informationsstand wären.

Widerwillig – denn er haßte es, wenn etwas nicht nach Schema verlief – verschob Berg das Treffen auf 20.30 Uhr. Ein Beschluß, der ihn schon bald sehr ärgern sollte, nämlich als er entdeckte, daß sämtliche Fernsehsender bereits laufend in Sondersendungen über den Friedensvertrag berichteten.

Noker hingegen begrüßte die Verschiebung. Der Bescheid erreichte ihn zu Hause. Er hatte ein Taxi genommen, um sich für das Treffen um 18.00 Uhr umzuziehen. Es waren vier Gläser Friedens-Whiskey in der Königssuite geworden, danach noch drei Drinks, um die junge Freundschaft zu besiegeln, plus ein Toast auf den Friedensvertrag im Stehen in der Halle, direkt aus der Flasche. Die zusätzliche Zeit verwendete er darauf, sich drei rohe Eier einzuflößen, ein glühendheißes Bad zu nehmen, und für eine Tour ins Büro. Er schickte eine E-Mail an Lucy Everett von Scotland Yards Special Branch und bat sie, ihm alles zu schicken, was sie über die jüngsten Bewegungen des Eunuchen vorliegen hatte. Er fragte auch, ob sie neue Bilder aufgetrieben habe. Das einzige Foto, das Noker kannte, war das Rekrutenporträt, das sie von der US-Navy bekommen hatten.

Draußen vor dem »Plaza« stand eine imponierende Anzahl von Polizeiwagen, und soweit Noker es übersehen konnte, waren die meisten falsch geparkt. Sein Taxifahrer fluchte »Verdammte Bullen!«, als er anhalten und rückwärts fahren mußte, um sich vor den Haupteingang zu manövrieren. Kopfschüttelnd signalisierte Noker seine Zustimmung, während er auf die Quittung wartete.

Sobald er die Drehtür verlassen hatte, hörte er Stimmen aus dem Sonja-Henie-Saal. Sie wurden lauter, als er die Treppe hinaufstieg, und als er in den pompösen, in Blau und Gold gehaltenen Festsaal eintrat, sah er, daß die Größe der Versammlung dem Lautstärkeniveau entsprach. Es hatten sich mindestens einige hundert Polizisten eingefunden. Nach allen Seiten nickend, schob er sich an der linken Längsseite in den Saal. Rechts von ihm standen die Leute in einer langen Schlange an, um einen Kaffeetisch zu erreichen, der an der Stirnseite, von der Noker hereingekommen war, aufgebaut war. Er ging ganz nach vorn bis zur Bühne. Dort saß Berg – allein – hinter einem langen Tisch und trommelte ungeduldig mit einem Einwegkugelschreiber. Direkt vor der Bühne stand Linnar Slouhn und unterhielt sich mit Karlsen. Noker gesellte sich zu ihnen. Linnar boxte Noker herzlich gegen die Brust, stöhnte und zeigte auf seinen Kopf.

»O ja«, sagte Noker. Sie wurden von Berg unterbrochen, der mit mißbilligender Miene direkt auf Karlsen zueilte und ihn ein paar Schritte von Noker und Karlsen wegwinkte.

»Verdammt, Karlsen, so etwas können wir uns nicht leisten!« Noker mußte sich nicht anstrengen, um die Worte zu verstehen. Karlsen antwortete nicht, zuckte nur resigniert mit den Schultern und drehte sich um. Berg verzog sich wieder zum Dirigentenpult. Karlsen trottete mit einem dümmlichen Grinsen auf Noker zu.

»Der Kaffee sprengt das Budget.«

Noker ließ die Kaffeeschlange Kaffeeschlange sein. Er nahm Linnar beim Arm und führte ihn hinaus in die Küche – und bestellte zwei Pils. Er bat den Kellner, sie auf die Rechnung der Friedenskonferenz zu setzen. Sie verzichteten auf Gläser und leerten die Flaschen mit wenigen Zügen. Linnar rülpste behaglich. Der Kellner kam herbeigeeilt und überprüfte prompt seinen Ausweis, schüttelte den Kopf und ging. Noker und Linnar gingen hastig in den Saal, um zu vermeiden, daß der Kellner ihr Lachen hörte.

Sie nahmen ihre Plätze ein. Die Kaffeeschlange hatte sich aufgelöst, und die meisten hatten einen Stuhl gefunden. Noker war rechts von Berg plaziert worden – vom Saal aus gesehen, und wiederum rechts von ihm saß Linnar. Berg zur Linken hatte sich Karlsen hingequetscht, und ganz links außen saß ein junger Lackaffe aus dem Außenministerium. Sicher ein tüchtiger Kerl, doch Noker fiel es schwer, seinen protzigen Aufzug auszuhalten. Er sah aus, als habe er gerade Werbespots für das Kinderhilfswerk, den Tierschutzverein und ›Christliche Jugend singt‹ eingespielt. Affig, unerfahren und kalt wirkte seine Ausstrahlung auf Noker, und er fühlte sich unwohl in ihrer Gesellschaft. Sie erinnerte ihn an das Unbehagen, das er beim Betrachten von alten Bildern mit jungen Männern in einer ganz bestimmten Uniform empfand. Er glaubte festgestellt zu haben, daß es in den Ministerien viele von diesen Typen gab.

Als sei es die selbstverständlichste Sache der Welt – und das war es natürlich auch für ihn –, nahm Linnar seine Pfeife und setzte sie unter Dampf. Der tut's einfach, dachte Noker und war nahe daran, sein Zippo und die Prince herauszuholen. Linnar bot ihm Feuer an, aber gleichzeitig erkannte Noker, daß er sich auch an Bergs Blick, den er im Nacken spürte, die Zigarette hätte anzünden können. Er entschied sich dafür, in dieser schrägen Stellung neben Linnar zu verharren – und hoffte, daß die Pfeife des Iren diplomatische Immunität genoß.

Berg pochte hektisch auf die Tischplatte, und erstaunlich schnell kam die Versammlung zur Ruhe.

»Dieses Treffen – zunächst einmal guten Abend –

muß in aller Knappheit vor sich gehen, da ein Großteil von Ihnen zur Zeit eigentlich anderweitig im Dienst ist. Also werde ich gleich zur Sache kommen. Wie inzwischen sicher die meisten von Ihnen wissen, soll der Friedensvertrag für Nordirland am kommenden Samstag in Oslo unterzeichnet werden. Das wird eine verdammt harte Woche für uns, das kann ich Ihnen versprechen. Aber da das nun einmal gesagt ist, bin ich sicher, daß wir die Sache mit Bravour über die Bühne bringen werden.«

Der Saal äußerte Einigkeit durch allgemeines Klatschen.

»Solange Sie nicht wieder anfangen, tibetanische Mönche in gelben T-Shirts festzunehmen.«

Gelächter aus dem Saal. Berg genoß den Respons und beobachtete Noker, als er einen kurzen Seitenblick nach rechts wagte.

»Damit Sie nun endlich imstande sind, einen Terroristen von Mutter Teresa zu unterscheiden, habe ich Noker Sokne eingeladen. Sie kennen ihn?«

Noker versteckte die Zigarette unter dem Tisch und nickte dem Saal zu.

»Links von Sokne haben wir Mr. Slaun aus …«

»Slouhn!« korrigierte Noker laut und deutlich. Er blickte zu Linnar, um bestätigt zu bekommen, daß er recht hatte.

»Entschuldigung! Slouhn!« Berg sah aus, als habe er eine Zitrone mit Schale gegessen. Noker verfluchte seine Reflexe.

»Mr. Slouhn ist Mitglied der Delegation von Sinn Fein und der IRA und wird uns in Sicherheitsfragen unterstützen.«

Berg zögerte, bevor er weitersprach.

»Und ich bedaure es sehr, Mr. Slouhn – Sie sind natürlich nicht mit den Regeln und Gesetzen in Norwegen vertraut – aber ich muß Sie leider bitten ...«

Linnar kam ihm zuvor.

»I know, I know – die Rauchverbote!!!« Er steckte mit einer übertriebenen Bewegung die Pfeife in die Brusttasche seiner Tweedjacke – und erntete Gelächter. Noker drückte seine Zigarette heimlich an der Unterseite der Tischplatte aus.

»Dann haben wir da Karlsen, der keiner weiteren Vorstellung bedarf.«

Karlsen zog ein beleidigtes Gesicht und wandte sich zu Berg um.

»Wie wär's mit: Die Antwort der Osloer Polizei auf Arnold Schwarzenegger?«

»Und neben Karlsen sitzt Herr Snikstad vom Außenministerium – er soll die Gästeliste für Sie erstellen. Sie ist schon ziemlich lang. Noch Fragen? Wenn nicht, erteile ich Sokne das Wort.« Er nickte Noker steif zu.

»Danke!« Noker lächelte zurück und hoffte, daß das Lächeln so aufgenommen würde, wie es gemeint war: als Entschuldigung.

»Ich werde zunächst ein wenig allgemein über die Terrorgefahr im Zusammenhang mit der Unterzeichnung berichten. Wie wir wissen, reicht ein Friedensvertrag – ein Stück Papier allein – nicht aus, um einen Konflikt beizulegen. Er kann sogar das Gegenteil bewirken und neuen Haß schüren. Das haben wir nach den Osloer Verträgen zwischen Israel und der PLO gesehen, und das werden wir garantiert auch jetzt erleben. Die Absprache besteht zwischen Sinn Fein und der IRA auf der einen Seite, und zwischen der britischen Regierung und den Unionisten auf der anderen Seite. Das Problem liegt in der Unsicherheit des Mandats der IRA-Abgeordneten, sie repräsentieren keine geschlossene Organisation, sondern eine Fraktion. Falls wir die Zeit haben, würde ich gerne ein wenig näher darauf eingehen.«

Er sah zu Berg hinüber, der diskret nickte.

»Wir wissen, daß sich die oberste Führung der IRA Anfang dieses Frühjahrs zu einer heimlichen Krisensitzung in Dublin getroffen hat. Das Thema war der Waffenstillstand, mit dem die Führung der Falken allmählich immer unzufriedener geworden war. Das Treffen endete in einem offenen Konflikt, und die Falken verlangten, über den Waffenstillstand abzustimmen. Drei von sieben stimmten dafür, die friedliche Linie des Sinn-Fein-Chefs Gerry Adams zu unterstützen, vier stimmten dafür, wieder den harten Kurs einzuschlagen. Und wie wir wissen, hat die Mehrheit nicht lange gezögert, den Worten Taten folgen zu lassen. Die Krisensitzung hat auch zu einem formellen Machtwechsel innerhalb der IRA geführt – das oberste Kommando wurde von einem scharfen Falken übernommen – mit einer langen terroristischen Vorgeschichte.« Noker nahm einen Schluck Mineralwasser. Es kam nicht ein Laut aus dem Saal. Eine blonde Dame in Uniform streckte einen Arm in die Höhe. Noker nickte ihr auffordernd zu.

»Wenn die IRA eine Mehrheitsleitung hat, die es als ihr erklärtes Ziel ansieht, die Bombenaktionen gegen die Briten fortzusetzen, dann ist es doch wohl falsch zu sagen, daß die IRA dem Friedensvertrag zugestimmt hat.«

»Was ich Ihnen jetzt erzählt habe, wissen nur wenige, selbst in Irland. Der Grund für diese Geheimhaltung ist, daß die Falken sich einfach nicht trauen, aufzustehen und den Krieg zu erklären. Denn wenn sie auch in der Führung die Mehrheit haben, so sind sie doch weit davon entfernt, wenn man in der Hierarchie ein wenig hinabgeht – und innerhalb der Normalbevölkerung haben sie so gut wie überhaupt keine Unterstützung. Folglich fürchten sie einen offenen Konflikt mit den Tauben – denn das könnte sowohl für sie als auch für die ›Sache‹ fatale Folgen haben. Und nur diese besondere Situation ermöglicht es den Tauben, an den Friedensverhandlungen in Oslo teilzunehmen. Es würde mich sehr überraschen, wenn die Fraktion der Falken aufstünde und den neuen Osloer Vertrag kritisierte. Aber sie werden ihrer Meinung zweifellos auf andere Weise Ausdruck verleihen.«

Noker wühlte in seinen Papieren herum und blickte zu Berg, der das Wort ergriff.

»Ich weiß, daß du eine klare Vorstellung davon hast, auf welche Weise sie ihr Mißfallen an dem Vertrag ausdrücken werden. Kannst du etwas mehr darüber sagen?«

Noker ergriff energisch den Schwanenhals des Mikrophons und justierte es vor seinem Mund.

»Wenn die Falken sich zu einer Aktion entschließen, dann werden sie sehr schnell handeln – im Laufe der vor uns liegenden Woche, um möglichst große Wirkung zu erzielen. Wird der Vertrag ohne jegliche Störung unterzeichnet, ist vieles für sie verloren. Was werden sie also tun? Hundert schwerbewaffnete Männer per Charterflugzeug nach Oslo schicken?«

Gelächter bahnte sich an.

»Sie wissen, daß die Zeremonie am Samstag Gegenstand besonders professioneller Sicherheitsmaßnahmen sein wird …«

Applaus kam auf.

»Versetzen wir uns einmal in die Falken. Was würde ich tun, wäre ich Führer der IRA? Nun, ich würde auf einen einzelnen Eindringling setzen. Ich würde den besten Terroristen schicken, den ich habe. Und der beste, den die IRA hat – ein Terrorist der Extraklasse –, das ist Ian Kellogh. Auch bekannt als der ›Eunuch‹.«

Er lehnte sich wirkungsvoll auf seinem Stuhl zurück und genoß das Summen flüsternder, aufgeregter Stimmen im Raum. Berg klopfte mit dem Stift auf den Tisch und sah auf die Uhr.

»Ich bin froh, daß wir eine Kapazität wie Sokne bei uns haben ...«

Noker lächelte mit einiger Bescheidenheit und überlegte, wie er seine Verfehlung Berg gegenüber wieder wettmachen könnte.

»... und ich habe der Suche nach dem Eunuchen bereits höchste Priorität eingeräumt. Die Nachbarländer, Interpol und Scotland Yard sind informiert, und natürlich auch unsere eigenen Grenzposten. In Zusammenarbeit mit Sokne haben wir eine aktualisierte Beschreibung von Kellogh erstellt. Sie bekommen sie am Ausgang. Aber zuvor möchte ich, daß du, Sokne, uns eine mündliche Präsentation deines ›Helden‹ gibst.«

Berg sah Noker ausdruckslos an. Noker notierte ein 1:1-Unentschieden.

»Ich hätte wohl eher von dem schlimmsten als von dem besten Terroristen sprechen sollen, aber ich glaube, Sie verstehen, was ich meine. Der Eunuch heißt Ian Kellogh. Er ist irisch-amerikanischer Abstammung und in den Staaten aufgewachsen, 35 Jahre alt. Der Vater ist tot, seine Mutter lebt noch. Sie ist Norwegerin und wohnt auf der Isle of Man, zusammen mit einem englischen Geschäftsmann – einem ehemaligen General. Die Herkunft der Mutter verschafft dem Eunuchen zwei große Vorteile für eine Operation in Norwegen: Er kennt das Land, und er spricht die Sprache. Wir haben übrigens Grund zu der Annahme, daß Kellogh bereits mehrere Male in Norwegen gewesen ist – um Waffendiebstähle aus Militärlagern zu arrangieren.«

Berg drängte sich zwischen Nokers Worte.

»Ich glaube, wir müssen hier vorerst schließen, aber ich hoffe, daß Sokne auf dem Treffen morgen eventuell noch einiges vertiefen und auf Fragen antworten kann.«

Noker nickte bekräftigend.

»Ich habe eine Frage, die ich ganz gerne jetzt sofort beantwortet hätte.« Karlsen stützte beide Ellbogen auf den Tisch und dachte nicht daran, Bergs Zustimmung zum Fortsetzen einzuholen.

»Ich frage mich, warum man ihn den ›Eunuchen‹ nennt.«

»Was glaubst denn du?« kam es kurz von Noker.

Gelächter im Saal. Karlsen ließ sich nicht stören.

»Soweit ich mich an die Haremsgeschichten in gewissen Wochenendillustrierten erinnere, ist ein Eunuch ein armer kastrierter Kerl, der auf die Frauen des Scheichs aufpassen muß!«

Noch mehr Gelächter. Noker streckte anerkennend den Daumen nach oben.

»Bravo, Karlsen. Jetzt aber mal ernsthaft. Ian Kellogh wurde während eines Lehrgangs auf Fort Benning in den USA in seiner Baracke von einer Bande Mitsoldaten überfallen. Sie wollten ihm eine Lehre erteilen, weil er schwul war und das auch auslebte. Fünf Mann folterten ihn zwei Stunden lang und zerstörten dabei vollständig seine Genitalien.«

Bedrückte Stille. Noker fuhr fort.

»Der Überfall hat ihn auch in anderer Weise gezeichnet, nämlich hinsichtlich seiner Gangart. Er zieht den rechten Fuß etwas nach, wenn er geht. Aber glauben Sie nun ja nicht, er sei ein Krüppel!«

»Nochmals vielen Dank, Sokne.« Berg sah auf die Uhr. »Sollte es weitere Fragen geben, möchte ich Sie bitten, sie auf morgen zu verschieben. Die Zeit drängt, und diesmal können wir nur ganz kurz ...«

»Entschuldige!« Noker erhob sich und nahm das Tischmikrophon. »In der Beschreibung, die Sie bald bekommen werden, werden Sie sehen, daß der Eunuch ein ganz besonderes Kennzeichen aufweist. Er hat rotes Haar, und das ist für einen Terroristen wirklich ein Handicap. Denn rotes Haar läßt sich nicht so einfach färben oder bleichen wie anderes Haar. Aber denken Sie daran, daß er eine dritte Lösung wählen kann.« Noker griff seinen Haarschopf und nahm ihn ab. Die Versammlung war schon mehrfach Zeuge von Noker Soknes berühmter Perückennummer gewesen. Die meisten von ihnen wußten, daß er seit langem gegen den Krebs kämpfte, und der Applaus tobte, als er so mit zum Saal gewandter Glatze und dem Haarschopf in der Hand dastand.

Berg wartete geduldig, bis sich die größte Unruhe gelegt hatte.

»Und jetzt hat Herr Snikstad das Wort.«

Bühnengewohnt klopfte der mit dem Zeigefinger gegen das Mikrophon.

»Können Sie mich hören? Also, mein Name ist wie gesagt Johan Snikstad, und ich bin in der Protokollabteilung des Außenministeriums tätig. Es ist mir im Laufe des Tages klar geworden, daß in dieser Angelegenheit ein kleiner Interessenkonflikt zwischen uns im Außenministerium und Ihnen von der Polizei besteht. Ginge es nach Ihnen, so würde die Zeremonie abgesagt und der Vertrag den Parteien per Post zur Unterzeichnung zugeschickt.«

»Ein verdammt guter Vorschlag«, bemerkte Karlsen trocken.

Snikstad lachte – als einziger.

»Nun ist es aber so, daß die Regierung sich eine würdige Hervorhebung dieser historischen Begebenheit wünscht, und deshalb müssen wir alle Kräfte sammeln, um unser Bestes zu tun, alle zusammen. Nicht wahr?«

Stille.

»Niemandem von uns ist damit gedient, wenn Norwegen noch einmal das I-Tüpfelchen im Friedensprozeß verspielt. Letztes Mal waren wir Zuschauer bei der Krönung unseres eigenen Werks. Wir gedenken, das nicht noch einmal zu sein. Sind wir uns da einig?«

»Was ist mit der Liste?« erkundigte sich Berg.

»Ja, in der kurzen Zeit, die seit der Bekanntgabe der phantastischen Neuigkeit vergangen ist, haben wir bereits die Bestätigung, daß Präsident Clinton kommt. Mit Frau. Und Prinz Charles mit Premierminister Major. Die Präsidentin von Irland kommt, und natürlich Gerry Adams, an der Spitze der Sinn-Fein-Führung. Unser eigenes Königspaar hat seine Anwesenheit zugesagt ...«

»Fehlt nur noch der schwedische König«, warf Karlsen ein.

»Stimmt, der steht nicht auf der Liste!« bekräftigte Snikstad.

»Er kommt am Samstag darauf ...«, fuhr Karlsen fort und brannte vor Eifer, endlich zur Schlußpointe zu kommen: »... und wundert sich, wo all die anderen geblieben sind.«

Der Saal brüllte. Berg erhob sich und wedelte mit den Händen. So überfahren ließ Snikstad sich auf seinen Stuhl fallen.

»Wir sehen uns morgen«, rief Berg. »Achtzehn Uhr!«

Linnar und Noker sprangen auf, eilten zur Tür und waren unter den ersten, die draußen an der Luft waren. Sie rauchten intensiv und schweigend, genossen den Tabak und den schönen Sommerabend und sahen zu, wie sich der Autopulk vor dem Haupteingang langsam auflöste. Der Motorenlärm stand in grellem Kontrast zu der warmen, stillen Stimmung des Abends. Linnar versuchte, etwas zu sagen, doch Noker zuckte nur resigniert mit den Schultern. Um verstanden zu werden, mußte Linnar seinen hellroten Mund direkt an Nokers Ohr plazieren. Der Bart kitzelte ihn.

»Mein ›Informant‹ kennt den Eunuchen leider nicht.« Noker nickte zur Bestätigung, daß er die Meldung empfangen habe – signalisierte aber keine Reaktion. Er nahm einen tiefen Lungenzug und sah auf die Uhr. Bald zehn – wie spät war es in London?

War es zu spät, Lucy anzurufen?

11

Sie rief ihn kurz vor Mitternacht an. Noker saß auf dem Sofa vor dem Fernseher. Er griff gleichzeitig nach dem Telefonhörer und der Fernbedienung. Als er hörte, daß es Ada war, geriet er dermaßen aus der Fassung, daß ihm die Fernbedienung aus der Hand fiel und die Lautstärke sich dabei auf die höchste Stufe einstellte.

»Ada? Du? Jetzt?« Er kroch auf allen vieren, während er sprach, und fand die Fernbedienung schließlich unter dem Sofa.

»Geht es dir gut, Noker? Du hörst dich so komisch an.«

»Ich strecke mich nur gerade ein wenig.«

»Kannst du nicht ein bißchen leiser machen? Was siehst du da eigentlich?«

»Ach, nur einen alten Cowboyfilm.«

»Mit Frauen? Die stöhnen?»

Noker fand den AUS-Knopf. »Er hat die ganze Siedlerfamilie umgebracht, das Schwein. Bist du braun geworden, Ada?«

»Wo, glaubst du, bin ich genau in diesem Moment, Noker?«

»Ihr seid gerade vor Cayman Island vor Anker gegangen, die Sonne scheint, und die Ortszeit ist ...«

»Also ehrlich, Noker – das ist ein Scheidungsgrund! Du hast überhaupt nichts mitbekommen. Ich bin auf dem Weg nach Bergen!«

»Bergen?! Sagtest du *BERGEN?*«

»Ich sagte Bergen, und ich habe auch vorher schon Bergen gesagt, aber du, du ...«

»Bergen hier in Norwegen?«

»Das ist ja wohl nicht zu fassen! Seit über einem Monat spreche ich davon, daß ich auf eine Europakreuzfahrt mit der ›S/S Norway‹ gehe – seit über einem Monat! Und du denkst, ich bin in der Karibik.«

»Du kannst doch wohl Spaß verstehen?«

»Werd nicht unverschämt, Noker!«

»O. k., dann tritt Plan Nr. 2 in Kraft – die Wahrheit. Es war ein höllisch anstrengender Tag heute. Du hast die Neuigkeit sicher gehört?«

»Ja, ist das nicht phantastisch, Noker? Es macht richtig Spaß, hier an Bord Norweger zu sein.«

»Und was hat dein Schiff sonst noch so geladen?«

»Kreidebleiche Engländer, die wie Leichen in den Deckstühlen liegen. Aber ich glaube, wir werden sie zum Leben erwecken, wenn wir nach Bergen kommen. Wir haben ein Schützenkorps und ein Mundharmonikaorchester bestellt.«

»Vergiß nicht den Krisenpsychiater.«

»Es wird sicher etwas lebendiger, wenn noch Deutsche und Norweger an Bord kommen. Wann kommst du denn, Noker?«

»Ich stoße auf Cayman Island dazu.«

»Du hast keine Lust. Das ist es.«

»Dem Norweger Noker Sokne gelang es am Sonntag, der ganzen Welt weiszumachen, daß in Oslo ein Friedensvertrag für Nordirland zustande gekommen sei. Medizinische Experten sind der Meinung, daß Noker zur Tatzeit nicht zurechnungsfähig war. Er leidet an einer Kombination aus Scrapie und BSE und wird in den nächsten Tagen in Grønmo, Norwegens wunderschöner Nationalmüllverbrennungsanlage, inkremiert.«

»Ich vermisse dich, du Spinner!«

»Ich liebe dich, du alte Hexe!«

»Manchmal überlege ich, ob wir überhaupt zueinander passen, Noker.«

»Wie kommst du darauf?«

»Du kommst doch am besten alleine klar.«

»Woher willst du das wissen?«

»Kannst ruhig zugeben, daß du es dir so richtig gutgehen läßt, jetzt, da ich nicht da bin und du genau das tun kannst, was du willst – mit Bier und Videos und …«

»*Mußt* du eigentlich die ganze Zeit streiten?«

»Plan Nr. 2: Die Wahrheit. Ich bin eifersüchtig auf das Zimmer, in dem du bist, auf die Kleider, die du trägst …«

»Samstag abend ist die Friedenssache vorbei. Ich werde das Schiff am Sonntag erstürmen.«

»Da befinden wir uns irgendwo im Treibeis, auf dem Weg nach Spitzbergen.«

»Ich lande mit dem Hubschrauber auf dem Achterdeck und mache Rührei aus den Engländern in den Liegestühlen.«

»Es war schön, deine Stimme zu hören.«

»Ebenfalls.«

»Ich liebe dich, ich liebe dich, ich liebe dich!«

Sie legte auf.

Und rief zwei Minuten später wieder an.

»Ich habe vergessen, dir zu sagen, daß sich deine Frau, während du dir Bier und Mädchen aus dem Äther reinziehst, einen stattlichen und steinreichen Highlandlord an Land gezogen hat.«

»Also mich?«

»Einen Schotten, du solltest ihn mal sehen.«

»Ja, ja, den schönsten Mann, den du je gesehen hast – im Rock.«

»Er hat mich mit diesem gewissen Blick angesehen, Noker. Ich wollte es nur kurz erwähnen. Und er reist allein! Auf Kreuzfahrt mit der Liebe.«

»Es verhält sich wohl eher so, daß er zu geizig ist, eine Haushaltshilfe anzustellen, und jetzt ist er auf der Jagd nach einem leichtgläubigen norwegischen Weibchen, das ihm sein Schloß putzt.«

»Hiermit bist du gewarnt, Noker. Wir sehen uns im Treibeis!«

12

Montag

Es war ein unangenehmer Ort. Nichts als Sumpf, soweit das Auge reichte. Der Journalist Anton Amundsen war in ein ethisches Dilemma geraten, und er fühlte sich miserabel. Im Laufe seiner Karriere war er schon einige Male um dieses Reiseziel herumgeschlichen, hatte sich aber immer schnell wieder auf sicheren Grund retten können. Dieser Aufenthalt war sein längster, er dauerte jetzt bald eine Stunde.

Cicero hatte von einem Oberkellner aus dem »Hotel

Plaza« den brandheißen Tip bekommen, daß die Osloer Polizei nach einem rothaarigen Terroristen fahndete – fünf Tage bevor sich die führenden Häupter aus aller Welt in der Stadt einfinden sollten. Das Problem war, daß derjenige, der die Befugnis hatte, diesen Tip zu bestätigen oder zu entkräften, der einzige potentielle Kunde für das Rose-Gemälde war – nämlich Polizeiinspektor Odd Berg.

Er vertraute natürlich auf seine eigene Integrität und war der heiligen Überzeugung, daß auch Berg die beiden Dinge nicht vermischen würde. Aber die Doppelsituation war nun einmal da, und in anderer Umgebung, mit anderen Akteuren in den Hauptrollen, hätte sie einen willkommenen Stoff für Amundsen abgegeben. Das Ausschlaggebende bei Befangenheit ist nicht, daß jemand seine Macht mißbraucht – sondern allein schon, daß man sich bewußt in eine Situation bringt, in der Machtmißbrauch möglich ist.

Cicero saß in seinem Büro in der Akersgate und erlebte den blauesten Montag seines Lebens. Er hatte einen Kater, war blaß – und sein Notizblock leer. Jetzt fehlte es nur noch, daß man ihm einen Vorschlag machte, dem er nicht widerstehen konnte, nämlich den, frühzeitig in Rente zu gehen. Die Zeitung lief schlecht, mit den beiden kleinformatigen Blättern ging es abwärts. Und es war gewiß nicht besonders förderlich, wenn sie so schlappe Ausgaben darboten wie an diesem Montag, dachte Cicero. Der Aufmacher in ›Dagbladet‹ war »Clinton lobt Norwegen«, wohingegen ›VG‹ verkündete: »Norwegischer Frieden in Nordirland«.

Er fuhr sich mit der Hand durchs Haar und ließ sie bis zur rechten Wange hinabgleiten. Verdammt, rasiert hatte er sich auch nicht. Ein rothaariger Terrorist wäre *der* Knüller gewesen.

Er könnte natürlich darauf pfeifen, den Umweg über Berg zu gehen – der Informant hatte sicher an der Tür gelauscht und Fakten geliefert. Aber da gab es dieses kleine Unsicherheitsmoment, und das gehörte nicht zu Amundsens Stil. Andererseits, wenn er den Informanten richtig einschätzte, dann hatte dieser seine Aktie auch bei ›VG‹ eingereicht, und dort arbeitete jetzt wahrscheinlich, ja – höchstwahrscheinlich –, ein Journalist daran, der nicht dadurch gehemmt war, daß er Polizeiinspektor Berg ein altes Gemälde anzudrehen versuchte.

»Verdammt noch mal«, murmelte Amundsen und nahm einen Schluck kalten Kaffee. »Dann ruf ihn halt wegen des verdammten Gemäldes an«, sagte er zu sich selbst, »dann hältst du ihn wenigstens eine halbe Stunde von ›VG‹ fern. Das ist doch auch schon was.«

Er rief im Präsidium an und bat die Dame in der Vermittlung darum, Berg davon zu unterrichten, daß Amundsen von ›Dagbladet‹ ihn sprechen wolle. Amundsen stoppte die Zeit, und Berg meldete sich, bevor eine halbe Minute vergangen war.

»Da bin ich aber mal gespannt«, sagte er, »ob der Preis übers Wochenende gefallen ist.«

»Bedaure! Das ist er nicht. Im übrigen ist der Preis nicht einfach so aus der Luft gegriffen. Ich habe das Bild schätzen lassen.«

»Ich zweifle nicht an deiner Seriosität. Aber 45.000 …«

»Es ist ein ganz besonderes Gemälde. Eine seltene Arbeit von Rose. Du solltest es sehen!«

»Ja natürlich! Aber wenn ich's mir ansehe, bin ich wahrscheinlich verloren, und davor habe ich Angst. Du weißt, Amundsen, für einen Polizeiinspektor ist ein Spontankauf über 45.000 Kronen gleichbedeutend mit einem Ja zu dem Gemälde *und* einem Lebewohl an die Ehefrau.«

»Um Gottes willen! Bloß keine Scheidung!«

»Andererseits sollte ich es schon einmal gesehen haben, um beurteilen zu können, ob es überhaupt interessant ist.«

»Er hat während der Arbeit das Motiv geändert und zwei Personen übermalt. Ursprünglich stehen da eine Frau und ein Mann und schauen sich über einen Gartenteich hinweg an. Er hat sie mit Bäumen übermalt – ich habe das Bild röntgen lassen.«

»Wann paßt es?«

»Jederzeit. Du könntest mich hier bei der Arbeit abholen. Ich habe das Bild in einem Zimmer in der Pilestrede.«

»In einer halben Stunde?«

»Bestens!«

»O. k. Bis dann also.«

»Du, Berg, da ist noch etwas.«

»Und?«

»Ich habe Informationen darüber erhalten, daß ihr hinter einem rothaarigen Terroristen her seid.«

Berg antwortete nicht. Amundsen wäre am liebsten in den Telefonhörer gekrochen und seinen Worten hinterhergelaufen, um sie einzufangen, um sich aufzubauen und sich ihnen in den Weg zu stellen. Aber dafür war es zu spät.

»Jetzt wird die Lage aber ein wenig delikat, Amundsen. Fast hätte ich gesagt: Hast du jetzt auch das Motiv geändert, ich meine, für dieses Gespräch? Oder ist dieses letzte Motiv das eigentliche?«

»Laß uns die beiden Dinge nicht vermischen, Berg.«

»Uns? Wer vermischt denn hier was?«

»Nun mal ehrlich, wir können doch …«

Es klickte. Amundsen saß einen Moment da und starrte auf den Hörer in seiner Hand. Sein erster Gedanke war, den Hörer gegen die Wand zu knallen, aber moderne Büros mit all ihren Monitoren und Terminals lassen Wutausbrüche mit physischer Entfaltung nicht zu. Er ließ den Hörer feige zu Boden fallen und verfluchte sich. Er hatte Berg die Möglichkeit gegeben, sich aus der Frage nach dem Terroristen herauszuwinden. Ja, er mußte sich noch nicht einmal herauswinden – er konnte mit dem reinsten Gewissen und dem edelsten Motiv der Welt einfach auflegen. Klick. Und nicht nur vor sich selbst hatte Amundsen versagt. Die ganze Welt würde es verstehen, wenn Berg mit niemandem von ›Dagbladet‹ – der Tauschhandelszeitung – reden wollte.

Er zog den Telefonhörer resigniert wieder zu sich herauf. Der Journalist Anton Amundsen war vom Pfad der Tugend abgekommen – nun doch. Er tröstete sich damit, daß das zweifellos früher oder später jedem Journalisten einmal passierte. Und wenn er ehrlich war, schmerzte ihn dieser Fehltritt weniger als der Verlust von möglicherweise 45.000 Kronen.

Alles war innerhalb von vierzehn Telefoneinheiten den Bach runtergegangen. Warum also jetzt aufhören?

Cicero wählte eine Nummer, die er auswendig kannte. Wenn er schon einmal da angekommen war, wo er jetzt war, konnte er genausogut einen Streit mit seiner geschiedenen Frau anfangen.

Zum Ortstarif.

13

Noker ließ das Fahrrad stehen und nahm die Sognvannsbahn zur Arbeit. Es würde ein langer Tag werden, und er ertrug die Vorstellung nicht, nach einem Zwölfstundentag die Hügel nach Tåsen heraufstrampeln zu müssen. Und auf der Arbeit hatte er das Fahrrad bereits einmal zuviel stehenlassen; da war es im Laufe der Nacht verschwunden.

Es war still auf dem Korridor, er war einer der ersten. Aber Lucy Everett bei Scotland Yard war noch früher auf ihrem Posten gewesen. Viel früher, wenn man die Zeitverschiebung in Betracht zog. Ein Stapel Faxe wartete auf ihn – plus ein Viertelliter fettarme Milch. Gerda dachte an alles und jeden. Er holte im Bad Wasser für die Kaffeemaschine – die benutzte er als Wasserwärmer für seinen Pulverkaffee – und machte sich an die Faxe von Lucy.

Sie hatte ihm offenbar ihre ganze Datei über den Eunuchen geschickt, und zu seiner großen Freude stellte er stolz fest, daß er auf dem gleichen Wissensstand war wie Scotland Yard, was den Eunuchen anging. Er blätterte sich vor bis zum Begleitfax. »Hallo Noker. Ich höre, daß *du* den Eunuchenalarm ausgelöst hast. Wir stimmen dir in deiner Analyse vollkommen zu und haben alle Hebel in Bewegung gesetzt. Wie du siehst, war die letzte Observation am 23. Mai. Ich habe möglicherweise ein Bild, das du noch nicht kennst. Ruf mich an. Und grüß Ada von mir! Liebe Grüße, Lucy.«

Die Kaffeemaschine hatte ausgeröchelt, und Noker mischte sich einen Aufbautrunk: Je zur Hälfte Pulverkaffee und fettarme Milch. Er dachte an Lucy. Wenn sie auch nicht mehr Daten über den Eunuchen hatte als er selbst, so war ihr Engagement doch ungleich größer. Der Eunuch hatte ihren Mann umgebracht.

Die IRA war mit einer auffallenden Gewaltzunahme in die 90er Jahre gegangen. Der Grund für diese Profilschärfung war ihre fallende Konjunktur, sowohl innerhalb der Organisation als auch außerhalb. Gesteigerte Schreckensverbreitung sollte den Abstieg stoppen, und alles deutete darauf hin, daß der Eunuch sowohl an den

Strategien als auch an den Detaillösungen maßgeblich beteiligt war.

Der Glaube, den Feind mit gesteigerter Aggressivität abschrecken zu können, ist kein origineller Gedanke. Man muß geschickt und kreativ vorgehen, um die Angst unter einer Bevölkerung zu schüren, die seit einem Menschenalter mit ihr lebt. Aber der Eunuch schaffte es. Er hatte unter anderem die Kreuzigung als Strafe für Drogenhändler eingeführt. Die Verbrecher wurden durch Hände und Füße an Zäune und Wände genagelt und so fürs Leben verstümmelt. Andere Verbrechen wurden mit dem Abschneiden der Zehen geahndet – ein Zeh für jedes Mal, wenn man für Diebstahl, Raub oder Prostitution erwischt wurde. Verrat an der IRA hatte ausnahmslos die Todesstrafe zur Folge.

Nach außen hin wurden durch vermehrte Folter von Gefangenen und Geiseln Zeichen gesetzt. Noker hatte einen Augenzeugenbericht von einem Verhör durch den Eunuchen gelesen, und der enthielt Details, die selbst die einfallsreichsten Folterknechte der Inquisition vor Neid hätten erblassen lassen. Niemand konnte das überleben. Nicht einmal Fähnrich Stuart Everett. Er war zusammen mit einem Kollegen gefangengenommen worden – und mehrere Tage lang »verhört« worden. Eine Woche, nachdem die beiden Offiziere verschwunden waren, wurden ihre nackten Leichen auf einem Feld außerhalb von Belfast gefunden. Sie waren derart verstümmelt, daß man sie auf dem Obduktionstisch mehrere Male umdrehen mußte, um herauszufinden, wo bei ihnen vorne und hinten war.

Die offizielle Annahme lautete, daß die Opfer zufällig herausgepickt worden seien, aber ein kleiner Kreis innerhalb der Polizei hatte eine andere Theorie entwickelt, nämlich die, daß der Eunuch mit dem Mord an Stuart

Everett einen besonderen Gruß an die erfolgreichste Terroristenjägerin bei Scotland Yard senden wollte – Lucy Everett.

Während Noker den Bericht gelesen hatte, war er neugierig geworden zu erfahren, welche Mechanismen bewirkten, daß ein Kastrationsopfer zu einem schlimmeren Monster wurde als seine Peiniger. Er hatte einen bekannten Psychologen befragt, für den die Erklärung auf der Hand lag: Rache. »Aber er hat sich doch längst an dem Hauptschuldigen gerächt«, hatte Noker eingewandt. Der Psychologe hatte den Kopf geschüttelt. »Der Hauptschuldige ist die Gesellschaft, die ihn betrogen hat. Er haßt uns alle.«

Niemand war für das Verbrechen in Fort Benning angeklagt worden – aus verschiedenen Gründen: Das Verteidigungsministerium wollte vor der Öffentlichkeit geheimhalten, daß es in seiner Elitetruppe Homosexuelle gab. Außerdem wünschte man in den Zeitungen keine Schlagzeilen von Soldaten, die Lynchjustiz verübt hatten. Der Eunuch wurde in eine diskrete Privatklinik einquartiert, wo man etwas wegschnitt, aufräumte und wieder zunähte – free of charge. Außerdem zahlte man ihm eine großzügige Summe – jedenfalls nach Maßstab des Verteidigungsministeriums – als Schmerzensgeld. Und damit er den Mund hielte. Und damit, dachte die US-Navy, sei die Sache aus der Welt. Aber das Gegenteil war der Fall. Sie hatten dazu beigetragen, einen internationalen Terroristen zu schaffen.

Noker leerte seine Kaffeetasse, zündete sich eine Zigarette an und rief Lucy an. Beide waren so begierig darauf, direkt zur Sache zu kommen, daß sie die Höflichkeitsfloskeln über Familie, Freunde und das Wetter vergaßen. Es blieb beim »Hallo« und ging dann direkt zum Eunuchen über. Noker hatte das Soldatenporträt des Eunuchen vor sich stehen und war gespannt darauf, was sich hinter Lucys Andeutung über das Bild verbarg, das er nicht hatte.

»Unsere Experten haben das Rekrutenbild elektronisch bearbeitet und sein Aussehen aktualisiert. Aber es ist nicht hundertprozentig sicher, daß es ihm wirklich gleicht.«

»Wann können wir es bekommen?«

»Berg hat es heute nachmittag erhalten.«

»Lucy! Ist es aus zwischen uns?«

Sie lachte. Noker fuhr fort.

»Aber seit Mai gibt es keine weitere Spur?«

»Nein, der 23. Mai ist der letzte Anhaltspunkt. Da war er in London und hat die Führungsschicht in der Windhundmafia ausgedünnt. Der Betreffende wurde auf einer Toilette in White City gefunden, mit durchgeschnittener Kehle. Ein typischer Auftragsmord, um den Geldfluß zur IRA zu stärken.«

»Irgend etwas Neues von den Bomben im Februar?«

»Wir glauben sicher, daß er mit der Bombe in den Docklands nichts zu tun hat. Warnungen sind nicht gerade seine Art.«

»Die Warnung kann der Mittelsmann gegeben haben.«

»Möglich. Die Busbombe dagegen, das kann er gewesen sein. Aber der Anschlag trägt keine eindeutige Handschrift. Glaubst du, daß er nach Oslo kommt?«

»Für mich ist das nur eine Frage des Zeitpunkts. Und deshalb wäre ich gerne ein Zauberkünstler, der den Eunuchen aus dem Hut zaubert – und zwar *jetzt!*«

»Das Gefühl kenne ich«, klang es leise in seinem Ohr.

»Was ist mit der Mutter, Lucy, hat man da noch etwas unversucht gelassen?«

»Das kann ich mir nicht vorstellen. Wir haben versucht, sie auszuquetschen, aber sie behauptet, keinen

Kontakt mehr zu ihrem Sohn zu haben, seit sie die USA verlassen hat.«

»Nicht einmal telefonisch?«

»Wir haben sie abgehört, ohne Resultat.«

»Gibt es vielleicht einen heimlichen Treffpunkt?«

»Sie ist oft in London, sie und der Mann haben dort eine kleine Wohnung. Wir haben einige ihrer Ausflüge überwacht, Resultat negativ.«

»Ein Liebhaber?«

»Soweit sie überhaupt Leidenschaft besitzt, so gilt die dem Shopping, Kleidung hauptsächlich.«

»Vielleicht ist es ja umgekehrt.«

»Wie bitte?«

»Vielleicht trifft sie den Eunuchen auf der Isle of Man, und die vielen Ausflüge nach London dienen nur der Ablenkung.«

»Vielleicht. Ich werde es in der nächsten Versammlung ansprechen.«

»Verkauf es als deinen eigenen Gedanken, dann wird es besser aufgenommen.«

»Wächst das Haar wieder, Noker?«

»Nein, leider, ich benutze immer noch Kunstgras.«

»Und dabei hast du so eine sexy Glatze.«

»Das sagt Ada auch. Aber wenn ich mit nackter Rübe herumlaufe, kann ich die Nummer mit der Perücke nicht machen. Und außerdem fühlt es sich an, als ob etwas fehlt, wenn man keinen Torf auf dem Dach hat, als hätte man keine Unterhosen an.«

»O. k., ich denke, dann bedanken wir uns für dieses Gespräch!« Er hörte das Lächeln in ihrer Stimme.

»Wir halten Kontakt, Lucy.«

»Und weil du es bist, Noker – du darfst mich jederzeit anrufen, früh und spät. Es ist das erste Mal, daß wir einen Vorsprung vor ihm haben.«

»Da hast du verdammt recht. Warum bist du eigentlich um so viel arbeitswütiger als ich?«

»Der Gedanke an ihn hat mich die ganze Nacht wachgehalten. Deshalb war ich so früh auf der Arbeit.«

»Wir wissen, daß er kommt – auf jeden Fall sind wir beide davon überzeugt, und dann wird es auch so sein. Wir kennen sein Ziel, und es ist naheliegend, daß es am Samstag sein wird. Nicht schlecht, Lucy.«

»Laß ihn uns packen, Noker!«

14

Sie hatten sich Zugang verschafft, indem sie die Tür aufgebrochen hatten. Kurzentschlossen und brutal, mit einer Brechstange. Der Türrahmen war völlig zersplittert. Es mußte einen infernalischen Lärm gemacht haben.

Jeje fühlte Tränen aufsteigen. Was für Schweine – sie waren eingebrochen! In seine Wohnung! Und der Mistkerl aus dem Erdgeschoß hatte sich natürlich nicht darum gekümmert – nicht nach der Geschichte mit dem Wasserbett. Auch von den anderen hatte sich niemand darum geschert, aber das wäre auch zuviel erwartet gewesen. Sie waren alt und hatten Angst. Einen Augenblick lang dachte er, daß es vielleicht der Mistkerl aus dem Erdgeschoß selbst getan hatte – aus Rache. Aber er verwarf den Gedanken bald wieder. Der Kerl war viel zu ängstlich. Aber er konnte ja jemanden dafür angeheuert haben?

Er stieg über den Splitterhaufen auf der Türschwelle und betrat die Wohnung. Mit jedem Schritt wuchs der Kloß in seinem Hals. Es war furchtbar: Herausgezogene und geleerte Schubladen, Essen auf dem Boden verstreut, nicht nur in der Küche, und überall zertretene Bilder.

Er fühlte eine tiefe Kränkung, betrachtete es als materielle Vergewaltigung.

Sein Magen geriet in Aufruhr. Er wankte zur Toilette. Nachdem er sich übergeben und gewaschen hatte, sank er auf dem Toilettendeckel nieder und ließ den Tränen freien Lauf. Verflucht, er würde die Täter umbringen. Es mußten mindestens zwei gewesen sein. Und sie waren Amateure. Sicher irgendwelche Drogenabhängigen auf der Suche nach Geld oder etwas, das sich leicht umsetzen ließ. Er sprach den Kerl aus dem Erdgeschoß frei, trocknete die Tränen und ging wieder in die Zimmer. Was fehlte?

Sie hatten den »Bang-&-Olufsen«- und einen »Grundig«-Fernseher mitgenommen, zwei »JVC«-Videorecorder und eine Stereoanlage. Er hatte Lust, auf die Straße zu laufen und hinter ihnen herzurufen, was denn an den anderen Fernsehern und Videorecordern und Stereoanlagen verkehrt gewesen sei. Aber er kannte die Antwort selbst: Sie waren ein paar Jahre zu alt. Er hätte zu gerne gewußt, was sie empfunden hatten, was sie gesagt hatten, als sie hinter einer zerschrammten Tür in Grünerløkka diesen Mini-Elektrohandel vorgefunden hatten.

Die Angelausrüstung!

Er stürmte aus der Wohnung heraus und sprang die Bodentreppe hinauf. Die Vortür stand offen. Sicher der Mistkerl aus dem Erdgeschoß. Aber seine Bodenkammer war abgeschlossen. Die Angelausrüstung war unberührt und intakt. Er ließ sich mit dem Rücken an der Lattentür auf den Fußboden sinken und atmete erleichtert aus. Fernseher und Videorecorder konnte er sich wie Erdbeeren selbst pflücken – es würde ihn nur eine Nacht kosten, den Verlust zu ersetzen. Aber die Angeln, die

Rollen, die Blinkersammlung – all das war unersetzlich. Gott sei's gepriesen und gedankt. Er hatte den Kopf an die Tür gelehnt und saß japsend da wie ein Fisch an Land. Das war das Schlimmste, was ihm seit ewigen Zeiten passiert war. Und dann mußte das genau jetzt passieren, als er gerade angefangen hatte, sich darüber zu freuen, künftig wieder wie früher leben zu können, *mit* Diana. Er war davon überzeugt, daß sie nicht einmal mit der Wimper zucken würde, wenn sie erführe, womit er sein Geld verdiente. Aber jetzt war er sich nicht mehr so sicher.

Was wäre, wenn Diana als erste nach Hause käme und entdeckte, daß eingebrochen worden war? Sie würde natürlich ohne weiter nachzudenken die Polizei rufen. Er war sich im klaren darüber, daß er nicht einmal andeuten konnte, daß sie nicht die Polizei rufen dürfe. Vielleicht wäre sie allein zu Hause, wenn sie kämen. Oder noch schlimmer: Vielleicht wäre sie zu Hause, aber nicht ganz allein.

Er fluchte laut und stand auf. Was war er doch für ein Strohkopf! Was für ein gedankenloser Dummkopf! Zu glauben, eine Familie gründen zu können, so wie andere Leute. Seine Kinder würden niemals Freunde mit nach Hause bringen können. Und was sollte er seinem Sohn sagen, wenn die Rahmennummer seines Fahrrads von der Polizei kontrolliert würde und es sich herausstellte, daß das Rad gestohlen war? Was sollte er den Tag über tun, wenn Diana und die Kinder zu Hause waren? Obwohl, so weit würde es wohl kaum kommen. Wenn Diana weiterhin für Königin Margrethe arbeitete und es bekannt würde, daß sie Mitbewohner hatte – um nicht zu sagen einen Ehemann, dann würden die Bullen ihren Kerl natürlich unter die Lupe nehmen. Und das gründlich.

Er blieb auf der Treppe stehen. Wo hatte er seinen

Kopf, wo seine Gedanken? Verstand er denn nicht, daß er Russisches Roulette spielte? Er mußte in Teufels Namen mit Diana Schluß machen – JETZT! Bevor alles schiefging und er Schæfern mit sich in den Abgrund zog.

Er ging die letzten Stufen hinab zu seiner Wohnung und trat die Außentür wieder in ihre Position. Er würde sie später sichern. Im Augenblick mußte er erst einmal ein Stückchen fahren – um nachzudenken.

Als er auf dem Weg nach draußen an der Tür des Nachbarn im Erdgeschoß vorbeikam, hätte es Jeje nicht weiter gewundert, wenn der Mistkerl jetzt Musik aus einer Stereoanlage hörte, die er – erst kürzlich – billig erstanden hatte.

15

Es gab zwei Plätze an Bord, wo man ein wenig spazierengehen konnte. Der eine war das »International Deck«, dort wanderte man durch eine Shoppingmeile – der andere Platz war das »Olympic Deck«, dort hatte man seine Ruhe.

Er hatte die Schottentracht mit einem dunkelblauen Trainingsanzug vertauscht. An den Füßen trug er Joggingschuhe. Er trottete langsam vor sich hin, und trotzdem überholte er bereits zum zweiten Mal drei auf jugendlich getrimmte englische Damen in den Fünfzigern, die die beliebte amerikanische Trainingsform gewählt hatten: energisches Gehen. Die Erklärung für das schlechte Fortkommen der Damen lag darin, daß sie mehr – um nicht zu sagen die meiste – Energie in die Unterhaltung investierten.

Alles war wohl abgewägt. Das allermeiste hatte eine

Plus- und eine Minusseite. Er hatte das Kreuzfahrtschiff gewählt, weil er annahm, daß man es nicht als »öffentliches Transportmittel« auffaßte. Wenn Alarm geschlagen wird und die Polizei jemanden daran hindern soll, ins Land einzudringen oder es zu verlassen, sieht die Checkliste vor, daß alle Flugplätze, Bahnhöfe, Fährterminals und Grenzübergänge überwacht werden. Wer kümmert sich um ein Kreuzfahrtschiff? So hatte er gedacht. Und zu seiner großen Befriedigung sah er, daß er richtig gedacht hatte. Sie lagen in Bergen am Kai. Und es war der nasseste und leerste Kai, den er in seinem Leben gesehen hatte. Ein Großteil der Passagiere befand sich auf einer organisierten Bustour durch die Stadt, und beim Abendessen würde er erfahren, ob es scharfe Kontrollen zwischen dem Schiff und dem Bus gegeben hatte. Er war sich sicher, daß die Antwort ihn nicht beunruhigen würde.

Auf der Minusseite der »S/S Norway« stand die exponierte Lage. Die galt es richtig auszubalancieren. Einerseits konnte er sich nicht in seiner Kabine einschließen, andererseits durfte er sich in nichts hineinziehen lassen. Bisher war ihm das hervorragend gelungen. Er joggte zum »Sky Deck« hinauf und dann zu seiner Kabine.

Dort warteten vier A4-Bögen auf ihn. Er hob sie auf und überflog die Botschaften. Unaufhörlich pfiffen irgendwelche Mitteilungen durch den Türschlitz: Menüs, Auflistungen der nächsten Anlaufstellen, eine internationale Fax-Zeitung, der Stundenplan für das Weinseminar, Einladungen ins Römische Bad zur Vorlesung beim besten Cellulitis-Experten der Welt, Listen über die Bingogewinner des Vorabends und Übersichten über die Aktivitäten des Tages.

Um zehn Uhr konnte er einer Kunstauktion beiwohnen, um elf am Tontaubenschießen teilnehmen, um zwölf

Aerobic treiben und um eins Swing tanzen. Ganz unten auf dem Tagesplan stand ein Gruß des Kapitäns. Weil das Schiff so viele Passagiere von den »Britischen Inseln« mit sich führe – an dieser Formulierung hatte er sicher lange gebastelt – wolle er im Namen der Offiziere und der Mannschaft anläßlich des Friedensvertrags für Nordirland gratulieren.

Er legte die letzten Bögen oben auf den Stoß auf dem Schreibtisch. Dann ging er ins Bad und öffnete die Wasserhähne der Badewanne. Während er sich auszog, hörte er das Knallen eines weiteren Champagnerkorkens in der Nachbarsuite. Sie waren dort vor ein paar Stunden hereingepoltert und hatten kaum die Koffer abgestellt, als sie schon die erste Flasche Champagner bestellt hatten. Es war offenbar ein Teil einer Freundesrunde, die mit der Kreuzfahrt einmal gewaltig zuschlagen wollten, denn ständig polterten mehr Leute in ihre Suite. Die Stimmung war bereits enervierend hoch. Das Widerlichste aber war ihr Gesang. Alle, die an ihre Tür klopften, wurden mit der Stadthymne von Bergen willkommen geheißen. Zwischendurch grölten sie Sauflieder oder brüllten den Schlachtgesang der Fußballmannschaft Brann.

Er hörte Trommeln und öffnete die Balkontür einen Spaltbreit. Ein Schulspielmannszug hatte den Kai eingenommen und stampfte zu Ehren der Passagiere auf der »S/S Norway« auf und ab. Er hörte, daß sich der Nachbarbalkon belebte. Und nicht nur das – ein Wunder geschah, die Bergenser hielten den Mund. Sie standen in Habacht-Stellung da und starrten auf den Spielmannszug.

Er wandte den Kindern den Blick zu – und fuhr zusammen. Zum Teufel, die trugen ja Gewehre statt Musikinstrumente! Doch dann erinnerte er sich – das Schützenkorps! Eine bergensische Spezialität. Die Gewehre waren aus Holz. Aber dennoch. Wahrscheinlich standen die Eltern all der Gewalt, der die Kinder im Fernsehen ausgesetzt waren, fassungslos gegenüber – hatten aber nichts dagegen, ihre Engelskinder zu Spielzeugsoldaten zu machen.

Er schloß die Schiebetür. Obwohl er zur Hälfte Norweger war, hatte er es aufgegeben, diese Leute verstehen zu wollen. Er betrachtete Norwegen als eine Ansammlung von vier Millionen inneren Widersprüchen. Sie waren das Volk, das pro Person am meisten für Notleidende in anderen Ländern spendete, verfolgten aber gleichzeitig die feigste Asylpolitik der Welt. Sie versammelten zerstrittene Parteien zu Friedensverhandlungen, und es gelang ihnen, diese von der Notwendigkeit zu überzeugen, Zugeständnisse zu machen und besetztes Land abzutreten. Aber wer bestellte im Urlaub im Süden um sechs Uhr den Weckdienst und schlich sich hinaus, um die Sonnenliegen in Beschlag zu nehmen?

Er drehte die Wasserhähne zu und stieg in das lauwarme Wasser. Es hatte kaum mehr als dreißig Grad. Er ließ den Körper ins Wasser gleiten und legte den Kopf auf den Wannenrand. Das Schützenkorps bekam einen Riesenapplaus vom Nachbarbalkon und spielte dann noch die Stadthymne. Er pries sich glücklich, daß die Reise bald vorbei war – für ihn.

Es war an der Zeit, den Schweden anzurufen. Er streckte sich nach dem Mobiltelefon auf der Ablage neben dem Waschbecken und wählte. Während er auf Antwort wartete, hörte er die Bergenser auf den Gang hinauspoltern. Er konnte ihrem Gegröle entnehmen, daß es bald ein weiteres kulturelles Weltereignis geben würde, nämlich ein Konzert mit einem bergensischen Mundharmonikaorchester in »Checkers Cabaret«.

16

Polizeiinspektor Odd Berg nahm die Zeitungen mit und ging auf die Toilette. Er bevorzugte die Behindertentoilette, denn dort entging man dem Zwang, die Gerüche und Geräusche mit anderen teilen zu müssen. Er schlug ›Dagbladet‹ auf, las aber nicht den Artikel, der verkündete, daß Gummibärchen Krebs verursachen können. Forscher in London hatten eine Maus ein halbes Jahr lang mit fünf Kilo Gummibärchen gefüttert, und die Maus sah tatsächlich nicht besonders frisch aus. Aber Berg nahm das Bild gar nicht weiter wahr.

Er hatte überreagiert. Es war ein Fehler gewesen, dem Journalisten Amundsen den Hörer aufzuknallen, ja geradezu eine Frechheit. Amundsen war nicht der Typ für journalistische Mauscheleien. Und kein Gesetz verbat einem Journalisten, ein Gemälde zu verkaufen. Außerdem gab es auch keine ethische Auflage, die besagte, daß sie erst Dienstbefreiung nehmen sollten, wenn sie ein Bild an eine Person verkaufen wollten, zu der sie auch eine berufliche Beziehung hatten.

Berg sah ein, daß er sich wie der letzte Mistkerl verhalten hatte. Er hatte es unmittelbar, nachdem er den Hörer aufgeknallt hatte, bereits bereut. Er hatte zurückgerufen, um die Sache ins reine zu bringen, aber Amundsens Leitung war besetzt gewesen. Er hatte mehrere Versuche unternommen, war jedoch nicht durchgekommen.

Er tröstete sich damit, daß Journalisten es gewohnt sind, die Tür vor der Nase zugeschlagen zu bekommen. Wahrscheinlich hatte Amundsen den Vorfall bereits vergessen. Er beschloß trotzdem, Amundsen auf seinem Notizblock vorzumerken. Wenn der Kerl in Geldnot war und Berg der einzige Interessent für das Rose-Bild, dann bestand weiterhin Hoffnung.

Er hätte gerne gewußt, wie groß das Gemälde war. Beim Kunstkauf fragt man nicht nach Maßen, aber für Berg war die Größe dennoch von entscheidender Bedeutung. In der Wohnung in Slemdal hatte er nur begrenzt Platz, und er wollte keinen Knut Rose für 45.000 Kronen kaufen, um ihn dann irgendwo zu verstauen. Der Preis lag natürlich weit über dem Schätzwert – in diesem Punkt traute er Amundsen nicht. Aber das Gemälde hatte eine Geschichte, zusätzlich dazu, daß es ein Rose war: Die Aufschriften auf der Rückseite und die Motivänderung. Berg wußte, daß er viel Freude an dem Bild haben würde. Im Grunde genommen war er bereits vollständig besessen davon. Und was den Platz anging, konnte er natürlich die beiden von Vebjørn Sand über dem Sofa abnehmen und sie in die Hütte in Gol überführen – sie waren ohnehin ein Fehlkauf. Er würde ihnen nicht nachweinen, wenn sie bei einem Einbruch verschwänden.

Ein Klopfen an der Tür unterbrach seine Gedanken. Zuerst war er versucht, mäuschenstill sitzenzubleiben, sich nicht zu erkennen zu geben – es war immerhin die Behindertentoilette. Aber was war, wenn der, der hereinwollte, sich draußen häuslich niederließ und wartete?

»Besetzt!« sagte er in bestimmtem Tonfall.

»Karlsen ist am Telefon, Berg!« Er erkannte die Stimme von Mona aus dem Vorzimmer. »Es ist wichtig!«

»Komme«, brummte Berg. Er überlegte, ob es wohl irgendeine Seite an seinem Leben gab, die dem übrigen Polizeigebäude unbekannt war.

Das Leck im Sonja-Henie-Saal erwies sich als beachtlich. Alle bekannten Zeitungen, Fernseh- und Rundfunkanstalten riefen an, um Informationen über den rothaarigen Terroristen zu bekommen, schließlich sogar ausländische

Medienkonzerne. Karlsen wollte wissen, was er ihnen antworten sollte. Berg konnte förmlich hören, wie sich ein beleidigter Ausdruck in Karlsens Gesicht breitmachte, als er die Anweisung gab, alle Medienanfragen an ihn, Berg, zu verweisen.

Er war fest entschlossen, jegliche Kenntnis von einem Sicherheitsrisiko mit rotem Haar zu leugnen. Und das wäre ihm wahrscheinlich auch geglückt, hätte nicht bereits das Fußvolk seine Arbeit getan. Die norwegischen Medien sind es nicht gewohnt, daß die Polizei blufft. Gewiß geschieht so etwas – wie damals, als man die Presse in einen großen Wald gelockt hatte, damit der schwedische Massenmörder Quick in Drammen mehr Ruhe zum Arbeiten bekam. Aber so etwas sind akzeptable Ausnahmen von der Regel, die da lautet, daß die Polizei die Wahrheit spricht. Und hätte Berg geantwortet, daß er nicht auf der Jagd nach einem rothaarigen Terroristen war, hätte die Presse das geglaubt. Das Problem war nur, daß der erste Journalist, den Berg ans Telefon bekam, nicht danach fragte, ob die Polizei einen rothaarigen Terroristen jagte, sondern warum sie so intensiv jagte, daß erzürnte Rothaarige sich über das Hinweistelefon über Schikanen von seiten der Polizei beklagten.

Im täglichen Leben erweist sich die Minorität der Rothaarigen als das, was sie typischerweise ist: selten! Aber an diesem Montag war es, als sähe die Polizei im ganzen Land rot.

Auf dem Flughafen Fornebu wurde ein kahlköpfiger niederländischer Professor, mit rotem Schnurrbart, an die Wand gedrückt, in Handschellen gelegt und in ein Verhörzimmer gezerrt, wo seine Identität festgestellt und zweifach geprüft wurde. Danach bekam er eine kryptische Erklärung zu hören, wurde zur Tür hinausgeschoben und kam eine Stunde zu spät zur Meiereihochschule, wo er eine Vorlesung zum Thema ›Molekulare Emulsionsverzögerung in ungesalzener Butter‹ halten sollte.

In Svinesund machte man einen Großfang – fünf Rothaarige in ein und demselben VW-Bus. Sie wurden in Handschellen gelegt und dann mit Blaulicht und Sirenen auf die Polizeiwache von Halden gebracht. Nachdem man sie umständlich sortiert hatte, wobei zwei von ihnen, wahrscheinlich weiblichen Geschlechts, ausgesondert wurden, blieben der Polizei von Halden drei langmähnige, haarlackierte Mitglieder der schwedischen Heavy-Metal-Gruppe ›Fuck You Red-Red‹.

Nachdem er sich drei Journalisten gegenüber gedreht und gewunden hatte, sah Berg ein, daß sich der Rothaarige nicht länger unter den Teppich kehren ließ. Er gab eine Pressemitteilung heraus, in der er um 19.00 Uhr zur Pressekonferenz im »Hotel Plaza« einlud.

Er rief Karlsen an und unterrichtete ihn von seinem Entschluß.

»Vielleicht sollten wir unsere Treffen in das Polizeipräsidium verlegen, so hellhörig, wie es hier ist«, schlug Karlsen vor.

»Da leckt es genauso«, bemerkte Berg sauer. »Es war nachlässig von uns, an den Türen keine Wachen aufzustellen.«

»Soll nicht wieder vorkommen«, erwiderte Karlsen scharf. Berg merkte, daß er ihm schon wieder auf die Zehen getreten war.

»Nimm es nicht persönlich, Karlsen – ich hätte selbst daran denken sollen. Und wenn erst mal irgend etwas nach außen gedrungen ist, dann können wir uns glücklich preisen, wenn es nicht deine letzte Majestätsbeleidigung war, von der die Presse Wind bekommen hat.«

»Kennst du den neuesten, Berg?« Karlsen war wieder in seinem Element.

»Bestimmt nicht«, antwortete Berg zögernd.

»Ja, also, die Schweden wollen die norwegische ›Reform der Pflegehilfe für psychisch Entwicklungsgehemmte‹ kopieren. Und weißt du, warum?«

»Nein.«

»Damit der schwedische König zu Hause wohnen kann.«

Karlsen lachte so laut, daß Berg den Hörer weit vom Ohr weghalten mußte. Als sich der schlimmste Lärm gelegt hatte, lachte Berg kurz und höflich und sagte dann freundlich: »Wenn du den heute abend zum besten gibst, Karlsen, dann ist das ein Kündigungsgrund. Und das sage ich nicht nur so!«

17

Er aß sein Mittagessen in der Kabine. Er hatte ein Club-Sandwich mit Kartoffelchips bestellt und dazu eine Flasche Rotwein.

Heftiger Regen ging schräg zu Boden. Er hörte trommelnde Geräusche vom Balkon, ansonsten nichts. Die Abwesenheit der Bergenser fiel auf und gab der Seele Frieden. Er fühlte sich irgendwie zu Hause. Gesättigt ging er mit der Rotweinflasche und einem Taschenbuch zum Bett – blieb dort aber nachdenklich sitzen, das Buch auf dem Schoß.

Wenn man jetzt sterben würde, was war es gewesen, das Leben? Eine Kindheit wie die meisten anderen auch. Aber dann hatte er andere Bahnen eingeschlagen. Der Ruf der eigenen Wurzeln, die Suche nach dem Sinn, der

Haß auf den Vater. Das Dasein hatte sich zu einer kräftezehrenden Viruskrankheit entwickelt, gegen die er viele Jahre lang hatte ankämpfen müssen, bevor er das Verfügungsrecht über das eigene Leben erlangt hatte und Kräfte und Fähigkeiten für das eine Ziel hatte ausbilden können – für das Ziel, der »Sache« zu dienen.

Selbst den Überfall hatte er verkraftet. Zumindest physisch – und mental war er daran gewachsen, und zu der Erkenntnis gekommen, daß Haß seinem Leben einen Sinn gab, weil der Haß sich von den physischen und mentalen Zerstörungen nährte, denen er ausgesetzt worden war. Und so erhielten diese wiederum ihre Daseinsberechtigung, indem sie ihn mit Lebenskraft versorgten. Selbst über den Verlust des Sexuallebens konnte er hinwegkommen. Der Haß bot Begehren genug. Mehr als genug, vielleicht sogar zuviel. Er fühlte die Erkenntnis in sich aufkeimen, daß es doch keine so einfache Entscheidung sein würde, wie er gedacht hatte, für die »Sache« in den Tod zu gehen. Nicht etwa, weil er Angst hatte, sondern aus einem Pflichtgefühl dem privaten Haß gegenüber – der durchaus nicht glühend heiß war, wie er oft in der Literatur dargestellt wird. Der Haß war ein kühles Verlangen. Ein inneres erotisches Angezogensein von Personen, von denen er nicht wußte, wo sie waren, noch, wie sie hießen. Aber eins war klar: Nur sie würden jenes Verlangen stillen und den Haß befriedigen können. Das erschreckte ihn. Er hatte Angst, daß es dann aufhören würde. Es war so lange her, daß er den Haß nur an die »Sache« geknüpft hatte, daß er sich nicht an das Ausmaß des Hasses erinnern konnte. Würde es ausreichen, um dem Leben nach der privaten Rache weiterhin einen Sinn zu geben?

Er dachte an Buchanan und daran, was er gefühlt hatte, als er ihn zu Tode gequält hatte. Er versuchte die Gefühle mit denen zu vergleichen, die er hatte, wenn er für die »Sache« mordete. Der Mord an dem Sergeanten hatte ihm eine Befriedigung verliehen, in deren Nähe er sexuell niemals geraten war. Er hatte seine befreiten Triebe herausgeschrien, hatte sogar lauter geschrien als der Sergeant. Und nach dem Mord waren fast 24 Stunden vergangen, bevor es ihm gelungen war, sich von dem sinnlichen Genuß zu lösen und mit der endgültigen Vernichtung zu beginnen, die ebenfalls einen Genuß bot – wenn auch einen mit Abstand geringeren.

Auch das Töten für die »Sache« verschaffte ihm Befriedigung, jedoch mit starken graduellen Unterschieden. Vom »Verhör«, wobei er in die Nähe dessen kommen konnte, was er bei dem Mord an dem Sergeanten verspürt hatte, bis hin zum Auftragsattentat, bei dem die Ehrfurcht vor der Kette, in der er nur ein Glied war, dazu beitrug, daß er den Job leidenschaftslos und schnell erledigte. Seine Opfer sah er selten, abgesehen von denen, die er mit bloßer Hand tötete. Und er hatte niemals Zweifel oder Mitleid verspürt. Ein Attentat war eine Kriegshandlung – es machte peng! und die Leute wachten verletzt wieder auf, oder gar nicht. Er verspürte auch nicht die Ahnung eines Widerwillens gegenüber Folterungen – obwohl er selbst ein Folteropfer war. Aber das Merkwürdigste war, daß er niemals sich selbst sah, wenn er jemanden »verhörte«. Die Ängste und das Elend solcher Situationen ließen ihn niemals die Nacht in Fort Benning wiedererleben. Nur wenn er schlief, suchte ihn dieser Alptraum heim.

Er füllte das Glas mit Rotwein und griff nach dem Buch. Er hätte gerne gewußt, wie viele *ihn* haßten – ohne seinen Namen zu kennen, ohne zu wissen, wo er war.

Er begann zu lesen – mit der Ahnung eines Lächelns auf den Lippen.

18

Wäre Noker nicht gewesen, wäre das Informationstreffen um 18.00 Uhr eine schlappe Vorstellung geworden – verglichen mit der Show vom Vorabend. Ein deutlich erboster und ermüdeter Polizeiinspektor Odd Berg eröffnete die Veranstaltung mit der Ankündigung, daß es keine weiteren Vollversammlungen mehr geben würde.

»Zeit und Wege kosten Kräfte, also werden wir die Treffen auf das absolute Minimum beschränken. Von jetzt an bekommen Sie die notwendigen Informationen direkt ins Ohr oder in die Hand.«

Danach informierte er die Versammlung über den neuesten Stand der Suche nach dem Eunuchen und zeigte sich enttäuscht darüber, daß so viele nichts aus dem T-Shirt-Skandal gelernt hatten.

»Direkt nach dieser Versammlung werde ich die Presse treffen, und ich freue mich nicht gerade darauf, morgen auf den Titelseiten als die Antwort der Osloer Polizei auf Red Adair dazustehen.«

Niemand lachte. Berg übergab Noker das Wort.

»Ich habe eine Personenbeschreibung für Sie erstellt, und darin steht unter anderem, daß der Eunuch 1,85 m groß ist, schlank, mit muskulösem Oberkörper – und rotes Haar hat. Dort steht auch, daß seine sämtlichen Ausscheidungen in Tüten geleitet werden und daß er einen charakteristischen Gang hat, er zieht den rechten Fuß ein wenig nach. Ich muß feststellen, daß die Summe dieser Beschreibungen den falschen Eindruck eines ungefährlichen oder behinderten Mannes erwecken kann – und wenn ich höre, wer da so alles im Laufe des Tages aufgegriffen worden ist, dann scheint die norwegische Polizei ganz klar davon auszugehen, daß der Eunuch ein Gehgestell benutzt.«

Vorsichtiges Gelächter.

»Und wenn wir Glück haben, dann tut er das sogar – als Verkleidung, und wird dann dadurch getäuscht, daß die norwegische Polizei ihn unterschätzt. Was ich hier unterstreichen will, ist, daß der Eunuch, auch wenn er den rechten Fuß nachzieht, uns allen davonläuft – es sei denn, daß irgendein Weltrekordsprinter heute bei unserer Polizei angefangen hat. Und daß er mit einem Beutelklo herumläuft, macht ihn nicht minder gefährlich. Meines Wissens hat noch niemals jemand eine Schlägerei mit dem Schwanz gewonnen.«

Mehr Gelächter.

»Ian Kellogh ist Einzelkind. Der Vater zog von Belfast nach Chicago, bevor der Sohn geboren wurde, gründete eine Reinigungsfirma und machte damit in wenigen Jahren ein Vermögen. Er traf die Norwegerin Gunvor, sie heirateten – und bekamen Ian. Wir wissen, daß Ian sich sehr früh seiner irischen Herkunft bewußt wurde und stolz darauf war. Genauso früh begann er den Vater zu hassen, weil er meinte, daß dieser aus Nordirland abgehauen war und die ›Sache‹ verraten hatte. Dafür bekam er später eine klare Bestätigung, als der Alte sich weigerte, die IRA finanziell zu unterstützen, und obendrein noch damit prahlte, den Geldeintreiber vor die Tür gesetzt zu haben.

MacKellogh starb kurz nachdem Ian als Eunuch aus dem Krankenhaus entlassen worden war. Die amerikanische Polizei hat den Sohn verdächtigt, dem Vater auf dem Weg in den Tod ein wenig behilflich gewesen zu sein. Der Alte wurde unter einem Chevy-Van gefunden, mit einer Bremstrommel tief im Brustkasten. Auf unerklärliche Weise war der Wagen vom Wagenheber abgerutscht.«

Ein beeindrucktes Murmeln ging durch die Versammlung.

»Des weiteren würde die amerikanische Polizei den Eunuchen gerne wegen des Verschwindens eines Sergeanten der US-Navy verhören, einer von den fünfen, die ihn damals mißhandelt hatten. Niemand zweifelt daran, daß der Mann ermordet wurde, und das bedeutet, daß der Eunuch sieben Jahre nach dem Mord an seinem Vater den USA einen Besuch abgestattet hat. In der IRA hat der Eunuch als Waffendieb angefangen, und wir haben guten Grund zu der Annahme, daß er hinter einer ganzen Reihe von Einbrüchen in Waffenlager des norwegischen Militärs gestanden hat. Erst letztes Jahr hat es sich herausgestellt, daß die IRA AG-3-Gewehre norwegischer Herkunft besitzt. Nach und nach wurde der Eunuch zu Terroraufträgen herangezogen, und auch auf diesem Gebiet bewährte er sich schnell. Die Attentate, die er zu verantworten hatte, zeichneten sich stets durch besondere Kreativität aus. Zum Beispiel der Abschuß eines englischen Super-Puma-Helikopters im Juli 1994. Für die IRA war das ein enormer Prestigegewinn, für die Briten ein Schock. Wir wissen, daß der Eunuch dahintersteckte, weil der Abschuß wie aus seinem Lehrbuch für den Guerillakrieg durchgeführt war. Ein primitives Luftabwehrgeschoß auf einem Traktoranhänger montiert. Alle fünfzehn Insassen an Bord des Hubschraubers haben glücklicherweise überlebt. Die Frage, die sich jetzt stellt, ist die, ob Noker Sokne überleben wird, wenn er nicht bald eine Rauchpause machen kann.«

Gelächter.

Berg sah unsicher zu ihm herüber, dann sah er auf die Uhr.

»Ich glaube, wir sind bald fertig – wenn du nicht noch mehr auf Lager hast.«

»Fahr ruhig fort, Berg! Ich wollte nur daran erinnern, daß auch wir Raucher Menschen sind.«

Verbreiteter Applaus.

»Ja, aber nicht so lange.«

Jubel.

Noker lehnte sich zurück. Berg lächelte schief.

»Herzlichen Dank an Sokne. Dann hätte ich nur noch einen kleinen praktischen Hinweis – der dem Fußzeug gilt. Die Marschstiefel hinterlassen häßliche Flecken auf den Hotelteppichen. Nach den Treffen zwischen Israel und der PLO haben wir eine Rechnung über mehrere tausend Kronen für Extra-Reinigungen bekommen. Aus Budgetgründen haben wir daher beschlossen, daß jedermann in Uniform von jetzt an – ich wiederhole: von jetzt an – Überschuhe zu tragen hat, wenn er sich drinnen aufhält.«

Erregtes Gemurmel. Berg bat um Ruhe, indem er die rechte Hand hob.

»Es sind bereits Kisten mit solchen Plastikhüllen am Eingang aufgestellt worden.« Er sah zu Karlsen herüber, der bekräftigend nickte.

Das Gemurmel ging in ein Pfeifkonzert über. Berg sah auf die Uhr. Er hatte nur noch eine knappe halbe Stunde, um sich auf die Pressekonferenz vorzubereiten.

»Noch Fragen?«

Das Pfeifkonzert erstarb. Zu seiner Zufriedenheit sah Berg, daß niemand die Hand hob.

»Dann bedanke ich mich erst einmal!«

Er erhob sich und nahm Kurs auf die Einsatzzentrale, wo er sich bis zum Beginn der Pressekonferenz aufhalten wollte. Entsetzt stellte er fest, daß er wahrscheinlich eine Wanderung angetreten hatte, die ihn vom Regen in die Traufe führte.

19

Noker ging aus dem Sonja-Henie-Saal in den Pub »Jens Japp« im Erdgeschoß des Hotels – zu einem verabredeten Treffen mit Linnar Slouhn. Linnar hatte sich dazu entschlossen, auf das Informationstreffen zu verzichten. Noker konnte ihn gut verstehen. Warum aufgereiht auf der Bühne sitzen, wie ausgestellt, ohne etwas zu verstehen – und ohne etwas beizutragen zu haben.

Linnar hob zur Begrüßung sein Bierglas. Sie hatten früher am Tag schon miteinander telefoniert, und Noker wußte, daß er nicht mehr in der Königssuite wohnte. Die wurde jetzt von amerikanischen Sicherheitsleuten daraufhin geprüft, ob sie dazu geeignet war, Präsident Clinton zu beherbergen. Man wußte noch nicht, ob es aktuell würde. Die Teilnehmer der Verhandlungsdelegationen waren nach Hause gereist, aber Polizeiinspektor Odd Berg hatte – nachdem er Noker konsultiert hatte – Linnar Slouhn dazu aufgefordert, bis zum Tag der Unterzeichnung in Oslo zu bleiben.

Noker bestellte ein Bier und setzte sich. Und während er auf das Pils wartete, rauchte er eine Zigarette. Ein Gespräch war nicht möglich, aus den Boxen hinter Linnar schrie es: »Jetzt geht's besser.« Sie lächelten sich an und schüttelten resigniert die Köpfe. Noker beugte sich über den Tisch und rief Linnar eine Übersetzung des D.D.E.-Hits ins Ohr. Er bekam sein Glas, sie stießen an, und Linnar sang: »It's going better now!«

Sie seufzten erleichtert auf, als sich herausstellte, daß die Gruppe aus Namsos nur für ein Stück bezahlt war und daß auch keine weitere Band engagiert war.

»Na, wie geht's, Noker, bist du dem Eunuchen auf die Spur gekommen?« fragte Linnar – nachdem die Stille sich ein wenig setzen konnte.

Noker erzählte ihm von den Bemühungen der Polizei, die rote Gefahr zu stoppen. Linnar lachte. Um sofort wieder ernst zu werden.

»Wenn sie zuschlagen, wer wird die erste Wahl als Ziel sein?«

»Du.« Noker rieb an seinem Bierglas herum. »Alle aus deiner Delegation sind jetzt Landesverräter, weißt du – aber dennoch glaube ich, daß du dich ganz sicher fühlen kannst.« Er lächelte. »Es wäre taktischer Selbstmord, auf die Führung von Sinn Fein loszugehen. Sie haben euch immerhin als Alibi für die letzten Bombenaktionen gebraucht. Und genauso schlechte PR wäre es, die Tauben in die Luft zu sprengen. Somit bleibt uns nur noch die gute alte Zielscheibe, John Major.«

»Er ist nicht der meistgehaßte Mann in diesem Augenblick.«

»In den eigenen Reihen können sie später aufräumen. Das zahlt sich im Moment nicht aus. Nur wenige würden sich darüber aufregen, wenn die IRA-Leute sich gegenseitig den Garaus machten. Interne Bandenabrechnung eben.«

»Wenn es in Oslo passiert, sieht das aber ganz anders aus.«

»Da hast du recht. Deine Delegation wird einen anderen und wichtigeren Status haben – entschuldige die Formulierung –, wenn sie hier ist. Dann sind sie mutige Wegbereiter und Idealisten. Und der IRA ist es natürlich kein Dorn im Auge, wenn einige von ihnen bei einem Attentat mit dahinscheiden. Aber ihr wichtigstes Ziel wird es sicher sein, den Respekt vor der IRA zu erhöhen, und dabei zählen nur die dicken Fische.«

»Niemand ist sicher. Nirgendwo.«

»Richtig. Und wenn ich Falke bei der IRA wäre, würde ich das Attentat gegen Präsident Clinton richten.«

»Genau. Das hätte zweifellos den größten Effekt. Aber gleichzeitig ist er der am besten Bewachte.«

Noker hob das Glas und hielt es auf Brusthöhe, während er Linnar antwortete.

»Zweifellos. Berg hat mir erzählt, daß Clintons Vortrupp morgen kommt, und noch vor Samstag werden sie mit über hundert Mann hiersein.«

Sie stießen an und tranken. Linnar wischte sich den Schaum vom Bart.

»Als Clinton in Nordirland war, hatte er 700 Sicherheitskräfte dabei. *Siebenhundert!*«

Noker lachte.

»Ich habe es gelesen und wäre fast vom Stuhl gefallen. Was soll man da noch Größenwahn nennen?«

Linnar legte die Arme auf den Tisch und beugte sich vor.

»Als die Königin zu Besuch kam, hatte sie zwölf Mann dabei.«

»Das Lächerliche daran – um nicht zu sagen, das Lächerlichste ...« Noker hatte sich in Fahrt geredet, »ist, daß Clinton mit einer Truppe von 700 Mann wahrscheinlich mehr Risikoelemente mit ins Land hineingebracht hat, als sich vorher schon darin befanden.«

»Er ist dem üblichen Mißverständnis aufgesessen, daß die Bevölkerung hundertprozentig hinter der IRA und Sinn Fein steht. Sie glauben, daß die IRA ein Heer von Wehrpflichtigen ist und Nordirland ein Einparteienstaat mit Sinn Fein als einziger Alternative.«

»Hast du Reaktionen von zu Hause erhalten? Auf den Vertrag, meine ich?«

»O ja. Es gab heute große Friedensdemonstrationen in Belfast, Londonderry und Dublin. Das Volk jubelt.«

»Und die Falken in der IRA?«

»Schweigen.«

»Was ist mit den Tauben? Sind sie untergetaucht, oder haben sie sich irgendwo verschanzt?«

»Die sind sicher. Sie mischen sich mitten unters Volk und haben Tausende von Leibwächtern dabei.«

»Das gleiche sagte unser alter König, Olav.«

»So?«

»Er war wie die Königin – kam mit einem Minimum an Sicherheitskräften aus. Auf einem USA-Besuch hatte er nur ein paar Mann dabei. Das hat Aufsehen erregt, und die Medien wollten wissen, warum sein Sicherheitsaufgebot so klein war. ›Ich brauche kein größeres‹, antwortete König Olav, ›denn zu Hause in Norwegen passen vier Millionen Landsleute auf mich auf.‹«

Linnar lächelte flüchtig.

»Die Partei versucht, Kontakt zu den Falken aufzunehmen.«

Noker hustete und setzte das Glas ab.

»Jetzt mal ehrlich, Linnar – ›versucht, Kontakt aufzunehmen‹! Glaubst du, ich bin ein Idiot, oder was? Es ist uns verdammt noch mal nichts Neues, daß die IRA und Sinn Fein vom gleichen Schlag sind. Mehrere Leute in leitender Position kommen aus der IRA. Ich kann Namen nennen, wenn du willst.«

»Brauchst du nicht. Es gibt auch Leute in der IRA-Führung mit Sinn-Fein-Vergangenheit. Die Namen kennst du sicher.«

Noker antwortete nicht, sah Linnar einfach nur an. Der fuhr fort:

»Bei dir hört sich das an, als sei hier die Rede von Fußballspielern, die den Verein wechseln. Aber es ist doch wohl ein bißchen ernster als das. Wir reden hier von Leuten, die aus Überzeugung umsatteln. Und die der Wechsel eine Menge kostet, jeden einzelnen. Ja, so ist es. Verkneif dir das Grinsen!«

»Sorry, Linnar.« Noker streckte ihm die Hand über den Tisch entgegen. Linnar ergriff sie.

»Du, Noker, solltest eigentlich besser als alle anderen wissen, daß die Katholiken in Nordirland keine Horde von gewaltbereiten Barbaren sind, die sich in zwei Lager gespalten haben, nur um den Feind zu verwirren. Wir, die wir die Partei gewählt haben, haben das getan, weil wir an eine politische Lösung glauben. Aber natürlich sind uns viele bekannt, die die IRA und die harte Linie gewählt haben. Wir sind nicht so viele.«

»Wie gewöhnlich ist es, daß jemand das Lager wechselt?«

»Warum sagst du nicht ›die Seite wechselt‹?«

»Weil ich offenbar nicht in der Lage bin, die Feinheiten zu erkennen.«

»Die Antwort auf deine Frage lautet: Relativ selten. Und die meisten wechseln von Sinn Fein zur IRA. Nur sehr wenige gehen den umgekehrten Weg.«

»Das ist ja wunderbarer Anschauungsunterricht.«

»Worin?«

»Darin, was die Leute zu Terroristen macht. Instinktiv entscheiden sich die meisten von uns, einen Konflikt auf anständige Art und Weise zu lösen. Mit Worten und Demonstrationen. Aber wenn man nicht vorankommt, wenn keine Entwicklung zu erkennen ist, wenn die Situation unerträglich bleibt – tja, dann läßt man sich zu schärferen Maßnahmen verleiten. Zu Gewaltmaßnahmen. Man geht von Sinn Fein zur IRA.«

»Das war jetzt die unwissenschaftlichste Darstellung des Nordirland-Konfliktes, die ich je gehört habe.«

»Die meisten Forscher und Wissenschaftler servieren den Leuten Selbstverständlichkeiten – aber wir sind Experten darin, diese hinter avancierten Formulierungen zu tarnen. Darin besteht unsere eigentliche Kunst.«

»Wie erklärst du dir, daß jemand von der IRA zu Sinn Fein überwechselt?«

»Es sind Archetyp-1-Terroristen. Sie haben die IRA gewählt, weil sie glauben, daß eine Armee ein gutes Werkzeug ist, um die ›Sache‹ voranzutreiben. Aber nachdem sie jahrelang auf der Stelle getreten sind und viel sinnlose Gewalt erlebt haben, sind sie bereit, Alternativen auszuprobieren. Wie zum Beispiel Sinn Fein.«

»Willst du damit andeuten, daß es Weichlinge innerhalb der IRA gibt?«

»Ich glaube, daß die Vernunft an den merkwürdigsten Orten auftaucht. Ich gehe sogar so weit zu glauben, daß gerade der Waffenstillstand einige zum Überlaufen von der IRA zu Sinn Fein bewogen hat.«

»Das mag wohl stimmen.«

»Und was wird mit den anderen passieren? Falls es zum Frieden kommt?«

»*Falls,* Linnar?!«

»Hör auf, das Echo zu spielen, und antworte!«

»Ein Archetyp-2-Terrorist wird sich bestimmt eine neue Gewaltarena suchen. Zum Beispiel als Söldner, oder Torpedo, oder als Serienmörder.«

Noker grinste.

»Oder als Ehemann. Es schlummert ein Terrorist in uns allen.«

»Apropos: In welche Gruppe steckst du Linnar Slouhn? 1 oder 2?«

Das unanständige Loch in seinem Bart öffnete sich.

Der Gedanke daran, daß Linnar einem terroristischen Hintergrund entstammen könnte, erregte Noker. Stimmte es, dann war dies der erste Kontakt mit einem Vertreter jener Klientel, für die er Experte war. Er sah Linnar ernst an.

»Auf der einen Seite wäre es unmöglich für Sinn Fein,

zu behaupten, man sei unabhängig von der IRA, wenn man gleichzeitig einen Sicherheitschef hat, der aus der Armee kommt. Zumindest wenn man ihn direkt angeworben hat. Auf der anderen Seite: Wer eignet sich besser als Sicherheitschef als jemand mit Hintergrund in der IRA?«

Linnar lehnte sich in seinem Stuhl zurück und lachte.

»Du beantwortest meine Frage nicht. – Archetyp 1 oder 2?«

»Keiner von beiden. Ich glaube nicht, daß du einen terroristischen Hintergrund hast. Bei deinem Namen klingelt keine Alarmglocke.«

»Du hast wohl kaum alle Namen im Kopf.«

»Natürlich nicht. Nur die wichtigsten. Und deshalb habe ich dich auch gründlich abgecheckt. Skål, Linnar!«

20

Polizeiinspektor Odd Berg hatte die Pressekonferenz in den Sonja-Henie-Saal gelegt, weil es praktisch war – für ihn. Erstens mußte er sowieso ins »Oslo Plaza« zur Dienstbesprechung. Zweitens bekam er auf diese Weise etwas für das Geld, das sie ohnehin für das Hotel zahlten.

Und ein dritter Grund wurde ihm gratis geliefert: Die Presse hatte Beute gewittert und war so zahlreich erschienen, daß die meisten anderen Lokalitäten zu klein gewesen wären.

Berg saß allein am Dirigentenpult auf der Bühne und konnte sich nicht entscheiden, ob er sein Glück preisen oder das Schlimmste befürchten sollte. Er erblickte Amundsen von ›Dagbladet‹ und war so perplex, daß er es nicht schaffte, dessen Nicken zu beantworten, solange er ihn noch ansah. Verdammt, er hatte vergessen, Ordnung in das Rose-Problem zu bringen. Wegen der Sache mit dem Eunuchen. Er hatte das Gefühl, daß eine ganze Reihe von Angelegenheiten anstand und um seine Aufmerksamkeit bettelte.

Mit wachsendem Unbehagen sah er langsam einen Wald vor seinem Tisch wachsen – aus Fernsehkameras, Mikrophonstativen und Scheinwerfern. Er wartete, bis die Medienförster am Waldrand Stellung bezogen hatten. Dann holte er Luft, hieß alle willkommen und sagte, er wolle eine Erklärung abgeben. Er räusperte sich.

»Wir haben im Laufe des Tages einige Anfragen bezüglich der Überwachung des Personenverkehrs landeinwärts erhalten. Der Grund für diese Überwachung dürfte den meisten bekannt sein. Eine Reihe der führenden Staatschefs und Angehörige der Königshäuser werden am kommenden Samstag nach Oslo kommen, um den Friedensvertrag für Nordirland zu feiern.«

Berg nahm einen Schluck Mineralwasser. Bisher war es gutgegangen, und er fühlte, wie sein Selbstvertrauen wuchs.

»Es liegen ein paar Berichte vor, daß Reisende das Verhalten der Polizei für kritikwürdig halten. Der Polizei selbst liegen solche Klagen nicht vor, aber trotzdem streiten wir es nicht ab, daß es unangenehm sein kann, so gründlich kontrolliert zu werden, wie es in der augenblicklichen Situation dennoch geboten ist.«

Er sah auf und versuchte, eine Kamera zu finden, der er direkt ins Auge sehen konnte – so, wie er es auf dem Medienkurs gelernt hatte. Als er merkte, daß er zwischen mehreren hin- und herschwankte, senkte er den Blick und fuhr fort.

»Für uns von der Polizei sind solche Reaktionen nichts Ungewöhnliches. Sie entstehen jedesmal, wenn wir genötigt sind, die Überwachung des Personenverkehrs zu verschärfen. Da gibt es immer Mißverständnisse und ein paar rauhe Worte. Wir haben uns inzwischen dafür entschieden, das Positive an solchen Reaktionen zu sehen, nämlich daß sie ein Beweis dafür sind, daß wir uns bei unserer täglichen Arbeit ziemlich unauffällig verhalten.«

Er legte sein Manuskript ab und sah auf.

»Fragen?«

Die Hände schossen in die Luft. Berg wählte eine kleine Frau mit Spitzmausgesicht aus, die er als Angestellte des zweitgrößten norwegischen Medienkonzerns erkannte. Zu spät bemerkte er, daß sie rothaarig war.

»Gibt es einen besonderen Grund dafür, daß sie Treibjagden auf rothaarige Menschen veranstalten?«

»Wir veranstalten keine Treibjagd. Ich wiederhole: Wir überwachen den Personenverkehr landeinwärts. Auch rothaarige Personen, ja!«

Er richtete einen Finger auf TV2.

»Aber wie erklären Sie sich dann, daß die Meldungen von rothaarigen Personen, die behaupten, sie würden von der Polizei schikaniert, nicht abreißen?«

»Das erkläre ich mir überhaupt nicht. Der Polizei sind solche Vorfälle nicht bekannt, und es liegen keine formellen Beschwerden oder Anzeigen vor. Was meinen Sie im übrigen mit ›schikaniert‹?«

›VG‹ fühlte sich berufen, die Antwort zu geben.

»Wenn eine schwedische Popgruppe – eine einigermaßen bekannte sogar – in Svinesund festgenommen wird und nach Halden aufs Polizeipräsidium geschleppt wird – in Handschellen. Was sagen Sie dazu?«

»Na was schon? Was ist weiter passiert?«

»Sie wurden freigelassen.«

»Eben! Und so etwas nennt man verschärfte Überwachung – nicht Schikane! Wenn wir Zweifel an der

Identität von irgendwelchen Personen haben, dann überprüfen wir sie. Und es ist durchaus einleuchtend, daß man warten muß, bis die Überprüfung abgeschlossen ist.«

»In Handschellen?«

»Warum man sich in diesem besonderen Fall zu Handschellen entschlossen hat, kann ich leider nicht beantworten. Aber Handschellen sind ein Hilfsmittel der Polizei, und wenn wir sie benutzen, dann, weil wir meinen, daß sie unsere Arbeit unterstützen.« Die nächste Meldung kam von ›Dagbladet‹.

»Nach welchen Kriterien wählt ihr diejenigen aus, die gründlicher kontrolliert werden?«

Amundsen hatte die Frage gestellt.

»Die Kriterien unterscheiden sich von Fall zu Fall. Mehr kann ich dazu nicht sagen, ohne Dinge zu verraten, die unseren derzeitigen Sicherheitsmaßnahmen schaden könnten.«

Berg begegnete Amundsens Blick. Er gab ihm keine Signale. Amundsen wirkte zu hundert Prozent auf seine journalistische Arbeit konzentriert.

»Laß mich anders fragen. Ist rotes Haar eines der Kriterien, das dazu führen kann, daß man beiseite gewinkt und kontrolliert wird?«

Berg schüttelte verneinend den Kopf.

»Also, das, was momentan geschieht, ist unsere ganz normale Arbeit. Wir haben uns eine Übersicht über diejenigen verschafft, die in diesem Zusammenhang eine konkrete Gefahr darstellen. Und wir versuchen, sie oder ihn daran zu hindern, ins Land einzudringen. Das gleiche tun wir vor einem Fußballänderspiel zwischen Norwegen und England. Aber dabei bleibt es uns erspart, Pressekonferenzen zu geben und Selbstverständlichkeiten aus der Arbeit der Polizei zu servieren.«

Seine letzte Bemerkung bereute Berg sofort. Er versuchte, darüber hinwegzugehen, indem er rasch einem bekannten Gesicht von den Fernsehnachrichten das Wort erteilte. Aber Amundsen kam ihm zuvor.

»Und wer sind hier die Hooligans?«

»Hooligans?«

»Wenn ein Länderspiel gegen England stattfindet, ist es die Aufgabe der Polizei, die Hooligans aufzuhalten – den Fußballpöbel. Und meine Frage ist, wer konkret – mit rotem Haar – es ist, den ihr daran hindern wollt, ins Land einzudringen.«

Berg glaubte einen klaren Unterton von Rache bei Amundsen herauszuhören. Im Raum herrschte Stille, die bestätigte, daß viele das gespannte Verhältnis zwischen Berg und Amundsen wahrgenommen hatten.

»Ich bedaure, aber jetzt reitest du auf dem herum, was ich schon gesagt habe. Ich hatte mich doch deutlich ausgedrückt – wir führen eine gewöhnliche Überwachung durch. Und angesichts des Besuchs, den wir am Samstag erwarten, gibt es viele, die wir nicht im Land haben wollen. Konkreter kann ich nicht werden.«

Berg widerstand der Versuchung, noch weitere Selbstverständlichkeiten nachzuschenken. Er kannte das Gefühl von früheren Aufenthalten auf dünnem Eis und wußte, daß es – trotz allem – das Klügste war, so wenig wie möglich zu sagen. Obwohl er fühlte, daß er schlecht aus der Sache herausgekommen war.

Die Presse sah ein, daß durch ein Überschreiten der Grenze nichts mehr zu holen war – und es schloß sich eine Runde mit Fragen nach allem möglichen, von der Unterbringung der Gäste bis hin zu den Arbeitsbedingungen der Presse, an. Berg antwortete, so gut er konnte, und verwies ansonsten auf das Außenministerium und das Büro der Staatsministerin.

»Dürfen wir Fotos in der Königssuite machen?« wollte jemand von ›Aftenposten‹ wissen.

»Da müssen Sie die Hotelleitung fragen«, sagte Berg.

»Glauben Sie, daß die Spaltung innerhalb der IRA den Friedensvertrag gefährden wird?«

»Was ich glaube, ist uninteressant. Ich bin verantwortlich für die Sicherheit – und nicht für politische Einschätzungen.«

Er fühlte sich miserabel. Er war in der Defensive, konnte nur parieren und sich verteidigen.

»Warum ist die Osloer Polizei in ein Luxus-Hotel umgezogen?« Die Spitzmaus war aufgestanden, um sicherzugehen, daß sie auch zu Wort kam.

»Weil wir das Essen in unserer Kantine nicht mehr ertragen konnten!«

Nicht einmal dieser spontane Witz schlug an. Berg fuhr ernüchtert fort:

»Wir haben – und das ist doch wohl einleuchtend – für die Zeit der Verhandlungen hier im Hotel Quartier bezogen. Und auch weiterhin bleibt das ›Oslo Plaza‹ ein zentraler Schauplatz. Die amerikanischen Sicherheitskräfte werden hier einquartiert. Gäste werden hier wohnen, und deshalb haben wir uns entschlossen, die Einsatzzentrale hierzubehalten. Die Sicherheitsmaßnahmen rund um die Unterzeichnungszeremonie werden hauptsächlich vom Hotel aus geleitet werden.«

Die letzte Frage der Pressekonferenz kam wieder von ›VG‹ – die wissen wollte, warum Bergs Leute in blauen Schuhkondomen herumliefen.

»Das ist ein Beispiel – ein weiteres Beispiel dafür, wie rücksichtsvoll die Polizei ist«, antwortete Berg und ergriff die Chance, in eine Kamera zu lächeln. »Wir wollen auf den hübschen Teppichen hier im Haus keine Flecken hinterlassen.«

Er entschied sich sitzenzubleiben, während die Presse den Saal verließ, und er war sich im klaren darüber, daß er das tat, um einer Begegnung mit Amundsen aus dem Weg zu gehen. Der bekannte Journalist von ›Dagbladet‹ war wahrscheinlich auch der Grund dafür, daß er mit seinem eigenen Einsatz unzufrieden war. Berg hatte die Hände unter dem Kinn gefaltet und sah abwesend zu, wie Kabel aufgerollt und Stative zusammengeklappt wurden. Ein schwaches Lächeln machte sich auf seinen Lippen breit. – Es hätte schlimmer kommen können. Er hätte die Dummheit begehen können, Karlsen mitzunehmen. Und dann wäre die Antwort auf die letzte Frage – die nach den Schuhkondomen – garantiert diese gewesen:

»Tja, die brauchen wir, damit unsere Leute sich nicht mit AIDS anstecken, wenn sie Asylbewerber mit Tritten aus dem Land befördern.«

Berg suchte seine Unterlagen zusammen und verließ den Sonja-Henie-Saal.

21

Die Autofahrt hatte gutgetan. Jeje hatte seine Gedanken geordnet. Es war natürlich utopisch zu glauben, daß er, der Berufsverbrecher Johnny Jøran Johansen, mit der zukünftigen Küchenchefin von Königin Margrethe zusammenleben könnte, geschweige denn, sie zu heiraten. Selbst wenn er sein jetziges Leben sofort begrübe, wäre er doch mit so vielen Banden an die Unterwelt geknüpft, daß ein solches Verhältnis unmöglich wäre. Er könnte Gefahr laufen, daß sein Sohn eines Tages der Polizei die Tür öffnete und sie wissen wollten, wo sein Vater an einem Januartag vor acht Jahren gewesen war.

Er hatte ihr wieder eine Nachricht auf dem Küchentisch hinterlassen, daß es spät würde, daß sie nicht aufbleiben und auf ihn warten müsse, und daß er morgen ausziehen würde, in das Katastrophengebiet in der Schleppegrellsgate. Es war vorbei. Er wußte nur noch nicht, was er ihr sagen sollte. Es würde irgend etwas in der Richtung sein, daß seine Liebe für sie gestorben sei. Und das wäre die größte Lüge, die Jeje jemals in seinem Leben aufgetischt hatte. Er fiel in ein tiefes Loch. Und um dieses Loch zu kompensieren, hatte er sich zu einem Vergnügungseinbruch entschlossen, dem ersten in dieser Hälfte des Sommers.

Vergnügungseinbrüche waren Jejes Spezialität. Es war eine Sache, rein geschäftsmäßig einzubrechen und vielleicht eine Diskette, eine Dokumentenmappe oder ein Gemälde zu stehlen oder die Leckerbissen aus einer Münzsammlung herauszuklauben – eventuell die Bude abzufackeln oder einen Schrank zu sprengen. Das war sein Job. Aber sich selbst zu bereichern, einfach nur zwischen all den Dingen eines Wohlstandsheimes zu schwelgen, Taschen und Tüten, den Rucksack und den Kofferraum mit Stereoanlagen, Wein, Schnaps, CDs, Kleidung, Essen, Werkzeug, Geld, Computern und – dem Wertvollsten von allem – mit *Angelzubehör* zu füllen, das war das reine Glück. Ja, eigentlich der Sinn des Lebens. Jedenfalls für Jeje.

Die Liebe zu Diana hatte ihn auf das Objekt, das er sich jetzt vornehmen wollte, aufmerksam gemacht. Sonntag abend hatten sie bei Champagner und Kaminfeuer seinen Einzug in die Haxthausens Gate gefeiert. Danach hatten sie sich mit einer Nummer im Sitzen im Wohnzimmer die Klagen der Nachbarn zugezogen. Das Wollknäuel Cäsar war von dem Anblick dermaßen inspiriert worden, daß er versucht hatte, eine Yucca-Palme zu vergewaltigen. Diana hatte danach geschlafen, aber Jeje war hellwach gewesen, hatte einen Spaziergang auf der Halbinsel Bygdøy unternommen und die Boote studiert, die dort in der Bestumbucht im Schutz des mit Kiefern bewachsenen nordwestlichen Ufers von Bygdøy lagen.

Auf diese Weise hatte er die Prinzessin getroffen.

Eine Princess 420 mit schwedischer Flagge. Ein schwimmendes Juwel. Sie lag in der Bucht auf der Bygdøyseite vor Anker, direkt gegenüber dem Fischereihafen bei Maxbo. Jeje nahm an, daß der Hafen belegt war und daß der Besitzer der Princess – gegen ein paar Tausender – die Erlaubnis erhalten hatte, außerhalb zu ankern. Jeje hatte einen Stein gefunden, auf dem er sitzen und so tun konnte, als sonnte er sich. Nach einer halben Stunde war er sich sicher gewesen, daß nur eine Person an Bord war. Ein Mann. Groß, schlank, scharfe Gesichtszüge, rotes Haar und kaum älter als 30 Jahre. Er spielte Musik von ›Roxette‹ im Salon. Jeje hatte die Informationen, die er brauchte, und schlenderte zum Auto zurück.

Jetzt war er wieder in der Nähe der Bestumbucht. Die Sonne war untergegangen, und der Mann an Bord der Princess schickte sich an, die Schönheit zu verlassen. Mit einem erstklassigen Schlauchboot. Am Achterspiegel hing ein schwerer Außenbordmotor. Jeje steckte das Fernglas in die Jackentasche und trabte auf das Kaigelände zu. Wenn er Glück hatte, wollte der Kerl einen Ausflug machen, und er würde das Boot eine Zeitlang für sich allein haben. Am Tor stand ein Taxi. Jeje ging auf die Fahrerseite zu und bekam Augenkontakt mit dem Fahrer. Die Scheibe senkte sich. »Sind Sie frei?« fragte Jeje. »Nein, bestellt«, antwortete der Fahrer. Jeje nickte und ging. Einige Meter hinter dem Taxi blieb er stehen, um sich seinen rechten Schuh zu binden. Und er tat das langsam genug, um mitzubekommen, daß der Besitzer der Princess in dem Taxi Platz nahm. Es nahm Kurs auf die Stadt.

Jeje ging zu seinem Parkplatz. Er hatte vor, sich als Froschmann auf das Boot zu schleichen, und trug unter dem Trainingszeug einen Taucheranzug. Der Rest der Ausrüstung lag in einer Nike-Tasche im Kofferraum. Er hielt an dem Stein vom Sonntag an, verbarg sich dahinter und studierte noch einmal die flotten Kurven der englischen Prinzessin durch das Fernglas.

Eine Princess 420 ist ein seltenes Gefährt, in norwegischen Fahrwassern. Sie ist natürlich etwas gewöhnlicher als eine Princess 66, die bereits eine Mannschaft erfordert und einen Besitzer, dessen Cash-flow nicht an der Prostata erkrankt ist. Jeje hatte kürzlich in einer seiner vielen Bootfachzeitschriften gelesen, daß Hassanal Bolkiahs zwei Princess 66 gekauft hatte, die er dann als Landhaus-Boote aufgestellt hatte. Eines in Cannes und das andere auf seiner Privatinsel in der Karibik. Aber der Sultan von Brunei war ja auch der reichste Mann der Welt.

Jeje hörte Motorenbrummen, folgte dem Geräusch – und erblickte eine ältere, guterhaltene Grand Banks 58, die Kurs auf den Fischereihafen hielt. Grand Banks sind auf dem Wasser das, was amerikanische Autos auf der Straße sind. Jeje erkannte das dicke, gesetzte Hausboot wieder. Der Besitzer wohnte in Drangedal und hatte Herzprobleme, hatte er gelesen. Und eine Menge Geld. Aber an Bord waren nur wenige Werte, wußte Jeje.

Er wartete, bis die Grand Banks im Hafen hinter anderen Schwergewichtlern verschwunden war. Dann zog er den Trainingsanzug aus, legte ihn in die Tasche und nahm den Rest der Taucherausrüstung heraus. Die Tasche verbarg er hinter dem Stein. Geduckt watete er ins Wasser, zog die Taucherflossen an, prüfte das Ventil und den Schnellverschluß, mit dem die wasserdichte Werkzeugtasche in Höhe seines Bauchs am Anzug befestigt war – dann zog er den Reißverschluß des Anzugs ganz zu und verschwand lautlos im Oslofjord.

Er ging über die hintere Badeleiter an Bord, zog die Schwimmflossen aus und legte sie auf das Achterdeck. Jeje brauchte selten schwereres Gerät als einen Schraubenzieher, um sich Zugang zu einer Yacht zu verschaffen. Die Princess war keine Ausnahme. Ein wenig Druck, ein Schlag mit dem Griff des Schraubenziehers, und die Schiebetür gab nach. Er betrat den Salon und zog die Rauchglastür wieder hinter sich zu. Er hielt ein paar Sekunden inne, um seine Augen an die Dunkelheit zu gewöhnen. Das erste, was er sah, war Unordnung: Kleider und Seekarten, Flaschen, Teller und Bierdosen lagen bunt durcheinander auf dem Sofa und auf dem Tisch. Auch die nächste Tür war verschlossen. »Typisch geizige Schweden«, dachte Jeje. Er hetzte den Schraubenzieher auf die Tür, und bald stand er in der Kabine des Besitzers. Die Gardinen waren vorgezogen. Draußen war es heller als drinnen. Er schaltete seine »Maglight« ein – und entdeckte mit Entsetzen, daß er bei einem Kollegen eingebrochen war!

Auf dem ovalen Bett, das die Kabine dominierte, lag ein komplett zusammengesetztes Scharfschützengewehr mit Schalldämpfer und Zielfernrohr. Ein Gewehr, das von Leuten in Uniform benutzt wird – oder von Berufskillern. Jeje war sich klar darüber, daß dieser Kollege, sofern er einer war, zur gefährlichen Sorte gehörte. Man braucht kein Scharfschützengewehr, nur um damit zu drohen, wenn man zum Beispiel eine Bank überfallen will. Ein Scharfschützengewehr ist eine reine Tötungswaffe. Jeje fühlte eine Gänsehaut unter dem Taucheranzug – und das lag nicht nur daran, daß er naß war und fror. Was zum Teufel war das hier? Wen sollte der Kerl abknallen? Und warum?

Auf dem Boden am Fußende lag ein Leinensack aus Militärbeständen. Er öffnete ihn und starrte in drei Gewehrläufe. Er streifte den Sack ab und erkannte zwei AG-3-Gewehre, die dritte Waffe konnte er nicht einordnen. Er schloß den Sack und legte ihn wieder an seinen Platz. Es schepperte, und das war ein Geräusch, das niemand, der beim Militär war, jemals vergißt: Das Geräusch von leeren Magazinen.

Auf dem kombinierten Schmink- und Schreibtisch lag ein schlanker Dokumentenkoffer. Offen. Er war voller Karten: »Statoils« Straßenkarte über Südschweden, die Oslokarte der Sparkasse und eine Norwegenkarte ohne Reklame. Und es gab eine Menge Fotos – vom »Oslo Plaza«. Die Rezeption, die Fassade, der Platz davor, die umliegenden Gebäude, die Abfahrt zur Garage – sehr viele Bilder. Außerdem enthielt der Koffer drei Schwulenmagazine, einen schwedischen Paß und ein Programm von einer Show mit den ›Chippendales‹. Die Stripper posierten mit nacktem Oberkörper und halboffenem Hosenschlitz. Sie hielten den Saum auf beiden Seiten des Reißverschlusses in den Händen, als eindeutiges Versprechen, daß sie mehr offenbaren würden. Auf zwei der Jungs hatte ein naiver Künstler mit einem Stift Riesenpenisse gemalt, die aus dem Hosenschlitz hervorquollen. Verdammt, der Kerl war schwul. Jeje öffnete den Paß, während er darüber nachdachte, ob er etwas verpaßt hätte, wenn er stürbe, ohne jemals mit einem Mann einen Zungenkuß ausgetauscht zu haben. Er fand es nicht weiter problematisch, mit dem Zweifel zu leben.

Der homosexuelle Schwede hieß Niklas Andreasson.

Und Niklas war über ihm, bevor er überhaupt reagieren konnte. Jeje fühlte einen warmen, stechenden Schmerz in der linken Schulter. Das Schwein benutzte ein Messer! Aber zum Glück für Jeje hielt er das Messer nach Weiberart – so wie man einen Skistock hält. Ein nicht besonders raffinierter Griff, der zu langsamen Bewegungen führt und sich nur zum Zustoßen eignet. Und wenn man danebenhaut, steht man da mit der Klinge auf sich selbst gerichtet.

Jeje warf sich auf die andere Seite und wand sich gleichzeitig herum. Der Schwede stieß zum zweiten Mal zu – und verfehlte. Jeje war ein miserabler Schläger, seine besten Waffen waren zwei schnelle Beine, aber ab und zu hat man auch mal Glück, und so stand er zu seiner großen Überraschung plötzlich da und hielt mit festem Griff die Hand des Schweden umklammert, mit der er das Messer hielt. Er zuckte zusammen, der Schwede verlor die Balance, und Jeje half ihm mit einem harten Kniestoß in den Schritt bei den letzten Zentimetern bis zum Boden. Dann nahm er die Beine unter den Arm und lief. Als er auf das Achterdeck hinausstürmte, dachte er gerade noch daran, die Schwimmflossen zu packen.

»Ich lach mich tot«, sagte »Schlappschwanz« entzückt und ging nicht gerade zimperlich vor, als er Jeje verband. Der Gummianzug hatte die Kraft des Messerstichs gedämpft. Es schmerzte eher psychisch. Daß er so unachtsam sein konnte, einen Mann ganz an sich herankommen zu lassen.

»Ich hab's doch immer gesagt, Jeje, eines schönen Tages wirst du dir bei einer deiner Privatunternehmungen kräftig die Finger verbrennen. O. k., nicht die Finger, aber ein Messer in der Schulter ist schlimm genug. War es das wert?

frage ich dich, und die Antwort ist natürlich nein. Du hast von einem reizbaren Bootsbesitzer eine einzöllige Klinge in die Schulter bekommen – und dabei hättest du dich kaum mit mehr bereichern können als mit einer Rettungsweste und zwei Flaschen billigem Rotwein. Nein, ich gönne es dir, Jeje. Das hast du von deiner Gier.«

Schweigend und innerlich verletzt dachte Jeje, daß »Schlappschwanz« wohl kaum derjenige war, der über menschliches Versagen im Dienst sprechen durfte. Wenn man bei »Schlappschwanz« von einem Spezialfeld sprechen konnte, dann waren es Brände. Sein Expertentum resultierte aus einer Krankheit namens Pyromanie, und deshalb hatte er auch beim Planen von Bränden häufig Probleme, ausreichend professionell vorzugehen. Einmal wäre es beinahe gründlich schiefgegangen – und das bei einem Job, der genauso privat gewesen war wie Jejes Bootseinbruch. »Schlappschwanz« hatte in einer Herbstnacht vor vielen Jahren einen Schuppen angezündet, von dem er glaubte, er läge in einem leeren Militärlager. Aber plötzlich hatte er über hundert Reservisten auf den Fersen und mußte über einen Stacheldrahtzaun fliehen. Das hatte ihm häßliche Kratzer im Lack beigebracht – und den Spitznamen »Schlappschwanz«.

Jeje nahm den Cognac nach der »Behandlung« dankend an, obwohl das weitere Runden mit dummem Gewäsch bedeutete. Aber die Schulter schmerzte, und er war noch immer etwas wacklig auf den Beinen, so daß ihm ein Cognac gerade recht kam. Außerdem mußte er sich eine Erklärung für Diana überlegen.

Er war vorher noch nie bei »Schlappschwanz« zu Hause gewesen – wenn man den Begriff Zuhause überhaupt für die Abfallgrube, in der er hauste, gebrauchen konnte. Offensichtlich brachte »Schlappschwanz« seinen Müll nicht raus, und auch Pfandflaschen gab er nicht zurück. Statt dessen stapelte er alles an den Wänden auf. Der Teppich war verdreckt und bereits in Auflösung begriffen, schwarze Trampelpfade markierten die Hauptwege. Die zerschlissenen graugelben Gardinen waren kurz davor, ihren Halt an der Stange zu verlieren, und im ganzen Raum hing ein süßsaurer Dunst.

Jeje verzichtete aufs Nachschenken. Er bedankte sich per Handschlag bei »Schlappschwanz« für die Hilfe – und mehr brauchte es nicht, um einen berüchtigten Rohling aus Oslos Unterwelt verlegen zu machen.

Auf dem Heimweg kramte Jeje wieder den Gedanken daran hervor, in welcher Angelegenheit dieser Niklas wohl unterwegs wäre. Es mußte sich um etwas Großes handeln, wenn er es mit dem Messer verteidigte. Jeje würde glücklicherweise niemals erfahren, ob der Schwede auch zum Töten bereit wäre, um seinen Auftrag geheimzuhalten. Ein Scharfschützengewehr und Bilder vom »Oslo Plaza« – das konnte nur bedeuten, daß er plante, irgend jemanden zu erschießen, in dem Hotel oder in dessen Nähe. Wahrscheinlich handelte es sich um Bandenstreitigkeiten. Drogen, Mafia, Alkohol – es gab viele Möglichkeiten, aber die gingen Jeje allesamt nichts an. Er hatte Pech gehabt – die falsche Motorjacht gewählt –, aber er war lebend aus der Sache herausgekommen. Den Rest der Geschichte von dem Schweden und der Prinzessin gedachte er in der Zeitung zu lesen.

Aber warum so viele Gewehre? Zusätzlich zu dem Scharfschützengewehr noch zwei AG-3 – und vielleicht noch mehr. *Ein* AG-3 hätte er verstanden – das wäre einfach eine Alternative für die Ausführung des Auftrags gewesen. Aber vielleicht liebte Niklas es, sich besonders zu schützen.

Als er sich vor Schmerzen stöhnend hinter das Lenkrad klemmte, ging es Jeje auf, daß dies das erste Mal war, daß er bei der Arbeit zu Schaden gekommen war. Noch nie hatte er sich im Dunkeln den Kopf an einem Stahlträger gestoßen oder sich eine Blutvergiftung von einem rostigen Nagel in einem Kellerfenster geholt. Er war auch noch nie von einem blöden, keifenden Villenbesitzer ins Bein geschossen worden.

Er tröstete sich damit, daß der Schwede Profi war.

Das erste Mal.

Und jetzt war er auf dem Heimweg zu Diana – das letzte Mal.

22

Dienstag

»Morgen, Lucy. Tut mir leid, daß ich dich geweckt habe!«

Noker hatte Verstand genug gehabt, um im »Jens Japp« rechtzeitig aufzuhören. Er hatte ein Taxi nach Hause genommen, Milch mit einem rohen Ei darin getrunken und sich früh hingelegt. Jetzt war es halb acht, er saß im Büro und strotzte vor Energie.

»Keine Chance, Noker. Ich war schon auf dem Posten, bevor du deinen Pyjama ausgezogen hast.«

»Ich schlafe nackt, Lucy.«

»Mußtest du mir die Illusion nehmen? Ich dachte, du schläfst in einem anständigen Pyjama mit deinem Teddybären im Arm – und jetzt benimmst du dich unter der Decke wie ein Tier.«

»Wie ein Murmeltier, wenn du Ada fragst. Sie will mehr Action!«

»Was uns direkt zum Eunuchen führt.«

Keiner von ihnen lachte.

»Ich bin in dem Glauben bestärkt worden, Lucy, daß die Mutter Geheimnisse vor uns hat.«

»Ich habe deine Theorie mit den Leuten hier erörtert, und sie sind sich einig, daß London als Ablenkung und die Isle of Man als Treffpunkt eine brauchbare Theorie sind. Wir fragen uns nur, warum? Warum sollte er sich dem großen Risiko aussetzen, seine Mutter zu besuchen? Und dann noch zu Hause. Ein abgebrühter Kerl wie der Eunuch liebt seine Mutter nicht so sehr, als daß er einmal pro Woche bei ihr vorbeischauen müßte.«

»Natürlich nicht! Er ist ein so abgebrühter Kerl, daß er einmal pro Woche bei ihr vorbeischaut, um Geld aus ihr herauszuquetschen.«

»Mach weiter.«

»Wie wir wissen, sind es zwei Dinge, die die IRA jederzeit braucht – nämlich Geld und Waffen. Oder Waffen und Geld. Erinnerst du dich an die Vorgeschichte von Gunvor MacKellogh?«

»Was ich zuallererst mit ihr verbinde, sind eine Menge Hochzeiten.«

»Genau. Schon ein halbes Jahr nach dem ›Heimgang‹ von MacKellogh – wie die Nekrologen in den Zeitungen es ausdrückten – hat sie wieder geheiratet. Sie hat zwei Millionen geerbt und sich dann mit einem neuen Multimillionär verheiratet, mit einem Apfelsinenkönig aus Florida. Nach ein paar Jahren ließ sie sich scheiden – und auch das wird kaum ein schlechtes Geschäft gewesen sein. Aber wir kennen die Details ja nicht. Zwei Jahre später hat sie sich mit einer weiteren alternden Geldmaschine zusammengetan, mit einem pensionierten General mit zweiter Karriere in der Ölbranche. Er verkauft Brandschutzsysteme für Ölplattformen und macht Geld wie Heu. Sie sind immer noch ein Paar, aber nicht verheiratet. Nach der Scheidung von dem Apfelsinenkönig hat Gunvor wieder den Namen MacKellogh angenommen. Verstehst du?«

»Sie hat reiche Männer angezogen.«

»Sie ist selbst reich! Sie ist wirtschaftlich unabhängig. Ich möchte wetten, daß sie nur nicht mit dem General verheiratet ist, weil ihr Vermögen größer ist als seines. Und nenn mir einen guten Grund dafür, daß der Eunuch sie nicht um Geld anpumpen sollte!«

»Du solltest bei der Polizei arbeiten, Noker.«

»Sind es nicht nur Idioten, die sich da bewerben?«

»Und solche Helden, die zu feige sind, sich der Konkurrenz in der Privatwirtschaft auszusetzen, und statt dessen Sicherheit in einer öffentlichen Karriere suchen.«

»Karriere ist mir egal, solange ich nur nicht Chef sein muß.«

»Du weißt, wovon du redest.«

»Aber du *bist* Chef, Lucy, und du darfst in Kontoauszügen herumwühlen.«

»Bei dir hört sich das so an, als müsse man nur eben die Auskunft anrufen. Die Banken verlangen richterliche Verfügungen, und ...«

»Dazu haben wir keine Zeit.«

»Noker, du weißt ...«

»Wir haben nichts in den Händen, Lucy. Wir kennen keine seiner Identitäten, wir haben ein schlechtes Foto, wir haben nichts. Und wir können Reisebüros und Fluggesellschaften und Kreditbüros überprüfen, bis wir schwarz werden. Aber wir beide wissen, daß unsere einzige Chance, den Kerl zu greifen, darin besteht, daß er sich selbst meldet. Freiwillig – und mit den Händen über dem Kopf.«

»Was ist denn aus dem Optimisten von gestern geworden?«

»Du sprichst mit dem Realisten von heute. Kontoauszüge könnten uns einen Hinweis geben. Vielleicht weisen sie größere Überweisungen an einen Industriearbeiterverein in Belfast aus – dann hätten wir plötzlich einen konkreten Anlaß, um mit ihr zu reden. Einen besseren als den, daß sie Mutter ihres Sohnes ist.«

»Dein Glaube an das, was ich ausrichten kann, schmeichelt mir, Noker.«

»Aber Lucy, du bist doch der Chef!«

23

Es war ein schlechter Start in den Tag für Odd Berg.

Die Zeitungen waren gnadenlos. Die Titelseite von ›VG‹ verkündete: ROTHAARIGER **TERRORIST** BEDROHT DAS FRIEDENSFEST! Die Schlagzeile von ›Dagbladet‹ war eindeutig von dem Ruf des Blattes als Kulturzeitung geprägt: ROTHAARIGER TERRORIST BEDROHT DAS **FRIEDENSFEST**! Auf mehreren Seiten wurden alle Grenzkränkungen von rothaarigen Personen bis ins kleinste Detail geschildert. Der Butterprofessor, der später am Tag nach Holland zurückgekehrt war, war am späten Abend in Amsterdam von ›VG‹ aufgesucht worden und hatte »ausgepackt« und erzählt, es sei ein schockierendes Erlebnis gewesen, auf dem Flughafen Fornebu anzukommen. Überschrift: POLIZEI GING AUF ROTEN MANN LOS! ›Dagbladet‹ hatte den Mann angerufen – wahrscheinlich aus ökonomischen Gründen – und konnte sich des bestimmten Eindrucks nicht erwehren, daß er nie mehr einen Fuß auf norwegischen Boden setzen würde – selbst dann nicht, wenn die Staatsministerin ihn auf Knien um Entschuldigung bäte. Überschrift: ÜBLER NACHGESCHMACK FÜR ROTHAARIGEN!

›Dagbladet‹ stellte außerdem den Polizeiinspektor Odd Berg als Chef der schlechten Zeiten dar. In einem Kommentar, verfaßt von dem Seniorjournalisten Anton Amundsen, hieß es, die Polizei sei schlecht bedient mit einem Beamten, der nicht in der Lage war, mit der Presse zu kommunizieren, der statt dessen rot bis über beide Ohren würde, sobald kritische oder etwas lästigere Fragen gestellt würden.

›Aftenposten‹ erinnerte in ihrem Kommentar daran, daß dort, wo gehobelt wird, auch Späne fallen, und meinte, daß Polizisten, »die ein wenig Engagement bei der Arbeit zeigen«, eher Ehrung statt Hetze von seiten der Medien verdienten. »Die Ereignisse an den Grenzübergängen müssen vor dem Hintergrund gesehen werden, daß die Polizei weiß, was sie erwartet, wenn bei den Feierlichkeiten am Samstag auch nur die kleinste Unregelmäßigkeit auftaucht.«

In ihrem Leitartikel lancierte ›Aftenposten‹ die norwegische Regierung zum selbstverständlichen Kandidaten für den diesjährigen Friedenspreis.

›Arbeiderbladet‹ brauchte den größten Teil der Titelseite für ein Foto, das einen Polizeistiefel in einem blauen Plastikkondom zeigte – mit der Überschrift: JETZT TRETEN SIE LEISER!

Bergs Bürotür stand offen, und er konnte hören, daß sich die Kollegen bei einer Radiosendung vergnügten, in der eine Telefonumfrage zum Thema ›Sind Rothaarige gefährlich?‹ durchgeführt wurde. Er warf die Zeitungen zum Altpapier und bestellte einen Wagen. Sollten sie doch schreiben, was sie wollten – das Leben ging weiter, und für Berg war es jetzt an der Zeit, zum Militärflugplatz in Gardermoen zu fahren. Er wollte den Vortrupp der Sicherheitskräfte des Präsidenten persönlich empfangen. Ein paar ältere Kollegen hatten großen Nutzen daraus gezogen, Amerikanern gegenüber gastfreundlich zu sein. Es gab nicht nur eine Plakette für die Wand, sondern auch die eine oder andere Einladung in die Staaten, die man sich als Fortbildungsreise anrechnen lassen konnte.

Karlsen rief an.

»Ich bin unterwegs, Arnstein.«

»Es dauert nicht lange. Ich hab Sokne am Apparat. Er fragt, ob wir ihn mit einem Waffendieb zusammenbringen können.«

»Mit einem Waffendieb?!«

»Ja, du hast richtig gehört! Glaubst du, jetzt dreht er durch? Er will mit jemandem reden, der bei einem Einbruch in ein Waffenlager der Armee dabeigewesen ist.«

»Verdammt gute Idee! Sag ihm, ich ruf ihn vom Auto aus an. Glaubst du, du kannst einen auftreiben, Karlsen?«

»Ich werde wohl bei der Polizei anrufen und mich umhören.«

Im Aufzug wurde Berg klar, daß die Idee, Waffendiebe zu finden, die Kontakt mit dem Eunuchen gehabt hatten, aus den Reihen der Polizei hätte kommen sollen, und nicht von der Polizeihochschule.

24

Die Schottentracht war rehabilitiert. Sie hatte an Bord perfekt funktioniert, und auch jetzt – kurz bevor er in Kristiansand an Land gehen sollte – fühlte er sich wohl darin. Inklusive des kleinen, flachen Hutes.

Auf norwegischem Boden würde er sich in jedem beliebigen Aufzug, zu dem eine Kopfbedeckung gehörte, sicher fühlen. Norweger haben eine angeborene Angst vor Personen, die etwas anderes auf dem Kopf haben als eine Zipfelmütze. Ein Norweger kann sich ungezwungen mit einem Juden unterhalten, solange der Jude nicht sein kleines Käppchen auf dem Kopf trägt – tut er das, dann wird es kein langes Gespräch. Kein Norweger würde einen Gebrauchtwagen von einem Verkäufer mit Fez kaufen. Und noch viel weniger würden sie einem Turbanträger ein Haus abkaufen. Und umgekehrt würden Norweger es solange wie möglich hinauszögern, ihr Haus an jemanden zu verkaufen, der täglich, und ohne Grund, seinen Kopf bandagiert.

Wenn du in Norwegen einen Hut trägst, bist du entweder dumm oder ein Snob. Und sollte in der Nähe eines norwegischen Spielplatzes ein Kerl mit Schiebermütze auftauchen, würden die Mütter ihre Kinder zusammentrommeln und nach Hause fliehen. Denn jemand, der so eine Kopfbedeckung trägt, ist nicht normal und kann alles sein vom Nudisten bis zum »schwarzen Mann«.

Er hatte am Morgen angekündigt, daß er das Schiff in Kristiansand verlassen würde – wegen eines Krankheitsfalles in der Familie. Man hatte ihm aufrichtiges Bedauern ausgesprochen und sich erboten, bei der Beschaffung von Flugtickets zu helfen. Er hatte dankend abgelehnt und erklärt, er habe bereits seinen Sekretär in Aberdeen damit beauftragt.

Der Koffer war fertig gepackt, aber er wollte noch eine Weile warten, ehe er die Kabine verließ. Er hatte keine Eile. Der Zug ging erst in zwei Stunden. Und sollte die Polizei – wider jegliche Erwartung – für die Passagiere an Bord der »S/S Norway« Interesse zeigen, dann würden sie die Überwachung kaum tagsüber verstärken, eher umgekehrt. Er hielt das Risiko, gründlich kontrolliert zu werden, für klein – für sehr klein. Es hatte großen Medienrummel um die Atlantiküberquerung der »S/S Norway« gegeben. Das elegante Schiff war zuletzt vor zwölf Jahren in Europa gewesen, und außerdem war es der erste Besuch in seinem alten Heimatland Frankreich, nachdem es großspurige Norweger Ende der 70er Jahre gekauft hatten und »S/S France« übermalt hatten.

In New York waren reiche Amerikaner an Bord gegangen, in der Hoffnung, auf dem Weg nach Le Havre einen Hauch von den Atlantiküberfahrten vergangener Zeiten zu erleben. Ein Hauch, der garantiert wieder verflog, wenn sie mit der Concorde aus Paris zurückkehrten. Von Le Havre führte die Route der »S/S Norway« nach Southampton, Bergen, Kristiansand, Kopenhagen und Hamburg – teils um Passagiere aufzunehmen, teils um für Kreuzfahrtferien in der Karibik Werbung zu machen. Der Markt brauchte neue Kundengruppen – wie zum Beispiel die solide europäische Mittelklasse.

Sofern die norwegische Polizei überhaupt einen Gedanken an die »S/S Norway« verschwendete, war er sich sicher, daß sie das Schiff als einen vornehmen geriatrischen Fall betrachten würden.

Er saß in dem kleinen Salon der Suite und sah CNN. Nach den ›World News‹ kündigte der Moderator Oslo und den Friedensvertrag als »coming up« an. Und er merkte, daß er sich provoziert fühlte. Instinktiv streckte er die Hand nach der Fernbedienung aus, um auszuschalten – so wie er es schon häufiger getan hatte, wenn er in eine Sendung gelangt war, die den Kollaborateuren huldigte. Aber eine Zusatzinformation stoppte seine Bewegung: CNN würde Leute von der Delta Force empfangen, die »in diesem Augenblick« in Norwegens Hauptstadt angekommen seien, um die Sicherheit des Präsidenten vor dem »Summit of Peace« am Samstag zu gewährleisten.

Er griff die Fernbedienung und stellte den Ton lauter. Der Moderator schaltete nach Oslo um – zum Militärflugplatz Gardermoen. Eine aufgeregte Frau mit beachtlicher Oberweite füllte den Fernsehschirm, und mit einem Pathos, als kommentiere sie die erste Mondlandung, erzählte sie, daß der Vortrupp jetzt das Flugzeug verlasse, genau jetzt – »in this very moment!«.

Jetzt füllte das Flugzeug das Bild. Er hatte eine Galaxy erwartet, denn diesen Typ hielt er für das Standardlasttier der Präsidententruppe. Aber diese Maschine war kleiner, unbekannt. Auf den Vortrupp abgestimmt. Das Riesenflugzeug kam wahrscheinlich mit der zweiten Runde, mit einer gepanzerten Limousine – oder zwei – und einem Sikorsky-Hubschrauber – vielleicht zwei. Die Reporterin erzählte mit rasend schneller Berg-und-Tal-Bahn-Stimme, daß die gesamte Anzahl der Sicherheitskräfte in Verbindung mit dem »Summit of Peace« wahrscheinlich an die 600 betragen würde. Dann wandte sie sich zu der Truppe um, die vorbeimarschierte, und rief ihnen ein gellendes »Welcome to Norway!« zu. Der Kameramann zoomte ein lächelndes Gesicht heran, das Blickkontakt mit dem Objektiv aufgenommen hatte und einen Gruß nach Hause an Carolyn rief. Das nächste Gesicht, das der Kameramann sich herauspickte, war sich nicht darüber bewußt, daß es auf dem Bildschirm erschien. Aber es war ein Gesicht, das eine gute Reklame für die USA abgab. Ein vorsichtiges Lächeln, kombiniert mit einer besorgten Falte auf der Stirn, signalisierte, daß natürlich die Sonne scheint und es Sommer ist und wir einen Ausflug machen, daß wir aber trotzdem einen wichtigen Job hier in Oslo zu erledigen haben. Und mit dieser Botschaft verließ er den Bildschirm und räumte das Feld für die Dame mit der hübschen Oberweite und der Jo-Jo-Stimme.

Er war wie versteinert. Das Gesicht war nur wenige Sekunden zu sehen gewesen. Aber das war lange genug.

Lange genug, um den Mann wiederzuerkennen, den er seit fünfzehn Jahren aufzuspüren versuchte.

Das Gesicht, das über den Bildschirm glitt und all das in sich trug, was das gute Amerika verkörperte – Verantwortung, Sicherheit und Freude –, gehörte seinem Stubenkameraden in Fort Benning.

Er hatte endlich den Gefreiten Gill gefunden.

25

Noker ließ es zweimal klingeln, bevor er abnahm und »Ja!« kläffte.

»Besuch für dich, Noker!«

»Einen Augenblick!«

Er nahm einen Abschiedszug von seiner Zigarette und drückte sie in dem randvollen Aschenbecher aus, der einen zentralen Platz rechts vom PC hatte.

»Wer ist es denn, Gerda?«

»Er heißt ...« Sie verschwand kurz. »Er heißt Slån. Oder so. Ingar Slån. Ausländer, glaube ich.«

»Ich komme sofort.« Er beendete das Programm und aktivierte den Bildschirmschoner. Dann steckte er sich zwei Packungen Zigaretten in die Jackentasche und verließ das Büro. Er begrüßte Linnar per Handschlag, zwinkerte und schlug ein Bier vor. Gerda informierte er darüber, daß er zum Essen ging.

»Das hier ist Oslos urigste Eckkneipe, Linnar. Die ›Walküre‹, aber wir nennen sie nur ›Walk‹ – die Stammkneipe von vielen Mitarbeitern des Norwegischen Reichsrundfunks, Norwegens Antwort auf die BBC. Direkt hinter dir – im Sofa – sitzt ein beliebter Sendeleiter vom Fernsehen. Dreh dich jetzt nicht um! Du kannst ihn dir ansehen, wenn du zur Toilette gehst. – Ansonsten ist es ein Kunststück, hier einen Kellner zu fassen zu kriegen. Hungrig?«

»Nein, ich bin nicht gekommen, um zu essen. Ich weiß jetzt mehr!«

»Über den Eunuchen?«

»Über die Falken. Es sind zwei Bombenanschläge geplant.«

Noker signalisierte dem Kellner die Bestellung von zwei Bieren.

»Wo, in drei Teufels Namen?«

»In London.«

»Wann?«

»Wir wissen weder wann noch wo.«

»Aber auf jeden Fall vor Samstag?«

»Du bist besser qualifiziert fürs Raten als ich.«

»Bus? Warenhaus? Zentrum oder Außenbezirk?«

»Zwei Attentate, das ist alles, was wir wissen – was London angeht.«

»Und das heißt?«

»Daß wahrscheinlich auch eine oder mehrere Aktionen in Oslo geplant waren, die man aber abgeblasen hat.«

»Der Eunuch?«

»Weiß ich nicht. Mein Informant behauptet, daß, wenn eine Aktion in Oslo geplant war – was er für höchstwahrscheinlich hält –, diese nach all dem Medienrummel nur schwer, um nicht zu sagen unmöglich, durchführbar wäre.«

Noker verzog den Mund zum Lächeln.

»Endlich mal ein positives Erlebnis mit der Presse.«

»Glaubst du, die Einschätzung ist richtig?«

»Norwegen ist ein kleines Land – Oslo ist wie ein Stadtteil von London. Alles ist übersichtlicher. Es ist schwer, sich zu verstecken. Und ist der Terroristenalarm erst einmal losgegangen, dann stimme ich dem zu, daß die Chancen schlecht stehen. Aber wenn ›der Feind‹ genauso denkt, ist es sowohl ein Argument fürs Weitermachen als auch fürs Abbrechen.«

Noker sah sich um. Für die meisten ging das Leben sorglos weiter – mit gedämpfter Unterhaltung, Zigaretten und Bier. Der Fernsehprominente sah auf die Uhr. Vielleicht sollte er bald in einem Fernsehstudio herumgestikulieren. Oder einen Werbefilm einspielen.

Noker Sokne mußte Lucy Everett davor warnen, daß es wieder knallen würde. Bomben und Blut.

Er schlug sein Glas vorsichtig gegen Linnars und leerte den größten Teil in einem Zug.

»Tut mir leid, Linnar, aber ich muß gehen. Du hast mir eine Menge Arbeit bereitet.«

26

War schon das Wiedersehen mit Gill ein Schock gewesen, so war er nichts gegen das, was ihn bei seiner Ankunft auf dem Bahnhof erwartete. Er war enttarnt! Er hörte ›VG‹ und ›Dagbladet‹ förmlich von den Zeitungsständern rufen: »Rothaariger Terrorist!«

Es kostete ihn nur wenige Sekunden, die Fassung wiederzuerlangen. Der Landgang war problemlos verlaufen – keine Polizei. Und jetzt verstand er auch, warum. Sie waren auf Flugplätzen und Fährterminals und hielten nach einem rothaarigen Terroristen Ausschau. Er peilte die nächste Toilette an und schloß sich ein. Er drehte den Kaltwasserhahn auf und machte sich das Gesicht naß. Dann riß er einen Stapel Papierhandtücher heraus und setzte sich auf den Toilettendeckel. Während er sich abtrocknete, überdachte er die Lage.

Er mußte davon ausgehen, daß die Polizei mehr wußte als die Zeitungen. Wenn es durchgesickert war, daß sie einen »rothaarigen Terroristen« jagten, dann bedeutete das, daß die Polizei seine Identität kannte. Und daß sie wußte, daß er unterwegs war. Er fluchte innerlich mit zusammengebissenen Zähnen.

Im nächsten Moment war diese Stimmung verschwunden – er wischte sie mit dem Papierhandtuch weg. Das Dümmste wäre es, geschnappt zu werden, weil er verdächtig lange auf einer Toilette saß, die Rollstuhlfahrern zugedacht war. Er stand auf und zog sich schnell aus.

Das größte Problem war das rote Haar. Das verdammte rote Haar. Klar, daß das heute Gesprächsstoff Nummer eins in Norwegen war. Alle mit rotem Haar hatten sicher schon vor dem Mittag Hunderte von dummen Bemerkungen eingesteckt. Aber vielleicht war das nur von Vorteil? Vielleicht hatte sich dieses Mobbing schon in Sympathie verwandelt. Auf jeden Fall würde jegliches Aufsehen für rothaarige Norweger einen verharmlosenden Effekt haben. Der, von dem die Gefahr ausging, war ein rothaariger Ausländer, der sicher auch so aussah. Es war mit anderen Worten höchste Zeit, sich in einen norwegischen und damit ungefährlichen Bürger zu verwandeln.

Die Ventilation auf der Toilette war miserabel, und der Schweiß rann an ihm herab, als er die Schottenausrüstung endlich im Koffer hatte. Er hatte sich im Eiltempo umgezogen: Schwarze Jeans, graugrünes T-Shirt und ein Leinenhemd mit roten Karos, das er über die Hose hängen ließ. Er wischte sich das Gesicht mit feuchten

Tüchern ab, betätigte die Spülung und verschaffte sich einen Überblick. Dann griff er seinen Koffer und verließ den klammen Raum.

Unterwegs zum Fahrkartenschalter vollendete er den Identitätswechsel, indem er sich eine Brille aufsetzte. Fensterglas in einer schweren, klassischen Fassung. Die fiel auf. Er blickte einer freundlichen, pausbäckigen Bahnangestellten ins Gesicht.

»Einmal Oslo bitte!« Er lächelte und fügte hinzu: »Erwachsen.«

Die Freundliche widmete ihre ganze Aufmerksamkeit dem Fahrkartendrucker. Es war offenbar nichts Auffälliges an seinem Norwegisch.

Er kaufte bewußt eine Fahrkarte bis ganz nach Oslo, obwohl er in Lysaker aussteigen wollte – um den Hauptbahnhof zu umgehen. Von Lysaker aus wollte er ein Taxi bis zum Messegelände nehmen und von dort bis zum Fischereihafen in der Bestumbucht zu Fuß gehen.

Es waren noch zwanzig Minuten bis zur Abfahrt des Zuges, und plötzlich wurde ihm die Zeit knapp. Er mußte den Koffer als Reisegut aufgeben – auf den Namen des Schweden. Einen soliden Delsey-Koffer bis zum Fischereihafen hinter sich herzuschleppen würde unnötig auffallen.

Er schaffte es noch, ein paar Zeitungen zu kaufen, bevor er auf den Bahnsteig hastete. Die junge Frau am Kiosk betrachtete lächelnd sein Haar und gab ihm mit einem Augenzwinkern vier Kronen Wechselgeld zurück.

27

Es wurde später Nachmittag, bevor Noker mit Lucy Kontakt aufnehmen konnte. Er nutzte die Zeit, um Berg und Lucys Stellvertreter zu informieren. Lucy selbst war auf einem Treffen im Verteidigungsministerium und hatte für ihre Mitarbeiter genauestens definiert, unter welchen Umständen man sie stören dürfe. Noker hatte Grund genug, aber er entschied sich fürs Warten.

Gegen sechs Uhr machte er einen kleinen Spaziergang zum Supermarkt und kaufte einen Viertelliter Milch und ein Päckchen Prince. Als er zurückkam, war sie wieder da.

»Noker, das ist Gedankenübertragung. Ich hatte die Hand schon ausgestreckt, als du anriefst. Bad news, wie ich höre?«

Noker gab das wieder, was er von Linnar erfahren hatte.

»Zeit, Ort, Datum?«

»Sorry!«

»Wir müssen anfangen zu suchen. Zumindest kommen wir so nicht aus der Übung.«

»Was, glaubst du, geschieht mit dem Eunuchen? Werden sie ihn zurückpfeifen?«

»Das hängt wohl kaum ausschließlich davon ab, was sie meinen oder befehlen.«

»Du meinst, er macht trotzdem weiter?«

»Ja, mich würde es jedenfalls überraschen, wenn es in so einer Situation damit getan wäre, einfach mit den Fingern zu schnipsen – und schwupps, da säße der Eunuch bei Fuß.«

»Verstehe. Ein Friedensvertrag wäre das Allerletzte für den Eunuchen und den harten Kern. Und die Führung wird ihn ohne einleuchtende Hinweise, daß der Auftrag mißlingen wird, nicht zurückrufen können. Aber der Eunuch wird die Lage notwendigerweise nicht so schwarz einschätzen wie sie.«

»Vielleicht ist sein Mittelsmann der Fanatischste von ihnen allen – dann wird er niemals irgendwelche Rückzugsbefehle erhalten.«

Es wurde still zwischen ihnen. Lucy nahm den Faden wieder auf.

»Er macht mit voller Fahrt weiter, Noker!«

»Ja, die Chance für das Gegenteil ist genauso groß wie die, daß ein Schafe reißender Wolf zum Hütehund bekehrt wird.«

»Und ich hatte mich auf dieses Gespräch gefreut, Noker, ich wollte einmal mit einer positiven Nachricht kommen.«

»Du hast doch nicht etwa ...«

»Doch, natürlich! Es ging leichter, als ich gedacht hatte. Sie hat zwei Girokonten, und es hat keine großen Überweisungen an mysteriöse Stiftungen in Irland gegeben.«

»Ich dachte, du hattest von einer positiven Nachricht gesprochen.«

»Du läßt mich ja nicht ausreden. Sind alle Norweger so unhöflich am Telefon wie du?«

»Quäl mich nicht, Lucy!«

»Es gibt eine Reihe von hohen Auszahlungen.«

»Wie hoch?«

»Sehr hoch. Zehntausend, fünfzehntausend – die meisten liegen in dieser Größenordnung – und wir reden hier natürlich von Pfund.«

»Und wir reden von einer Frau, die sicher teure Lebensgewohnheiten hat, oder?«

»Diese Beträge kommen noch zu den Auszahlungen, die ein aufwendiges Leben finanzieren, hinzu. Und die

Auszahlungen gehen Hand in Hand mit Aktivitäten, für die wir den Eunuchen verdächtigen.«

»I love you, Lucy!«

»Rein fachlich, nehme ich an?«

»Selbstverständlich. Ich bin Ada-holiker.«

»Gut! Ich hasse Affären.«

»Wann war die letzte?«

»Ich lebe in keiner festen Beziehung, Noker, und folglich kann ich auch keine ...«

»Ich meine die Auszahlung.«

»Es ist eine Reihe von Kontoauszügen per Fax an dich unterwegs. Die letzte große Auszahlung war – halt dich fest – am letzten Freitag! Zwölftausend Pfund!«

Noker stieß einen Pfiff aus.

»Das reicht für einen Wochenendbesuch in Norwegen.«

28

Der Cafébesuch war ein Vorstoß ins Ungewisse.

Jeje ergriff das Halbliterglas – das zweite – und beschloß zu gehen, sobald er dessen Grund erreicht hätte. Er saß in Oslos heißestem Schwulentreff – und hätte er jemanden gehabt, mit dem er gemeinsam die Zeit totschlagen konnte, dann hätte er mit einem Lachen bemerkt, daß ihm das ganze Vergnügen hier ziemlich am Arsch vorbeiging.

Er hatte das Bier in die Länge gezogen und ›Dagbladet‹ und ›VG‹ von vorne bis hinten durchgelesen. Und indirekt waren die Zeitungen schuld daran, daß er hier saß. Die Schlagzeilen von einem rothaarigen Terroristen hatten ihm einen Schrecken eingejagt. War es der

Schwede auf der Princess? Rothaarig und mit einem Scharfschützengewehr!? Es gab jetzt so vieles, worüber er nachzudenken hatte, daß er das Schicksalsgespräch mit Diana aufschieben mußte. Oder genauer gesagt: Er hatte die Chance, den Bruch mit ihr hinauszuzögern, bereitwillig ergriffen.

Er war so verliebt, daß er, als er von »Schlappschwanz« nach Hause gekommen war, lange zugesehen hatte, wie sie schlief, ohne den schmerzenden Messerstich in seiner Schulter zu beachten. Selbst die Tatsache, daß sie mit weit geöffnetem Mund schlief – und schnarchte –, tat seinen Gefühlen keinen Abbruch.

Jeje wußte nicht richtig, was er mit seinem Besuch in der Schwulenkneipe zu erreichen hoffte. Zunächst einmal war es – milde gesagt – unsicher, ob der Schwede auftauchen würde. Und wenn er das tat – sollte Jeje dann zu ihm hingehen und sagen: »Hallo, ich weiß, daß du ein Terrorist bist. Spannend, nicht?« Sollte er sich eventuell auf seinen Schoß setzen und fragen, ob er da eine Pistole in der Hosentasche habe oder ob er sich nur darüber freue, Gesellschaft bekommen zu haben?

Wenn der Schwede seinem Zeitplan von gestern folgte, dann müßte er jetzt hiersein – vorausgesetzt, daß dies der Platz war, den er aufsuchte. Aber höchstwahrscheinlich saß er in seiner Kajüte, trug den Schwanz in einer Schlinge und grübelte darüber nach, wer in sein Waffenlager eingebrochen war und ihm in den Schritt getreten hatte.

Das Motorboot lag immer noch dort. Davon hatte Jeje sich überzeugt, bevor er in die Kneipe gegangen war. Im übrigen gab es keinen Zweifel daran, daß an der Bar ein Kerl saß, der aus der Distanz heraus mit ihm flirtete. Jeje blickte sich verzweifelt nach einem Kellner um. Bevor er einen fand, saß der Mann an seinem Tisch.

»Hei, ich heiße Nils«, sagte er und streckte seine Hand über den Tisch.

»Morgen«, sagte Jeje und ließ die Hand unangetastet hängen. Er wand sich, um eine Bedienung zu finden.

»Herrgott, Kerl, bist du auf der Flucht, oder was?«

»Ich muß jetzt los, hab's eilig.«

»Aber nicht so eilig, daß du dich nicht vorstellen könntest!«

»Jørgen!«

»Ist nicht wahr! So heißt ein Freund von mir auch! Aber warum sitzt Jørgen an einem Abend wie diesem nicht mit seiner Liebsten auf der Terrasse und trinkt Weißwein?«

»Jørgen hat keine Terrasse.«

Nils lachte schallend.

»O Gott, und ich hatte gehofft, du würdest sagen, daß du keine Liebste hast!«

»Hab ich aber.«

Er stand auf, wünschte einen guten Tag und fand einen Kellner, der sich hinter einer Säule versteckt hatte.

An Bord der Princess brannte Licht, aber das Schlauchboot war weg. Jeje joggte zurück zum Kaigelände. War der Schwede auf Heimatbesuch? Daß das Licht brannte, war natürlich ein Resultat des Einbruches, oder es konnte bedeuten, daß der Schwede nur kurz an Land gegangen war. Jeje beschloß, den Kai unter die Lupe zu nehmen. Er fand eine geeignete Stelle und kletterte den Zaun hinauf. Seine Schulter schmerzte, als er in dem Maschendraht hing, und obwohl er grundsätzlich in solchen Situationen hoffte, daß ihn niemand sah, gab es diesmal noch einen zusätzlichen Grund dafür: Er wirkte sicher schrecklich ungeschickt. Diana gegenüber hatte er die Bandage damit erklärt, daß er in der Schleppegrellsgate gewesen sei und sich mit dem zerstörten

Wasserbett abgemüht habe, dabei ausgerutscht sei und sich die Schulter am Fußende aufgeschlagen habe.

Er ließ sich auf der anderen Seite des Zauns hinabgleiten und schlich sich in den Schatten eines Schiffsrumpfes, der vor kurzem mit einem Mittel gegen Fäulnis behandelt worden war. Es fiel ihm auf, daß ein Aufliegeplatz für Boote heute nicht mehr nach Holz, Tauwerk und Teer roch, sondern nach Labor. Eine weitere Unart war es, daß hier Flutlicht brannte, wie in einem Fußballstadion. Er arbeitete sich vorsichtig voran in Richtung Kai – aus dem Schatten des einen Bootes in den des nächsten. Der Abstand zwischen ihnen war gefährlich groß, aber es war ja auch nicht Saison für Einbrüche in den Hafen. Geduckt lief er in den dunklen Raum unter den Aufbauten eines Krans. Von dort aus hatte er die perfekte Aussicht über den Kai.

Es war niemand da. Und er konnte nicht sehen, ob das Schlauchboot am Kai vertäut lag. Jejes Berufsinstinkt signalisierte ihm zu verschwinden. Es wäre zu erbärmlich, unter solchen Umständen erwischt zu werden, auf einem völlig ziellosen, außerhalb der Saison liegenden Einbruch in einem Hafen. Er wandte sich um und spähte in Richtung Rückzug, und da hörte er den Bootsmotor. Er duckte sich und schaute wieder zum Kai. Dort im Licht stand der Schwede mit einem Koffer in der Hand – und das Motorgeräusch wurde lauter. Dann schoß das Gummiboot aus dem Dunkel hervor, direkt auf den Kai zu.

Der Schwede brachte den Koffer an Bord, dann stieg er selbst ins Boot und setzte sich. Jeje sah nur seinen Kopf, der über die Kaimauer ragte. Danach kletterte der andere an Land. Er streckte sich, verschaffte sich kurz Überblick über das Kaigelände – und nahm Kurs direkt auf Jeje.

Jeje war viel zu sehr mit der Gangart des Mannes

beschäftigt, um normal zu reagieren und verschwinden zu können. Das leichte Nachziehen des rechten Fußes rief Erinnerungen wach. Das hatte er schon früher gesehen. Aber bei wem? Der Mann blieb stehen. Er stand nur vier, fünf Meter von dem Kran entfernt, und plötzlich machte sich eisige Angst in Jeje breit. Sie hatten ihn gesehen. Er war entdeckt. Er stand wie angewurzelt und sah, daß der Mann einen Gegenstand in der rechten Hand hielt. Jeje preßte sich gegen den Betonsockel des Krans und hielt den Atem an. Der Mann ging weiter, drehte sich nach rechts und blieb bei einem Abfallcontainer stehen. Jeje hörte das scheppernde Geräusch von leeren Dosen, die auf den Boden des Containers schlugen. Er atmete vorsichtig aus. Abfall. Bierdosen. Jetzt wagte er es wieder, den Mann zu studieren, der sich auf dem Aufliegegelände umsah. Er war kurz davor, »Hallo!« zu rufen. Er kannte den Mann. Es war der Ire!

Es war ein einzelner Coup gewesen – wie immer, wenn es um Waffenlager der Armee ging. Ein Bolzenschneider, eine Akkubohrmaschine und eine Brechstange waren alles, was er gebraucht hatte. Dazu noch zehn Minuten, und dann hatte es freien Eintritt gegeben zu Hunderten von AG-3-Gewehren, Kisten mit Munition und Handgranaten, Gasmasken und drei schweren Maschinengewehren. Man mußte nur zugreifen. Die Übergabe war ein paar Kilometer westlich von Gjøvik gewesen, auf einem Seitenweg der Straße nach Fagernes. Der Ire hatte zufrieden gebrummt und ihm geholfen, die Ware in einen Chevrolet Suburban zu verfrachten.

Für Jeje bestand kein Zweifel daran, wofür die Waffen gedacht waren, und ein einziges Mal hatte er das Gefühl, bei etwas Wichtigem, Bedeutungsvollem dabeizusein. Er sympathisierte mit der IRA und hatte dem Iren gegenüber das V-Zeichen gemacht, als alle Waffen in dem

Chevy verstaut waren. Später hatte Jeje ein Lob von Schæfern bekommen – die IRA hatte sich gemeldet und war mit der Ausführung des Jobs in höchstem Maße zufrieden. Sie hatten noch mehr bestellt und speziell um Jejes Mitarbeit gebeten.

Vor zwei Jahren hatten sie sich das letzte Mal gesehen. Auch wieder auf einem Waldweg irgendwo im Südosten. Jeje fragte sich, was der Ire jetzt in Norwegen zu tun habe, zusammen mit einem schwulen Schweden und einem schwimmenden Waffenlager.

Er entschied sich dafür, im Schatten des Krans stehenzubleiben. Er setzte darauf, daß sie auf die Princess zurückkehren würden. Er sah zu, wie der Ire die Vertäuung löste und an Bord sprang. Der Motor heulte auf, und bald war das Motorengeräusch die einzige Bestätigung dafür, daß sich *zwei* rothaarige Terroristen in Norwegen befanden.

29

Mittwoch

»Du siehst irgendwie deprimiert aus, Noker. Ist es das Rauchverbot, oder ist es gestern spät geworden?«

Noker hatte seinen Kopf gegen die Sessellehne gelegt. Er wandte ihn Linnar zu und rang sich ein Lächeln ab.

»Weder noch! Das Genie denkt.«

»Ach, so ist das! Soll ich sie bitten, die Motoren abzustellen, damit du Ruhe hast?«

Es war das erste Mal, daß Noker in der Club Class flog. Und er fühlte sich betrogen, obwohl er keinen Zuschlag für den Platz bezahlt hatte. In der Regel wußte er lange im voraus, welche Seminare und Konferenzen er besuchen sollte, und das Reisebüro setzte seinen ganzen Ehrgeiz daran, die billigsten Tickets zu beschaffen. Er hatte damit gescherzt, daß seine Tickets so viele Einschränkungen und Auflagen hatten, daß er es aus Angst, seinen Platz zu verlieren, im Flugzeug nicht wagte, auf die Toilette zu gehen. Aber diese Tour nach London wurde so kurzfristig angesetzt, daß sie Tickets zum vollen Preis kaufen mußten – dafür rückten sie eine Klasse auf.

Club Class, das bedeutete Gratisgetränke und Räucherlachs in Scheiben, gegenüber Schinken und Käse in der Touristenklasse – das war aber auch der einzige Unterschied. So sah Noker es. Und niemand schaffte es, sich auf dem Weg nach London reichzutrinken. Doch nicht nur der Betrug mit der Club Class hatte ihn verstimmt. Es hatte ihm auch einen Strich durch die Rechnung gemacht, daß Linnar Slouhn sich als Begleiter für die Tour zur Isle of Man aufgedrängt hatte. Aber Noker war ja selbst schuld. Er hatte Linnar schließlich zu sich nach Hause eingeladen zu Bier und einem Imbiß – Parmaschinken und Kartoffelsalat. Und er selbst hatte Linnar erzählt, daß er bei Gunvor MacKellogh um Audienz ersuchen wollte. Wenigstens hatte er nicht verraten, was Berg davon überzeugt hatte, daß es einen Versuch wert war, der Mutter des Eunuchen einen Besuch abzustatten.

Linnar hatte sofort seine Begleitung angeboten. »Du weißt, ich kenne die Insel – sie hätte eigentlich uns gehören sollen!« Noker hatte höflich angedeutet, daß er keine Begleitung brauche, aber Linnar hatte darauf bestanden. »Ich sehe es ja ein, daß ich dir nicht von besonderem Nutzen sein kann, aber dann laß mich wenigstens deinen Koffer tragen, wenn du zur Isle of Man fliegst, in meine Nachbarschaft.«

Natürlich war es nett, eine Reisebegleitung zu haben, aber Noker hatte sich darauf gefreut, Lucy in London zu treffen. Vielleicht wollte sie auch auf der Isle of Man dabeisein, oder sie schickte einen ihrer Leute. Selbst das Treffen mit Lucy war jetzt nicht mehr aktuell. Er würde es nicht wagen, ihr zu erzählen, daß er mit Sinn Fein »zusammenarbeitete«.

»Hoffentlich will sie mit uns reden.« Linnar schaffte es nicht, länger als eine Minute zu schweigen. Noker erkannte seine Nervosität, er fühlte sie auch bei sich selbst. Sie kam mit dem Verlangen nach Nikotin.

»Egal, dann haben wir es jedenfalls versucht«, quittierte Noker.

»Soweit ich mitbekommen habe, gehört sie nicht gerade zu den redseligen Typen.«

»Nein, und dafür kann es viele Gründe geben. Der wahrscheinlichste ist der, daß sie der Polizei nicht dabei helfen will, ihren Sohn aufzuspüren. Aber es kann auch sein, daß sie versucht, die Erinnerungen an ihn zu verdrängen. Es gehört immerhin einiges dazu, einen Massenmörder zu lieben – auch wenn er dein eigen Fleisch und Blut ist.«

Es juckte Noker infernalisch unter der Perücke. Er kratzte sich mit den Knöcheln. Linnar steckte sich die kalte Pfeife in den Mund.

»Wieviel, glaubst du, weiß sie über seine Aktivitäten?«

»Ihre Haltung der Polizei gegenüber kann darauf hindeuten, daß sie weitgehend uninformiert ist. Ich nehme doch an, daß sie der Polizei helfen würde, einen notorischen Mörder zu greifen. Auch wenn sie die Mutter dieses Mörders ist.«

»Aber sie hat die Wahrheit doch wohl schon in früheren Verhören erfahren?«

»Von Engländern. Die Feinde der IRA erzählen ihr, daß ihr Sohn ein Terrorist ist – ich weiß aber nicht, ob sie das besonders beeindruckt. Sie war immerhin mit einem Iren verheiratet und kennt den Konflikt.«

»Wäre der Eunuch doch nur Raucher«, bemerkte Linnar schelmisch.

»Was dann?«

»Dann hätte man ihn natürlich schon längst verhaftet – wegen Übertretung des Rauchverbots!«

30

»Bootsausflug!«

Berg hatte das Wort ausgespuckt, als ob er Angst davor hätte, es könnte sich in seinem Hals festsetzen. Aber er sah ein, daß er den Bootsausflug wohl oder übel schlucken mußte. Den auch noch.

Snikstad vom Außenministerium hatte ihn angerufen und ihm seine jüngste glänzende Idee präsentiert: Ein Gipfeltreffen auf dem Wasser. Im Oslofjord. Es sollten sich nicht nur die Führungsspitzen der Welt treffen, sondern auch zwei besondere Schiffe. Zwei norwegische Schiffe: Die »S/S Norway« und die Königliche Yacht »Norge«. Letztere sollte die VIPs aufnehmen.

Berg hatte sich selbst samt Karlsen ins Außenministerium eingeladen – sofort. Er gab sich nicht der Illusion hin, Snikstad & Co zur Vernunft bringen und ihnen das Projekt ausreden zu können. Aber er konnte wenigstens die schlimmsten Auswüchse verhindern. Nachdem er Karlsen darauf vorbereitet hatte, daß er ihn abholen würde, hatte Berg die Bürotür geschlossen, den Stuhl zurückgekippt und die Hände hinter den Kopf gelegt.

Die Politiker lebten in einer eigenen Welt. In einer Welt, in der nichts ernst war. Während die Rapporte über die IRA berichteten, daß der Vorsitzende von Sinn Fein, Gerry Adams, von den Falken Todesdrohungen erhielt, planten Snikstad, das Außenministerium und die Arbeiterpartei eine schwülstige PR-Show im Oslofjord, um noch mehr Goodwill aus dem sogenannten »Friedensvertrag« herauszuschlagen. Während die meisten Leute damit beschäftigt waren zu überlegen, wohin Gerry Adams sich nach der Unterzeichnung verkriechen sollte – denn es lag auf der Hand, daß er in Deckung gehen mußte –, plante Norwegen, ihn dem außergewöhnlichen Sicherheitsrisiko eines Bootsausflugs auszusetzen.

Karlsen war nicht fertig und stand nicht unten vor dem »Plaza«. Berg rief vom Auto aus die Einsatzzentrale an und bekam gesagt, daß Karlsen sich in einem sehr wichtigen Telefongespräch befand. Berg beschloß, an der Rezeption zu warten.

Er kaufte ›VG‹ und ›Dagbladet‹ und ließ sich in einem Sessel in der Nähe der Treppe nieder. Erst überflog er beide Zeitungen und stellte mit deutlicher Erleichterung fest, daß er heute glimpflicher davonkam. Einige trösteten ihn nach der gestrigen Schlammschlacht und empfahlen ihm, sich auf das ›Olympia-Syndrom‹ zu verlassen. Infolgedessen würde er am Sonntag, wenn alle Gäste wohlbehalten wieder zu Hause wären und die Unterzeichnungszeremonie als Erfolg dastünde, zum Held für alle Zeiten ausgerufen. »Das gleiche passierte Heiberg«, verkündeten die Kenner des Olympia-Syndroms. »Vor den Spielen in Lillehammer wurde Heiberg öffentlich mit Schimpf und Schande belegt. Er wurde für alles lächerlich gemacht, von der Wahl der Dachpappe auf der Langlauftribüne bis hin zur Farbe der Hostessenuniformen.« Berg nickte, er glaubte sich daran zu erinnern. »Nach den Spielen – genauer gesagt schon nach der Eröffnungsfeier – wurde er in einem Atemzug mit Gott genannt.« Auch daran konnte Berg sich erinnern.

Mit einem irritierten Schnauben stand er auf, legte die Zeitungen in den Sessel und ging zur Rezeption. Er zeigte seine Polizeiplakette und bat darum, daß man in der Einsatzzentrale anriefe und Karlsen daran erinnerte, daß Berg auf ihn wartete.

Er trottete wieder zu seinen Zeitungen. Das Sicherheitsaufgebot für Clinton war das Hauptthema in ›VG‹. Ein Sprecher des Vortrupps verlautbarte, daß man weder Terroristen im allgemeinen noch einen roten im speziellen fürchtete. »Sie wissen, wir waren mitten unter ihnen, letztes Jahr waren wir mit dem Präsidenten in der Höhle des Löwen – und wir haben ihn sicher wieder herausgebracht«, sagte ein stolzer Sprecher der Präsidententruppe.

Ansonsten hatte ›VG‹ herausgefunden, daß Prinz Charles derjenige war, der von dem Besuch in Oslo »am meisten profitieren« würde. Die Teilnahme an einer so positiv und seriös beurteilten Veranstaltung wie dieser würde das angeschlagene Image des Prinzen erheblich stärken. Ein Kerl aus der Werbebranche hatte bereitwillig ausgerechnet, daß Prinz Charles, wenn er für den positiven Auftritt, den das Friedensfest ihm bescheren würde, bezahlen sollte, eine Rechnung von 300 Millionen Kronen zu begleichen hätte.

Berg schüttelte den Kopf und ließ die Zeitung sinken. Er sah in Richtung Aufzug, dann drehte er sich um und kontrollierte die Treppe. Der Mann an der Rezeption begegnete seinem Blick.

»Ich habe Bescheid gegeben«, versicherte er laut.

»Er wird schon kommen«, murmelte Berg und machte sich an die Lektüre von ›Dagbladet‹.

Der rothaarige Terrorist sei durch den Medienrummel aus Norwegen vertrieben worden, schrieb ›Dagbladet‹ und berief sich auf »zuverlässige ausländische Quellen«. »Also englische Kollegen«, dachte Berg. Anton Amundsen schrieb in seinem Kommentar, daß die Expertenmeinungen zeigten, wie nützlich und wichtig es sei, mit der Presse zusammenzuarbeiten.

Berg nahm die Spitze zur Kenntnis.

Auch ›Dagbladet‹ hatte Clinton auf der ersten Seite, hatte sich aber etwas anderes einfallen lassen als ›VG‹: »Frauen, nehmt euch in acht – vor Kaninchen-Bill!« Eine Frau aus Stange in Hedmark hatte der Zeitung verraten, daß sie ein altes Bild von sich selbst und Bill Clinton habe. Sie war in den USA aufgewachsen, ihre Mutter war Haushaltshilfe im Nachbarhaus der Clintons gewesen, und jetzt kam sie damit heraus, aufgekratzt lächelnd neben einem zwölfjährigen Präsidentenschößling, der stolz ein Kaninchen der Rasse ›Belgischer Riese‹ in den Händen hielt. Auf direkte Nachfrage von ›Dagbladet‹ glaubte die Frau sich daran zu erinnern, daß Clinton schon damals gern ein Auge auf schöne Frauen geworfen habe.

Berg hörte schwere, schnelle Schritte auf der Treppe und faltete die Zeitungen zusammen. Er ging Karlsen entgegen.

»Tut mir leid«, sagte Karlsen.

Berg warf ihm einen Blick zu, der besagte, daß ihm vergeben war.

»Ich hatte ja diese hier.« Er hielt die Zeitungen hoch. »Sie haben nicht viel, worüber sie schreiben können.«

»Das werden sie jetzt aber bekommen«, sagte Karlsen grimmig. Sie eilten der Drehtür entgegen.

»Ist etwas passiert?« fragte Berg mit angespannter Stimme. Er kniff die Augen zusammen und drehte Karlsen den Kopf zu.

»Warum, glaubst du wohl, bin ich so spät gekommen? In London ist eine Bombe hochgegangen!«

Berg sagte nichts.

»Drei Tote.«

31

Es war eine Busbombe, und es war ein besonders dreister Terrorist gewesen.

Obwohl – Ehre, wem Ehre gebührt: Es waren die Bewohner Londons, die die Bombenattentäter zu solchen kühnen Aktionen zwangen – mit ihrer extremen Achtsamkeit im Alltag. Mit ihrer Achtsamkeit gegenüber herrenlosen Taschen, Tüten und Schachteln, gegenüber Autos, die am Morgen in der Straße geparkt waren, aber am Abend vorher noch nicht dagestanden hatten, gegenüber verdächtigem Verhalten generell.

Die Polizei hatte befürchtet, daß die Reflexe der Bevölkerung nach einem knappen Jahr des Waffenstillstands abgestumpft waren, aber als es am 9. Februar wieder geknallt hatte, waren die Londoner sofort wieder in voller Alarmbereitschaft gewesen. Oder, wie eine Zeitung tragikomisch festgestellt hatte: »Back to normal«.

Der Terrorist hatte einen Zünder benutzt, der ihm vom Verlassen der Bombe auf dem oberen Deck des Busses bis zur Detonation 30 Sekunden Zeit ließ. Das bedeutete, daß, wenn der Fahrer sich mit dem Öffnen der Türen Zeit gelassen hätte oder er wenige Meter vor der

Haltestelle plötzlich scharf hätte bremsen müssen, der Terrorist Opfer seiner eigenen Bombe geworden wäre.

Der Doppeldeckerbus hatte an einer Haltestelle in der Regent Street gehalten, es war zehn Minuten nach zwölf. Zwei neue Passagiere stiegen zu, ein anderer hatte seinen Glückstag und stieg aus – zusammen mit dem Terroristen. Die Explosion kippte den Bus auf die Seite. Zum Glück wurden keine Personen von dem Bus oder seinen Teilen getroffen. Die Explosion verwandelte die beiden Passagierdecks in ein Chaos aus verkohlten Metallprofilen und -platten. Es begann an verschiedenen Stellen des Wracks zu brennen, aber es entzündete sich kein Treibstoff. Eine Mutter und ihre Tochter, die auf dem Weg zum Schulpsychologen waren, saßen nur zwei Meter von der Bombe entfernt und wurden in Fetzen gerissen. Zwei Sitze vor der Bombe, auf der anderen Seite des Mittelganges, saß ein junger Mann, der auf dem Weg zum ersten Vorstellungsgespräch seines Lebens war. Er starb auf dem Bürgersteig, noch bevor der Rettungswagen kam. Den Zettel mit der Adresse der Firma hielt er fest in der Faust. Aber es gab noch genug andere, die Hilfe brauchten. Neun Personen wurden bei dem Attentat schwer verletzt. Nur zwei von ihnen waren bei Bewußtsein, als sie weggefahren wurden – und konnten ihre Schmerzen herausschreien.

Jeje sah die grausamen Bilder aus London auf einem Fernsehschirm im Olavsgaard-Hotel an der E6, bei der Abfahrt nach Lillestrøm, gleich nördlich von Oslo. Er war auf Nachdenktour und hatte hier angehalten, um sich eine Tasse Kaffee und Cäsar ein wenig Auslauf zu gönnen. In dem langgestreckten, weißen Hotel war er noch nie gewesen – und so verlief er sich. Statt in die Cafeteria zu kommen, landete er an der Rezeption. Dort stand eine

Gruppe von Leuten und verfolgte eine Sondersendung anläßlich der Bombenexplosion in London. Jeje schloß sich ihnen an. Von dem, was er da sah und hörte, wurde ihm schlecht.

»Warum legen sie Bomben in London, wenn sie doch ihren eigenen Leuten schaden wollen?« fragte ein Mädchen in Hoteluniform.

›Verdammt gute Frage‹, dachte Jeje und verschwand in Richtung Tür.

In der Nacht hatte er schlecht geschlafen. Eine Menge Waffen, ein Boot und ein Ire hatten sich ständig in sein Bewußtsein eingeschlichen und seinen Schlaf gestört. Er hatte mit Diana zusammen gefrühstückt, bevor sie zur Arbeit gegangen war. Dann hatte er sich wieder hingelegt, aber nur so dagelegen und an die Decke gestarrt. Als sich sein Funkpiepser meldete, hatte er Schæfern angerufen, der für Donnerstag abend einen Job für ihn hatte. In Jar. Sie hatten ein Treffen vereinbart. Üblicher Ort, übliche Zeit.

Danach hatte er geduscht, sich angezogen, gegessen und aufgeräumt. Darauf hatte er sich Cäsar vom Sofa geschnappt und ihm erzählt, daß sie eine Autofahrt machen würden.

Er war ohne Ziel losgefahren – er konnte hinter dem Steuer gut nachdenken, und er mußte das Chaos in seinem Kopf beseitigen. Nicht nur die Princess und die beiden Rothaarigen plagten ihn, auch die Frustration über seine ungeklärte Beziehung zu Diana wuchs. Er mußte endlich die Initiative ergreifen. So bald wie möglich. Er wollte nicht länger so tun müssen, als ginge er zur Arbeit, zu einer ganz gewöhnlichen Arbeit. Aber ebensowenig wollte er das entscheidende Wort aussprechen und ihr sagen, daß es vorbei war.

Er vergaß, den Hund auszuführen, so aufgewühlt war er. Mit einem Kavalierstart verließ er Olavsgaard und fuhr wieder auf die E6 – Richtung Norden.

»Was sind das für verdammte Feiglinge!« Er rief das so laut, daß das Wollknäuel sich winselnd in den Sitz drückte. »Mann gegen Mann zu kämpfen, das trauen sie sich nicht!« Er unterstrich seine Entrüstung, indem er mit der Faust auf das Lenkrad schlug.

Der Nachrichtensprecher hatte gesagt, daß eine Fraktion innerhalb der IRA die Verantwortung für die Explosion übernommen habe. *Verantwortung*!? *Schande*, das war das richtige Wort. Das Attentat wurde mit dem Friedensvertrag, der in Oslo abgeschlossen worden war, in Verbindung gebracht, und Jeje erinnerte sich an den Kommentar des Mädchens im Hotel: »Warum legen sie Bomben in London, wenn sie doch ihren eigenen Leuten schaden wollen?«

»Es ist nichts dabei, wenn man sich nicht einig ist. Und es ist auch nichts dabei, wenn man sich für das, woran man glaubt, schlägt. Aber ein vierzehnjähriges Mädchen, das Probleme in der Schule hat und im Bus sitzt und Angst vor dem Treffen mit dem Schulpsychologen hat, einfach umzubringen, nur weil man nicht will, daß jemand seinen Namen auf ein Stück Papier schreibt, DAS DARF VERDAMMT NOCH MAL NICHT SEIN!«

Er schrie es hinaus. So laut, daß Cäsar auf den Rücksitz sprang und von da aus weiter auf die Hutablage, wo er sich flach hinlegte und anfing zu heulen.

»Und beim nächsten Mal knallt es in Oslo«, dachte Jeje. Auf einmal stand alles klar und deutlich vor ihm. Der Ire war der mysteriöse Terrorist mit dem roten Haar, den die Falken von der IRA nach Norwegen geschickt hatten, um die Unterzeichnung des Friedensvertrags zu verhindern. Mit einer verdammten Bombe.

Heute in London, morgen in Oslo. Und natürlich befand sich auch Sprengstoff an Bord des Schlachtschiffes in der Bestumbucht.

Schon vor Kløfta hatte er genug nachgedacht. Außerdem konnte er das Heulen des Wollknäuels nicht mehr ertragen. Er hatte schon zwei Kassetten, einen Stift und einen Straßenatlas von Norwegen nach hinten auf die Hutablage geworfen – aber ohne den Lärm zu stoppen.

Er hielt am Rasthaus ›Pyramide‹ an, und in einem Anfall von schlechtem Gewissen kaufte er für Cäsar Waffeln mit Erdbeermarmelade. Nachdem er eindeutig zu erkennen gegeben hatte, daß er sowohl gekränkt als auch enttäuscht war, ließ Cäsar sich aus dem Auto locken. In Ermangelung einer Hundeleine befestigte Jeje das Abschleppseil am Halsband und band das Wollknäuel damit an die Anhängerkupplung, mit dem Waffelteller in Reichweite.

Für sich selbst hatte er die Tasse Kaffee gekauft, zu der er in dem Hotel nicht gekommen war, sowie ›VG‹ und ›Dagbladet‹. Er setzte sich draußen an einen Tisch unweit des Autos. Und dann sprang ihm der Artikel direkt ins Gesicht, in dem es hieß, daß die rote Gefahr vorbei sei. Der Terrorist sei wahrscheinlich zurückgerufen worden, schrieb ›Dagbladet‹. Wieder sah Jeje die Mutter und ihre Tochter in dem Bus vor sich. Die besorgte Mutter – unsicher, was der Tochter fehlen könnte – hoffte, daß es sich nur um jugendliche Aufsässigkeit handelte, um etwas, das sich auswachsen würde. Und dann – PENG!

Er sah von seiner Zeitung auf. Er konnte doch tatsächlich nicht ruhig dasitzen, ohne sein Wissen mit jemandem zu teilen. Dann wäre er genauso feige wie die. Was wäre denn, wenn er nicht Alarm schlug und auch in Oslo eine Mutter und eine Tochter getötet würden?

Er suchte die Zeitungsseite ab und fand den Namen

des Journalisten Anton Amundsen. Dann stand er auf und ging in das Rasthaus.

Dort telefonierte er.

Als er wieder herauskam, hatte Cäsar Gesellschaft bekommen. Eine Dame saß auf den Knien neben ihm und kraulte ihn hinter den Ohren. Jeje grüßte mit einem kurzen Nicken.

»Ist das Ihr Hund?« fragte sie.

»Irgendwie schon, ja.«

»Sie sind sich also nicht ganz sicher, ob es Ihrer ist? Typisch! Und jetzt soll er auf die billigste Weise eingeschläfert werden. Es ist natürlich zu teuer, für den unschuldigen armen Kerl eine Kugel zu bezahlen oder eine Spritze beim Tierarzt.«

»Wovon zum Teufel redest du eigentlich?«

»Mit Leuten wie Ihnen bin ich noch lange nicht per du, daß Sie es wissen! Und ich habe mir Ihre Autonummer notiert, und wenn Sie den Hund nicht losbinden und ihn hierlassen, dann rufe ich die Polizei.«

»Ach, so ist das. Das ist ein Mißverständnis. Ich hab ihn da nur angebunden.«

»Ja, ja, Sie haben ihn da nur angebunden, und dann sind Sie nur weggefahren, und den armen Hund haben Sie nur vergessen. Und falls jemand den Mord entdeckt, sind Sie sicher auch noch dazu in der Lage, so zu tun, als tue es Ihnen leid.«

»Wenn ich zu geizig bin, eine Kugel zu opfern, warum spendiere ich ihm dann eine letzte Mahlzeit? Auf diesem Teller da war ein ganzer Stapel Waffeln, mit denen Cäsar sich vergnügen sollte, während ich drinnen telefonierte. Jetzt sind sie weg – und Cäsar ist vergrätzt, das heißt, daß du sie gestohlen hast!«

»Wie bitte?«

»Du redest von Leuten wie *mir,* dann laß uns mal von Leuten wie *dir* reden. Von solchen wie dir habe ich schon gehört. Gibst dich als Hundefreund aus und stiehlst ihnen dann das Essen aus der Schnauze. Das ist es doch, was du treibst! Geh zum Teufel, verschwinde, bevor *ich* die Polizei rufe!«

Er machte Cäsar los – und erschauerte bei dem Gedanken, daß er sich *natürlich* direkt ins Auto gesetzt hätte und losgefahren wäre, wenn da nicht diese alte Schachtel gewesen wäre. Aber damit hätte er das Problem gelöst, wie er Diana beibringen sollte, daß es aus war.

Er warf das Abschleppseil in eine Abfalltonne, um sich vor Wiederholungen zu schützen. Mit einem vernichtenden Blick auf die Dame setzte er Cäsar auf den Rücksitz, stieg selbst ein und fuhr zurück Richtung Oslo.

32

Die Princess fuhr mit fünfzehn Knoten aus dem Drøbaksund heraus. Das Schiff war ein Traum – es zu fahren auch. Das einzige Manko war, daß es britisch war, und daher auffiel. Aber das war ein kalkuliertes Risiko. Das Wichtigste war, daß es in der Lage war, die Nordsee zu überqueren – schnell, wenn nötig. Falls etwas schiefgehen sollte.

Sie hatten die Bestumbucht kurz vor Mitternacht verlassen, nachdem der Schwede den Koffer vom Hauptbahnhof abgeholt hatte. Später in der Nacht waren sie etwas weiter draußen vor Anker gegangen. Sie hatten abwechselnd geschlafen – er hatte seine Wache dafür benutzt, zu prüfen, ob der Schwede an alles gedacht hatte. Und zu seiner Überraschung sah es ganz so aus.

Der Fernseher stand hinter ihm, und er lauschte mit halbem Ohr dem Geschwätz der eilig herbeigerufenen Politiker und Sachverständigen, die zu dem Bombenattentat in London befragt wurden – wie man es zu deuten habe und welche Konsequenzen daraus gezogen würden. Alles, was ihm zu dem Thema einfiel, war, zu hoffen, daß die Führung Verstand genug besäße, noch mehr Bomben hochgehen zu lassen. Daß er sich das Idiotengewäsch überhaupt anhörte, lag daran, daß er sonst das Schnarchen des Schweden gehört hätte.

Das Ziel war jetzt, es so oft und so heftig knallen zu lassen, daß die Leute Regierungsbüros und Zeitungen anriefen und verlangten, daß die Briten der Vertragsunterzeichnung fernbleiben sollten. Würde die Gewalt heftig genug sein, bekäme man die Situation unter Kontrolle. Es galt, den Terrordruck aufrechtzuerhalten. Historisch betrachtet, gab es nur wenige Organisationen, denen das auf diese Weise gelungen war – am tüchtigsten darin waren die deutschen und italienischen Terroristen in den 70ern gewesen.

Drøbak tauchte auf der linken Seite auf. War das die Seite, die Backbord hieß? Er hatte nie den Sinn darin gesehen, daß man sich zwei verschiedene Bezeichnungen für links und rechts leistete.

Es war ein schöner Nachmittag, und auf dem Wasser waren viele Boote. Das gab ihnen Deckung. Ihr Plan war, solange hinauszufahren, wie der Hauptstrom der Boote in diese Richtung verlief, und dann zu wenden, wenn der größte Verkehr wieder auf dem Rückweg war. Er hatte noch nicht entschieden, wo sie in der Nacht liegen sollten. Es mußte ein verborgener Platz sein – ein Platz, wo er den Schweden umbringen konnte.

Was sein eigenes Leben anging, so war es paradox, daß er die besten Chancen hatte, lebend davonzukommen, wenn das Attentat mißglückte. Eine geglückte Operation würde wahrscheinlich auch seine letzte Reise mit einschließen. Er wußte, daß der Major keinen Moment damit zögern würde, ein Selbstmordattentat zu planen – wenn das die einzige Möglichkeit wäre, die optimale Wirkung zu erzielen. Leben war Verbrauchsmaterial. Aber einige Leben waren teurer und aufwendiger als andere, und um so schmerzhafter war der Verlust.

Der Major hatte gegen zwei Uhr angerufen. Er gab weiterhin grünes Licht. Der neue Plan war bald fertig, es fehlten nur noch Details. Er holte sich ein Bier aus dem Kühlschrank – wo die Dosen sich mit dem Sprengstoff den Platz teilten. Er riß den Öffnungsring ganz ab und warf ihn in den Mülleimer. Handgranatenreflex hatten sie das in Fort Benning genannt.

Fort Benning – und Gill. Er trank einen Schluck kaltes Bier, ging ans Ruder – und dachte an Gill. Der Name schwirrte permanent in seinem Hinterkopf herum. Gill war ein Geschenk Gottes – ein Geschenk, das er nur schwer entgegennehmen konnte. Aber war es richtig, ein Geschenk Gottes zurückzuweisen?

Er wußte es nicht. Aber er sah ein, daß er bald eine endgültige Entscheidung fällen mußte – was Gill anging. Konnte er beide Aufträge ausführen? Den des Majors und den von Gott? Wohl kaum. Gill würde sofort vermißt werden. Und es ging nur in dieser Reihenfolge: Zuerst Gill, dann das Friedensfest, denn es war nicht sicher, daß er den zweiten Auftrag überlebte.

Sollte er Gill dem Major gegenüber erwähnen?

Ideell gesehen: Ja! Auf jeden Fall, wenn er sich entschloß, das Gottesgeschenk anzunehmen. Der Major würde rasen. Aber er würde ihn nicht aufhalten können. Doch es gab schlimmere Gegengründe als den Zorn des Majors. Gab er der Versuchung, sich Gill zu kaufen, nach, dann war das gleichbedeutend mit einer Sabotage der »Sache«. Das Friedensfest würde ungestört ablaufen. Kollaborateure würden als Helden nach Hause fahren – die Welt würde glauben, die Falken seien aus dem Weg geräumt. Es würde unerhört schwer für sie werden, erneut Fuß zu fassen. Wenn ihnen das überhaupt jemals wieder gelänge. Die ganze Verantwortung lag bei ihm.

Er drückte sich die Bierdose gegen die Stirn. Sie hatten nirgendwo die Gelegenheit ergriffen, an Land zu gehen und Zeitungen zu kaufen, aber dem Fernsehen und dem Radio hatte er die allgemeine Auffassung entnommen, daß, wenn ein rothaariger Terrorist auf dem Weg nach Norwegen und Oslo gewesen war, dieser jetzt unverrichteter Dinge wieder abgezogen war.

Er hielt die Dose an den Mund, lange. Der Schwede hatte Bergen-Bier gekauft, ein gutes Bier.

Er trug die Verantwortung. Es lag an ihm, wie das weitere Schicksal der »Sache« verlaufen würde. Wenn er seine Trümpfe richtig ausspielte, dann konnte er einen bedeutenden Pokal gewinnen. Für die »Sache«. Gill zu verfolgen war gleichbedeutend damit, das Spiel hinzuwerfen.

Er hörte die Toilettentür klappern. Der Schwede war wach.

Er lächelte bei dem Gedanken daran, daß der Schwede der Joker in dem Spiel war, ohne es zu wissen.

33

Noker fühlte sich desorientiert und niedergeschlagen. Und er bereute die Tour zur Isle of Man schon, bevor er dort ankam. Sie hatten über die Hälfte des Tages auf Londoner Flughäfen zugebracht – wegen der außergewöhnlichen Sicherheitsmaßnahmen nach dem Bombenattentat. Noker hatte die Nachricht als eine Selbstverständlichkeit aufgenommen. Wenn sie zwei Bomben zünden wollten, dann mußten sie jetzt bald damit anfangen. Linnar hatte es sehr schwer genommen.

Normalerweise liebte Noker Flughäfen. Immer wenn er auf Reisen ging, versuchte er so rechtzeitig am Flughafen zu sein, daß er dort noch ein paar Stunden Zeit hatte. Shiphol war sein Favorit, aber auch Fornebu hatte sich in den letzten Jahren beachtlich gemausert und sollte – typisch norwegisch – bald geschlossen werden.

An diesem Tag hatte er gelernt, daß es auch die reinste Hölle sein konnte, sich auf einem Flughafen aufhalten zu müssen. Vor den Telefonzellen waren lange Schlangen, und als er endlich an der Reihe war, war Berg nicht im Büro. Er versuchte es bei Karlsen im »Oslo Plaza«, aber der war in einer Besprechung. Als er aufgelegt und dem nächsten den Hörer überlassen hatte, fiel ihm ein, daß er den Wachhabenden hätte fragen sollen, ob irgend etwas passiert sei. Waren Berg und Karlsen auf einer Krisenkonferenz? Hatte man eine Spur von dem Eunuchen? Außerdem hätte er Lucy anrufen und Informationen über die Busbombe einholen sollen. In der Hoffnung, einen Fernseher zu finden oder jemanden mit einem Radio, hatte er lange Wanderungen unternommen – aber nichts. Er saß auf einem Flughafen und hatte keine Verbindung zur Außenwelt.

Auf einer seiner Wanderungen traf er einen Prominenten. Einen geschwindigkeitsbesessenen norwegischen Reeder, der seine Schiffe in London registriert hatte, um die norwegische Steuer zu umgehen. Noker überlegte einen Moment, ob er ihn fragen sollte, ob er eines seiner Mobiltelefone leihen durfte, ließ es dann aber bleiben. Aus Stolz, wie er feststellte.

Als sie endlich im Hotel in Douglas, der »Hauptstadt« der Isle of Man, einchecken konnten, war es Abend geworden. Das wenige, was Noker während der Taxifahrt von der Insel gesehen hatte, hatte ihm klargemacht, daß es Gründe dafür gab, sich hier niederzulassen – abgesehen von den ökonomischen. Linnar war auffallend stumm geworden, nachdem er von der Busbombe erfahren hatte. Er hatte sich sehr aufgeregt. »Verstehen die nicht, daß dadurch ein ganzes Volk blutige Hände bekommt?« hatte er gerufen, als der Pubwirt in Heathrow ihm erzählt hatte, was passiert war. Noker hatte fieberhaft versucht, den alten Trinkbruderton wieder hervorzulocken, aber mit geringem Erfolg. Linnar hatte die Klappen dichtgemacht.

»Wir genehmigen uns doch wohl noch einen Schlummertrunk?« schlug Noker an der Rezeption vor. »Nachdem wir ausgepackt haben.«

»Echte Kerle packen nicht aus«, antwortete Linnar und mobilisierte ein Lächeln. »Gib's doch zu! Du mußt zu Hause anrufen.«

»Anrufen? Nein. Ich weiß nicht mal, wo Adas Schiff jetzt ist. Und sie weiß nicht, wo ich bin. Was für eine Beziehung!«

Linnar lachte. Es tat Noker gut, den Iren wieder auftauen zu sehen.

»Sagen wir in einer halben Stunde, Linnar – auf deinem Zimmer!«

Noker hatte seine Unterhosen in die oberste Schublade der Kommode gelegt, die Socken in die Schublade darunter. Die Hemden lagen im Regal über der Garderobenstange. Er hatte sich einen bequemen Trainingsanzug angezogen, und an den Füßen trug er Slipper. Er stand mit der Taxfree-Flasche in der einen Hand und der Türklinke in der anderen und wollte gerade zu Linnar hinüberschlurfen, als das Telefon klingelte.

Sie war extrem freundlich! Es geschahen noch Zeichen und Wunder!

»Bist du auf dem Weg ins Treibeis, Noker?«

»Wie hast du mich gefunden?«

»Ich habe Berg angerufen. Privat. Er hat mit dir angegeben, Noker. Bleibst du lange auf der Isle of Man?«

»Nur bis morgen. Und du da?«

»Und du da? Du redest mit deiner Frau – nicht mit irgendeinem Mitpassagier in der Sognsvanns-Bahn.«

»Vermißt du mich, Ada?«

»Schrecklich! Grauenhaft. Wahnsinnig. Aber ich werde es wohl bis Samstag aushalten.«

»Samstag?«

»Wir werden in den Drøbaksund einlaufen!«

»Auf solchen Kreuzfahrtschiffen wird viel getrunken, hab ich gehört.«

»Ich mach keinen Quatsch, Noker. Es stimmt! Die ›S/S Norway‹ ist auf das Friedensfest eingeladen. Wir sollen die Königliche Yacht treffen. Im Drøbaksund! Aber genau das ist noch geheim.«

»Wer hat dir das denn erzählt?«

»Der Kapitän. Der ist so stolz, daß er heute nacht wahrscheinlich im Stehen schläft – in voller Paradeuniform. Die ›S/S Norway‹ ist das einzige private Fahrzeug, das die UNO-Flagge führt, verstehst du? – also hat sich irgend jemand ausgedacht, daß ›Norway‹ im Oslofjord ›Norge‹ treffen soll. Und die Friedensgäste sollen alle an Bord der Königlichen Yacht sein.«

»Irgend jemand heißt irgend jemand im Außenministerium, schätze ich?«

»Sie haben sich auch ein Motto ausgedacht. Warte mal eben ...«

Er hörte sie in Papieren herumwühlen.

»Du ahnst nicht, wieviel Papierkram man an Bord eines Kreuzfahrtschiffes zu ordnen hat. Bist du soweit?«

»Ich bin auf das Schlimmste gefaßt.«

»›Norge und Norway – im Dienste des Friedens und der UNO‹. Wenn das kein Motto ist!«

»Himmel hilf! Aber müßt ihr denn keiner Route folgen?«

»Dem Kapitän zufolge werden es nur geringe Abweichungen. Aber ich weiß nicht, ob ich ihm glauben kann. Ein Abstecher ins Südchinesische Meer wäre bei ihm wahrscheinlich auch nur eine kleine Abweichung. Ich habe ihn in Verdacht, daß er schon seine Frau angerufen hat und sie gebeten hat, eine neue Kassette für den Videorecorder zu kaufen.«

»Da fällt mir nichts mehr ein, Ada! Und warum von allen möglichen Stellen ausgerechnet im Drøbaksund!? Ein Friedenszeichen auf Norwegens größtem Kriegsfriedhof!?«

»Interessiert mich nicht die Bohne. Ich seh dich Samstag!«

Noker hatte den Eindruck, daß Linnar in einen tranceähnlichen Zustand verfiel, als er von dem neuesten Beitrag zu den Friedensfestlichkeiten erfuhr.

»Und sie hat das auch nicht mißverstanden?«

»Ada!? Bist du noch bei Trost, Linnar? Ich bin mit einer Frau verheiratet, die sich niemals irrt. Spaß beiseite – sie wußte so viele Details, daß es keinen Zweifel gibt.«

»Kein Wort mehr davon.«

»Ja, kein Wort mehr.«

Und dabei blieb es für den Rest des Abends. Das Schweigen wurde nur unterbrochen, wenn sie sich gegenseitig fürsorglich nach dem Füllstand ihrer Gläser erkundigten. Um halb zwei norwegischer Zeit war Nokers Flasche leer. Linnar erhob sich und gähnte, laut und ungeniert.

»Habe verstanden. Aber wie wär's mit einem absolut Allerallerletzten? Aus der Minibar? Die Polizeikammer Oslo gibt einen aus!«

»Tut mir leid, Noker.« Linnar sah auf die Uhr. »Genug ist genug! Es war ein harter Tag.«

34

Donnerstag

Am frühen Donnerstag morgen detonierte eine Bombe in Oslo. Sie explodierte auf der ersten Seite von ›Dagbladet‹: »IRA-Terrorist in Oslo!« Ein roter bedruckter Stern garantierte: »Exklusiv in ›Dagbladet‹«. Die ganze Sache bot nicht viele Fakten, obwohl sie die Seiten 10, 11, 12 und 13 füllte. Im Grunde war das meiste schon auf der Titelseite gesagt. Der Hauptartikel war von dem Journalisten Anton Amundsen verfaßt. Er berief sich auf »sichere« Quellen, die berichteten, daß der rothaarige Terrorist, gegen den die Polizei Anfang der Woche Anstrengungen unternommen habe, sich jetzt in Oslo befand. Auf freiem Fuß und bereit, seinen zerstörerischen Auftrag auszuführen. Die Quellen konnten ebenfalls bestätigen, daß der Terrorist dem aggressiven Flügel der IRA angehörte.

›Dagbladet‹ hatte die Informationen dem Polizeiinspektor Odd Berg, der für die Sicherheit bei dem Friedensfest verantwortlich war, vorgelegt. »Kein Kommentar«, hatte dieser der Zeitung gegenüber gesagt.

Besonders im Außenministerium wurden viele von den Erschütterungen der Nachrichtenbombe aufgeschreckt. Mittwoch nachmittag hatte Snikstad bei Bier und Räucherlachs eine Pressekonferenz abgehalten, auf der er die Neuigkeit von dem historischen Treffen zwischen den Schiffen »Norway« und »Norge« herausließ. Alle Friedensfestgäste waren von König und Königin auf die Königliche Yacht eingeladen. Voller Pathos hatte Snikstad ein Schreiben aus dem Schloß vorgelesen, in dem es hieß, daß der König und die Königin sich auf die Fjordtour am Samstag freuten. Er hatte kein Wort davon gesagt, daß es dem Sicherheitsverantwortlichen, Polizeiinspektor Odd Berg, davor graute.

Die Pressekonferenz wurde mit der Präsentation eines Videos abgeschlossen, das das Außenministerium anläßlich des »Summit of Peace« produziert hatte – in Rekordzeit. Es sollte allen in- und ausländischen Fernsehsendern angeboten werden, als Füllstoff für die Übertragung aus Oslo am Samstag. Es zeigte einen seine typischen Lockrufe ausstoßenden Lappländer auf dem Nordkap-Plateau mit der Mitternachtssonne im Hintergrund, blonde Mädchen in Volkstrachten, die den kalbenden Briksdalsgletscher bewunderten, eine Bohrinsel in Festtagsbeleuchtung, einen sehr, sehr blauen Fjord, Lofotenfischer in Gischt und Frühjahrssonne, norwegische Flaggen und norwegischen Jubel in Lillehammer. All das gab es zu sehen. Und es war so schön, daß Snikstad schlucken mußte, als der Kommentator erzählte, daß sie so also lebten – sie, das friedliebende Volk ganz oben im Norden, in Norwegen, Norge, Norway.

Snikstad befand sich den Abend über in einem wachsenden Stimmungsrausch. Die Fernsehnachrichten beider Programme räumten der Pressekonferenz breiten Raum ein. Und er wußte, daß auch CNN am Ball war.

Snikstad hatte persönlich für Interviewkontakt zwischen Loretta Gawin von CNN und Kapitän Sørensen auf der »S/S Norway« gesorgt. Das Schiff lag jetzt in Kopenhagen. Ein Anruf von Berg gegen 22.00 Uhr hatte Snikstad wieder von seinem Stimmungsgipfel heruntergeholt.

Berg wollte ihn darüber informieren, daß ›Dagbladet‹ eine weitere Terrorismusschlagzeile plante. Sie hatten einen sogenannten »sicheren Hinweis« darauf, daß es den Falken aus der IRA gelungen war, einen ihrer Leute ins Land zu schmuggeln. Ganz egal, wie unseriös diese Quelle auch sein mochte, so mußte die Polizei die Informationen doch ernst nehmen. Das hieß, daß Berg bis auf weiteres sein O. k. für das Stelldichein der Schiffe zurückziehen mußte.

Ein aufgebrachter Snikstad hatte darauf geantwortet, man werde die Vorbereitungen fortsetzen – wie geplant.

Die Besatzung einer Princess 420 im Oslofjord erfuhr die Terrorismusneuigkeiten beim Frühstück, in der Morgensendung des vierten Programms. Der Schwede machte ein langes Gesicht, nahm sich aber zusammen, als er sah, daß *er* keine Miene verzog – und führte den Eierlöffel genauso sicher wie vorher zum Mund.

Gegen halb zwei hatte der Major angerufen. Die Lage hatte sich dramatisch geändert. Er müsse sofort auf die »S/S Norway« zurückkehren. Auf dem Fjord sollte ein Treffen zwischen der »Norway« und der Königlichen Yacht arrangiert werden. Alle Friedensgäste sollten auf der letzteren reisen. Die Details würden später kommen. Für ihn war es jetzt am wichtigsten, seine Wiedereinschiffung auf der »S/S Norway« vorzubereiten. Das war *die* Chance!

Auch für den Schweden, der auf diese Weise einen Tag länger leben durfte.

35

Die Isle of Man war eine nette kleine Insel, die Noker rasch ins Herz schloß. Sie fuhren im Mietwagen von Douglas nach Peel, wo Gunvor und der »Geschäftsgeneral« wohnten, und Linnar war der geborene Guide. Er erzählte von dem besonderen Klima auf der Insel, das im Golfstrom begründet ist, der dort in einer Art Kreisverkehr verläuft und dafür sorgt, daß hier tropische Bäume und Pflanzen wachsen. Aber vor allem war die Isle of Man ein Steuerparadies mit einem ganzen Haufen Briefkastenfirmen in der Hauptstadt Douglas.

»Worunter auch einige norwegische sind«, dachte Noker.

Linnar zeigte auf riesige Holzhäuser, die in unregelmäßigem Abstand an den schneeweißen Sandstränden lagen. Sie waren alt und verfallen, Zeugen einer großen Zeit, in der die Insel das Ferienziel reicher Engländer gewesen war.

»Aber weißt du, Noker, wer die ersten Touristen auf der Isle of Man waren?«

»Keine Ahnung.«

»Norwegische Wikinger. Sie kamen hier auf Dauerferien, vor über tausend Jahren, und haben rücksichtslos gemetzelt! Aber trotzdem sind Norweger hier überraschend beliebt. Vielleicht liegt es daran, daß sie Ordnung in die Gesellschaft gebracht haben, oder sogar Ruhe. Der Gerichtsplatz wird immer noch benutzt.«

»Paß auf!« rief Noker und zeigte auf die Fahrbahn. »Eine schwarze Katze – oder was das ist!«

»Die Manx-Katzen haben keinen Schwanz – frag mich nicht, warum.«

»Alles Inzucht, alles Bluter«, lachte Noker.

»Ja, schon merkwürdig. Ihr Nationalsymbol ist auch

irgendwie mißgestaltet. Es sind drei Füße, die aus einem Zentrum herausragen.«

»Und das bedeutet ›Lauf, was du kannst, die Wikinger kommen‹?«

»Etwas stolzer ist die Botschaft schon. ›The Three Leg Symbol‹ signalisiert, daß dieses Volk, was immer ihm auch zustößt, immer wieder auf die Beine kommt.«

Gunvor und der General wohnten blickgeschützt hinter einer Steinmauer. Das Stahltor war verschlossen. Im linken Pfosten gab es eine Sprechanlage. Noker drückte den Knopf. Es knackte, und eine Frauenstimme fragte, wer da war.

»Mein Name ist Noker Sokne, ich komme aus Norwegen, aus Oslo, und würde gerne mit Ihnen reden.«

»Worüber?« fragte die Frau, schon etwas schärfer im Ton. Sie blieb beim Englischen.

»Es geht um Ihren Sohn.«

Sie sagte nichts, wartete offensichtlich auf eine Fortsetzung.

»Es geht um Dinge, die ich am liebsten unter vier Augen mit Ihnen besprechen möchte, Frau MacKellogh.«

»Hab ich Ihnen nicht wiederholt gesagt, daß ich nichts über meinen Sohn weiß?« Sie brach die Verbindung ab. Noker sah Linnar ratlos an.

»Eine echte Herausforderung, Noker.«

Er drückte erneut auf den Knopf. Er war erwartet worden, sie meldete sich unmittelbar. Wütend.

»Wenn Sie nicht verschwinden, rufe ich *unsere* Polizei. Sie haben kein Recht, mich so zu belästigen.«

Noker antwortete dem Metallgitter, hinter dem sich das Mikrophon verbarg, in scharfem Ton.

»Es geht darum zu verhindern, daß Ihr Sohn getötet wird, Frau MacKellogh.«

Es wurde still. Das leichte Brummen signalisierte Noker, daß die Verbindung noch offen war. Die Sekunden wirkten wie eine Ewigkeit.

Dann summte es im Türschloß.

36

Für den Journalisten Anton Amundsen war es der reinste Triumphzug, an diesem Donnerstag morgen zur Arbeit zu gehen. Die Zeitungsständer in der Pilestrede huldigten ihm dadurch, daß ›Dagbladet‹ auf ihnen nicht mehr zu finden war. Bei dem Gedanken an die gestreßte Stimmung, die jetzt garantiert in der Druckerei herrschte, wurde ihm warm. Die Druckwalzen liefen heiß – einzig und allein seinetwegen.

Jedenfalls *fast* allein seinetwegen.

Der Mann, der mit dem Kürzel Cicero unterschrieb – und von allen im Zeitungshaus auch so genannt wurde –, hatte einen Sprung an die Decke gemacht, als die Person anrief, die ihm erzählte, daß der IRA-Terrorist in der Stadt war. Der Tip war ein Knüller. Ein verdienter Knüller. Denn der Informant hatte Cicero angerufen, weil er der führende Journalist bei der ganzen Terroristensache war. Der Tip gehörte zu der Sorte Glück, mit der das Leben einen ab und zu begünstigt.

Aber bald war er wieder auf dem Boden der Tatsachen. Der Tip war unglaublich dünn. Unter normalen Umständen hätte er ihn im Papierkorb archiviert. Aber die Umstände waren nicht normal. In zwei Tagen sollte sich eine Reihe von Staatsmännern und -frauen und gekrönten Häuptern in Oslo versammeln, um der Unterzeichnung eines umstrittenen Dokuments beizuwohnen. So umstritten, daß es schon drei Menschenleben gekostet hatte. Und die Gefahr eines Terroranschlags auf die Zeremonie selbst war einleuchtend und groß. Vor diesem Hintergrund konnte er es verantworten, sich einen anonymen Tip zunutze zu machen, der nichts anderes besagte, als daß der Informant versicherte, in Oslo eine Person mit IRA-Hintergrund wiedererkannt zu haben.

Aber es gab noch mehr zu beachten. Unter anderem sein eigenes fachliches Prestige. In der Mittwochszeitung hatte er geschrieben, daß die rote Gefahr vorbei war. Es sähe zu dumm aus, wenn er sich in der Donnerstagszeitung selbst dementieren würde. Das Sicherste wäre es wirklich, den Tip im Müll zu archivieren. Eine respektable presseethische Entscheidung.

Aber da war noch Berg. Eine solche Schlagzeile würde ihm einen K.-o.-Sieg über Berg verschaffen.

Cicero brauchte lange, um sein Dilemma zu entwirren. Er fand drei Dinge, die für den Informanten sprachen. Erstens wollte der Informant anonym bleiben, was bedeutete, daß nicht Geld die treibende Kraft war. Zweitens deutete nichts darauf hin, daß der Informant sich nur wichtig machen wollte. Dann wäre der Tip stärker ausgeschmückt gewesen, hätte mehr Details enthalten. Jemand, der die Zeitung hereinlegen oder sich vor seinen Freunden aufspielen wollte, oder beides, hätte sich schlicht und einfach etwas Besseres ausgedacht.

Drittens hatte der Informant genauer ausgeführt, daß nicht er selbst den Terroristen gesehen und wiedererkannt habe. Er könne aber hundertprozentig für die Beobachtung garantieren. Diese kryptische Formulierung hatte Cicero verraten, daß der Informant ein Krimineller war, genauer gesagt ein Waffendieb. Es bestand eine Verbindung zur IRA. Wenn aber so viel auf dem Spiel stand, warum rief er dann Cicero von ›Dagbladet‹ an?

Den Grund hatte er selbst geliefert. Zum Schluß hatte er gesagt, daß er gar nicht angerufen hätte, wenn da nicht das Bombenattentat in London gewesen wäre. Diese Erklärung erschien Cicero schlüssig. Er war in seiner Journalistenkarriere vielen Verbrechern begegnet, und viele von ihnen reagierten überraschend emotional.

Ciceros Zweifel waren verflogen. Er glaubte dem Informanten. Und als er den Entschluß endlich gefaßt hatte, war er in die Zentralredaktion gegangen und hatte der Montageleitung die Sache aufgetischt. Das Problem, sich selbst dementieren zu müssen, löste er, indem er den Terroristen als Opfer unglücklicher Umstände darstellte. Normalerweise wäre er in seinen Vorbereitungen gestoppt worden, aber in diesem Fall war es zu spät – der Terrorist war schon auf seinem Posten, als die Nachricht herauskam.

Im Zeitungshaus wurde er wie ein Held gefeiert. Zuerst in der Schalterhalle, wo man ihm erzählen konnte, daß unablässig Kioske und Supermärkte anriefen, um mehr Zeitungen zu bekommen. Vergnügt ging er weiter in die Kantine – nicht nur, um sich eine Tasse Gratiskaffee zu holen, den er mit nach oben in sein Büro nehmen konnte. Er blieb über eine halbe Stunde dort. Als Mittelpunkt. Und der Kaffee, den er schließlich mit sich in den Aufzug balancierte, war sein dritter.

Er war dabei, seinen eigenen Artikel zu lesen, langsam und genießerisch, als das Telefon klingelte. Es war der Chefredakteur.

»Kannst du mal eben herunterkommen, Cicero? Sofort.«

»Ist was Besonderes?«

»Kannst du nicht einfach nur herunterkommen?«

»Natürlich kann ich das. Genauso einfach, wie andere

Leute sagen können: Gratuliere, Cicero, für die tolle Schlagzeile. Die geht weg wie warme Semmeln.«

»Bis gleich«, sagte der Chefredakteur.

Cicero machte einen Umweg über die Toilette. Nicht, weil er den Gratiskaffee loswerden mußte, sondern weil ihm der Ton des Redakteurs nicht paßte. Er gurgelte und kämmte sich, bürstete unsichtbaren Staub von der Jacke und kämmte sich noch einmal. Auf diese Weise gelang es ihm, zehn Minuten totzuschlagen. Dann ging er ohne Eile zum Büro des Chefredakteurs. Er klopfte an und öffnete, ohne auf Antwort zu warten. Er blieb in der Türöffnung stehen. Stocksteif vor Überraschung.

Der Chefredakteur war nicht allein in seinem Büro. Er war dabei, zwei Gästen Kaffee einzuschenken, die Cicero sofort wiedererkannte.

Der Chefredakteur hatte Besuch von Oslos Polizeichefin und von Polizeiinspektor Odd Berg.

37

Noker wußte, daß Gunvor MacKellogh Ende fünfzig war, und sie war auffallend schön. Sie und der »Geschäftsgeneral« wohnten in einem niedrigen, aber großen Steinhaus. Und es war zweifellos luxuriös eingerichtet. Sie ließ die Männer in die Halle, die einen überwältigenden Eindruck von dem vermittelte, was der Rest des Hauses zu bieten hatte. Sie bot ihnen keinen Platz an, obwohl in der Mitte des Raumes einige Stühle um einen massiven Holztisch herum standen.

»Sie sind zu zweit?«

»Sie haben mit mir gesprochen. Mein Name ist Noker Sokne, ich bin Forscher an der Polizeihochschule in Oslo.«

Er reichte ihr die Hand, die sie aber nicht annahm.
»Und das hier ist Linnar Slouhn, er ist ... Ire.«
»Sie haben mich schon einmal belogen. Warum sollte ich noch mehr Zeit mit Ihnen verschwenden?«
»Ich habe nicht gelogen, nur etwas vergessen. Warum sollte ich Ihnen so etwas Banales wie, daß wir zu zweit sind, verschweigen?«
»Ich habe schon dümmere Dinge erlebt – bei der Polizei.«
Noker holte tief Luft und beschloß, zur Sache zu kommen. Und zwar schnell.
»Wir sind hier, da wir Grund zu der Befürchtung haben, daß Ihr Sohn auf dem Weg nach Norwegen ist oder sich vielleicht schon in Oslo befindet, um dort einen Terrorakt gegen die Friedenszeremonie am Samstag zu verüben.«
Ohne zu blinzeln sah sie Noker an. Er bemerkte, daß sie Schlupflider hatte – die Eitelkeit der meisten Frauen hätte angesichts solcher Ausbeulungen zu Panik geführt, und sie hätten sie operieren lassen. Aber Gunvor MacKellogh hatte offenbar erkannt, daß sie ihrem Gesicht einen verschleierten, sinnlichen Zug verliehen.
»Sprechen Sie weiter«, sagte sie ruhig.
»Er muß gestoppt werden, bevor noch mehr unschuldige Menschen sterben.«
»Ich verstehe. Sie wollen, daß ich Ian anrufe und ihm sage: ›Komm nach Hause, mein Junge. Komm nach Haus zu Mama. Schlafenszeit!‹ Das meinen Sie doch?«
Sie lachte kurz.
»Bedaure, meine Herren, aber da kommen Sie dreißig Jahre zu spät. Es ist verdammt lange her, daß ich meinen Sohn aus der Sandkiste hereinrufen konnte.«
Sie ging zur Tür.
»Ein junges Mädchen wurde gestern getötet!«

Noker und Gunvor MacKellogh drehten sich beide zu Linnar um – überrascht über die Entrüstung in seiner Stimme. Gunvor MacKellogh hatte die Hand an der Türklinke.

»Es ist ja interessant, daß ausgerechnet Sie ... der Ire, so rührend auf dieser Seite der Angelegenheit engagiert sind.«

Sie öffnete die Tür.

»Meine Herren!«

Sie gingen zum Ausgang. Direkt vor ihr blieb Noker stehen und sah ihr in die Augen.

»Wenn ich jetzt Norwegisch mit Ihnen spreche, dann hat das seinen Grund. Ich glaube, es ist Ihnen daran gelegen, daß das, was ich Ihnen jetzt sagen werde, unter uns bleibt.«

Einen Augenblick lang wirkte sie unschlüssig, wie sie sich verhalten sollte. Sie sah von Noker zu Linnar – dann zurück zu Noker, und nickte, fast unmerklich.

»Ich muß leider Ihren Unwillen, der Polizei zu helfen, zur Kenntnis nehmen. Das ist eine Haltung, die ich verachte. Und außerdem glaube ich, daß Sie lügen.«

Sie warf trotzig den Kopf in den Nacken, machte aber keine Anstalten, die Beschuldigung zu kommentieren.

»Ich weiß, daß Sie Ihren Sohn mit größeren Geldbeträgen unterstützen«, fuhr Noker fort. »Zuletzt vergangenen Freitag haben Sie eine große Summe in bar von einem Ihrer Girokonten abgehoben – und allein in diesem Jahr haben Sie sich schon drei solcher Beträge auszahlen lassen.«

In ihren Augen flackerte etwas wie Angst auf. Noker atmete tief durch. Er hatte hoch gepokert, aber jetzt wußte er, daß er recht hatte.

»Sie können uns jetzt entweder eine gute Erklärung für die Verwendung dieses Geldes geben oder mich bitten zu verschwinden. Aber eines verspreche ich Ihnen. Wenn wir herausfinden, daß Ihr Geld mit Terroraktionen des Eunuchen, Ihres Sohnes – oder irgendeines anderen aus der IRA – in Verbindung gebracht werden kann, dann haben Sie damit die schlechteste Investition Ihres Lebens gemacht.«

Sie starrten einander an. Noker atmete schwer vor Erregung. Sie hatte wieder zu ihrem selbstsicheren und unnahbaren Ich zurückgefunden. Aber er glaubte zu bemerken, daß ihre Haltung jetzt eher abwesend als arrogant war.

»Goodbye!« sagte Gunvor MacKellogh.

38

Zögernd ergriff Anton Amundsen die Hand der Polizeichefin. Bei der von Odd Berg tat er so, als ob er sie nicht sähe. Er nickte nur.

»Setz dich, Cicero.« Der Chefredakteur zeigte auf einen freien Stuhl. Er war mit dem Kaffeeausschenken fertig und setzte sich hinter seinen Schreibtisch.

»Der Grund für den Besuch vom Osloer Polizeipräsidium ist unser heutiger Aufmacher. Sie haben gefragt, ob Sie ein paar Fragen bezüglich dieses Artikels stellen können, und ich sehe keinen Grund dafür, dem negativ gegenüberzustehen. Oder was meinst du, Cicero?«

»Vorläufig verstehe ich fast gar nichts, aber daran kann hoffentlich irgend jemand etwas ändern.«

Berg ergriff das Wort.

»Ich verstehe die Angst der Presse davor, daß die Polizei sich in den Journalismus einmischt. Daran haben wir überhaupt kein Interesse. Aber als Sicherheitsverantwortlicher für die Veranstaltung am Samstag wäre es geradezu fahrlässig, wenn ich nicht versuchte, die Schlagzeilen in ›Dagbladet‹ auf ihren Wahrheitsgehalt hin zu überprüfen.«

Cicero kommentierte die Äußerung mit einem schiefen Lächeln.

»Und weiter?« fragte er.

Berg warf einen unsicheren Blick auf den Chefredakteur, bevor er fortfuhr.

»Ja, das ist es, worüber wir ein wenig wissen wollen. Über den Wahrheitsgehalt.«

»Bullshit!« schleuderte Cicero dazwischen. »Die Leitung der Osloer Polizei ist nicht hierhergekommen, um mich sagen zu hören: ›Ja, es stimmt‹, um sich dann zu bedanken und zu gehen!«

Berg machte ein gekränktes Gesicht.

»Die Polizei hat schon längere Touren für weniger unternommen. Der Grund dafür, daß die Polizeichefin und ich hier sitzen, ist äußerst einfach. Wir beide tragen die oberste Verantwortung für die Sicherheit. Und in einer Angelegenheit wie dieser delegieren wir die Verantwortung nicht.«

»Spiel mit offenen Karten, Berg. Du willst den Namen und die Adresse der Quelle wissen. Oder?«

»Cicero!« Der Chefredakteur sagte nur dieses eine Wort. Den Rest sagte sein Blick. Die Polizeichefin drehte sich im Sessel, so daß sie Cicero weiter zugewandt saß.

»Möglicherweise ist das, was du sagst, unser Motiv. Aber es ist kein schlechtes Motiv – aus Sicht der Polizei. Wie ihr Journalisten zu antworten pflegt, wenn jemandem eure Anwesenheit mißfällt: ›Wir machen nur unseren Job!‹ Und in diesem Augenblick besteht unser Job vor allem darin, alles und jeden aufzuspüren und auszuschalten, der die Sicherheit der Gäste auf dem Friedensfest bedrohen könnte. Deshalb sitzen wir hier.«

Cicero zuckte resigniert mit den Schultern.

»Das ist ja wohl kaum zu fassen! Ich werde ins Büro meines Chefs gerufen – des Chefredakteurs von ›Dagbladet‹, um von der Polizei verhört zu werden!? Was zum Teufel geht hier eigentlich vor?«

Der Chefredakteur stand auf, ohne seine Lage im Raum nennenswert zu verändern.

»Niemand wird verhört. Erspare mir solchen Blödsinn. Und damit es klar ist – ich verstehe die Polizei. Genausogut, wie ich deine Aggression verstehe. Der Schutz der Informanten ist uns bei der Presse heilig. Aber trotzdem müssen vier erwachsene Menschen doch über die Angelegenheit reden können, ohne die einfachsten Anstandsregeln zu vergessen.«

Er setzte sich wieder und griff sich einen Kugelschreiber, um etwas zum Herumspielen in der Hand zu haben.

»Wenn ich dann weitermachen dürfte?« fragte die Polizeichefin. Der Chefredakteur nickte. Sie wandte sich wieder Cicero zu.

»Ihr Informant gehört zu einer exklusiven Gruppe. Er ist einer der sehr wenigen Norweger, der Ian MacKellogh von Angesicht zu Angesicht gegenübergestanden hat. Kellogh ist der Name des Mannes, um den es unseren Befürchtungen nach hier wahrscheinlich geht. Er wird auch der ›Eunuch‹ genannt, und er ist eine kalte und rücksichtslose Tötungsmaschine. Das einzige Bild, das wir von ihm haben, ist fünfzehn Jahre alt. Allein schon deshalb wäre es interessant, mit jemandem zu reden, der weiß, wie er heute aussieht.«

Sie lächelte Cicero zu. In dem Redaktionsbüro war es sehr still geworden.

»Klare Worte«, sagte der Chefredakteur.

»Sehr klar«, stimmte Cicero ein. »Wir sollen also den Informantenschutz aufgeben, um der Polizei die Möglichkeit zu geben, sich Lorbeeren zu verdienen!?«

»Ich könnte deine Wut verstehen«, warf Berg ein, »wenn es sich um einen Bankräuber handelte, nach dem wir dich ausquetschen wollten.«

»Haben Sie schon mal daran gedacht, daß Ihr Informant in Lebensgefahr sein könnte?« fragte die Polizeichefin.

»Ist das jetzt der neue Grund dafür, daß Sie hier sind?« fragte Cicero sarkastisch.

»Und es ist auch nicht ohne Risiko, bei so einer Sache den Boten zu spielen«, fuhr sie fort, unbeeindruckt von Ciceros hitzigem Engagement. Der Chefredakteur sah aus, als amüsiere er sich.

»Ich danke für die Fürsorge, die Sie meinen Mitarbeitern gegenüber zeigen, aber wir sind uns wohl darüber einig, daß wir die Angelegenheit nicht auf dieser Ebene diskutieren sollten. Um jetzt mal Klartext zu reden: Es ist klar, daß der Polizei nur geholfen wird, wenn ›Dagbladet‹ den Namen und die Adresse desjenigen angibt, der die Quelle für unseren Aufmacher gewesen ist. – Was für ›Dagbladet‹ natürlich so gut wie undenkbar ist.«

»Warum so gut wie?« kam es scharf von Cicero.

»All right«, sagte die Polizeichefin. »Jetzt haben wir Ihnen erzählt, womit wir es zu tun haben. Und sollte dem Eunuchen sein Vorhaben gelingen, dann verbitte ich es mir, daß ›Dagbladet‹ hinterher den Einsatz der Polizei bei der Sicherung des Arrangements in Frage stellt!«

Sie wandte sich dem Chefredakteur zu.

»Es gibt da noch etwas bei dem Eunuchen.« Berg hob die Hand, als bäte er ums Wort. »Er spricht und liest norwegisch, und er kennt sich gut in Oslo aus. Seine

Mutter kommt nämlich aus Smestad. Folglich sind die Nachrichtenmedien seine wichtigste Informationsquelle. Wenn es also stimmt, was Sie schreiben, dann weiß er jetzt, daß er erkannt ist. Das verschafft ihm einen Vorteil, genauso wie alle weiteren Informationen, die noch folgen. Der Eunuch ist der einzige, dem damit gedient ist, daß ›Dagbladet‹ über ihn schreibt.«

Cicero betrachtete Berg kopfschüttelnd.

»Ich glaube, ich traue meinen eigenen Ohren nicht: die Polizei wünscht Zensur! Darauf willst du also hinaus, Berg!?«

Berg schaute die Polizeichefin an. Sie standen auf.

»Weiter kommen wir wohl nicht?« sagte sie und knöpfte ihre Jacke zu.

»Nein! Jedenfalls nicht im Moment!« Der Chefredakteur umrundete seinen Schreibtisch und schüttelte ihnen zum Abschied die Hand. Dann begleitete er sie hinaus. Cicero blieb sitzen. Der Chefredakteur ging zurück zum Schreibtisch und setzte sich. Sie schwiegen ein paar Minuten. Dann seufzte der Chefredakteur laut und sprach über die Schreibtischplatte hinweg zu Cicero.

»Ich möchte den Namen dieses Informanten.«

»Auf keinen Fall!« antwortete Cicero.

39

Linnar startete den Wagen und manövrierte ihn aus der Parklücke.

»Die Tour war ein Schuß in den Ofen. Tut mir leid, Noker.«

Keiner von beiden hatte etwas gesagt, seit sie Gunvor MacKellogh und das elegante Steinhaus dreihundert

Meter hinter sich gelassen hatten. Noker schnallte sich an.

»Ein Schuß in den Ofen, Linnar? Abgesehen von diesem Hausbesuch eben haben wir es doch ganz gut gehabt, oder?«

»Da hast du auch wieder recht. Und deshalb schlage ich vor, daß wir jetzt ins Zentrum von Peel fahren. Da gibt es ein phantastisches Fischrestaurant – ›The Lively Lobster‹. Die Spezialität dort ist frisch gefangener und zubereiteter Hummer mit Tomatensoße. Was sagst du dazu?«

»Wenn wir nur rechtzeitig zum Flugzeug kommen.«

Linnar nahm seine Tätigkeit als Guide wieder auf.

»Auf der Isle of Man findet eines der berühmtesten Motorradrennen der Welt statt. Es führt einmal um die Insel, auf schmalen und kurvenreichen Wegen, von denen du ja schon einige kennst, und seine Beliebtheit liegt zum großen Teil daran, daß einige Teilnehmer nie das Ziel erreichen. Die schlimmste Unglückskurve grenzt direkt an einen Friedhof. Und genau dort stellen die Inselbewohner eine Zuschauertribüne auf – diese Bande!«

Sie lachten.

»Was war das vorhin, das ich nicht hören sollte?« Linnar sah von der Straße auf und zu Noker herüber.

»Was meinst du?«

»Das Gespräch mit Gunvor MacKellogh – auf norwegisch!«

»Ach das! Nein, das kann ich dir leider nicht sagen.« Noker setzte ein ernstes Gesicht auf und starrte geradeaus.

Linnar ließ seinen Blick weiterhin zwischen der Straße und Noker hin- und herpendeln.

»Ich dachte, du hättest mich gründlich überprüft.«

»Daß du eine weiße Weste hast, ist keine Garantie.«

»Die habe ich aber nicht. Du bluffst, Noker.«

»Ach ja? Also: Linnar Albyn Slouhn!? Geboren in Larne, 43 Jahre alt!? Du hast die Rangleiter der Partei Schritt für Schritt erklommen. Vor der Politik warst du Bürochef einer Bäckerei. Du hast in Frankreich Wirtschaftswissenschaften studiert und warst ein Jahr lang als Austauschstudent in den USA. Du hast die Sinn-Fein-Niederlassung in Washington aufgebaut, nachdem Clinton für euch die Arme ausgebreitet hatte. And that's it! Und wenn du mit ›keine weiße Weste‹ Bußgelder für Geschwindigkeitsüberschreitungen und ähnliches meinst – so etwas wird in dem Archiv, das ich benutze, nicht registriert. Im übrigen geben Nachforschungsakten selten Garantien vom Typ ›Auf diesen Kerl kann man sich verlassen‹!«

Linnar stieß einen anerkennenden Pfiff aus.

»Verdammt! Jetzt bin ich aber beeindruckt!«

»Obwohl ich dir aus beruflicher Sicht nicht trauen sollte – noch nicht, war das nicht der Grund dafür, daß ich mit Gunvor norwegisch gesprochen habe. Ich habe die Sprache rein automatisch gewechselt, und wahrscheinlich, weil ich mich geärgert habe und das starke Bedürfnis hatte, sie zu beschimpfen. Und das kann ich am besten auf norwegisch.«

Noker warf Linnar einen kurzen Blick zu. Der Ire konzentrierte sich auf ein Überholmanöver. Dann sagte er nachdenklich:

»Du mußt ihr ganz gut die Leviten gelesen haben.«

40

Der Chefredakteur saß auf dem Schreibtisch und ließ die Beine baumeln. Cicero hatte sich aufs Sofa gesetzt und den Kopf gegen die Lehne gelegt. Er starrte in die Luft.

Der Chefredakteur brach das Schweigen.

»Ich verstehe ja, daß du verärgert bist.«

»Mehr als das, ich bin schockiert!«

Er hob seinen Kopf.

»Du bittest mich darum, der Polizei einen Informanten zu verraten!?«

»Ich bitte dich darum, den Informanten zu fragen, ob er es sich vorstellen könnte, mit der Polizei zu sprechen – unter Gewährleistung seiner Anonymität. *Wir* können ein Treffen arrangieren. Die Polizei braucht ihn noch nicht einmal zu Gesicht zu bekommen. Ich bin davon überzeugt, daß die Polizeichefin eine solche Vorgehensweise akzeptiert.«

»Daß die Polizeichefin es akzeptiert?! Solltest du dich nicht vielmehr dafür interessieren, was ›Dagbladet‹ akzeptieren kann?! Es ist dir wohl klar, daß ich den Betriebsrat von diesem ›Treffen‹ unterrichten muß?«

»Selbstverständlich. Und dir ist es hoffentlich klar, daß wir beide ein verdammt großes Problem haben, falls es am Samstag knallt!«

»Du brauchst dich nicht mitschuldig zu machen.«

»Das bin ich automatisch, als Chefredakteur.«

»Sollte der Chefredakteur sich nicht für die weitere Verfolgung des Eunuchen-Falls engagieren, statt sich zum Zuhälter für die Osloer Polizei zu machen?«

Der Chefredakteur sprang vom Schreibtisch und stand mit einem Satz beim Sofa. Er preßte Cicero den Zeigefinger an die Nasenwurzel und blies ihm warmen Zigarettenatem ins Gesicht.

»Dieser Chefredakteur hat gelernt, daß Meinungsfreiheit und Pressefreiheit auch die Verantwortung beinhalten, etwas *nicht* zu drucken oder *nicht* zu äußern. Weder als Mitmensch noch als Journalist oder Betriebsleiter will ich daran beteiligt sein, wenn jemand buchstäblich über Leichen geht, um ›Dagbladet‹ besser zu verkaufen. Verstanden?«

Cicero rappelte sich auf.

»Fragt sich, ob die Direktion dich versteht. Terroristen verkaufen sich nun mal verdammt gut.«

Sie standen da und taxierten sich – wie zwei Ziegenböcke.

»Auf so einen Verkaufsschlager kann ich gut verzichten. Hätte ich das gewußt, was ich jetzt weiß, wäre dein Artikel nie in Druck gegangen! Wir haben dem Schuft wahrscheinlich einen großen Gefallen getan.«

Cicero machte auf dem Absatz kehrt und ging ohne ein Wort.

Eine halbe Stunde später reichte er seine Kündigung ein.

41

Jeje war unkonzentriert – das Zweitschlimmste, was einem Einbrecher passieren kann. Er fluchte stumm vor sich hin, während er das Gras beiseite harkte, um den Schraubenzieher wiederzufinden, den er verloren hatte. Er lag direkt an der Mauer. Er nahm eine Schnecke weg, die einen Meteor auf den Kopf bekommen hatte, und machte sich wieder an das Aufstemmen des Kellerfensters.

Es war ein einfacher Job. Reine Routinearbeit. Ein

einfacher Versicherungsbetrug. Das war zur Zeit Schæferns meistverkauftes Produkt. Immer mehr braven Bürgern öffneten sich die Augen für das Lukrative an einem Hauseinbruch, der kein Einbruch war, sondern ein geplanter und sicherer Schwindel. Alle würden glauben, es sei ein echter Einbruch – die Nachbarn, die Versicherung und die Polizei, falls sie sich die Mühe machte, zu kommen. Die Bewohner waren an dem Tag verreist, an einen Ort, an dem sie von vielen Leuten gesehen wurden. Und ohne Ausnahme waren sie zutiefst schockiert, wenn sie nach Hause kamen und entdeckten, daß wertvolle Kunstwerke und teure Uhren und Schmuck gestohlen waren. Unersetzliche Dinge, und die Erstattung von der Versicherungsgesellschaft konnte den Verlust nur in geringem Grad kompensieren. Dann verkaufte man die Gemälde oder hängte sie wieder auf. Und den Schmuck konnte man ja wieder aus dem Banksafe holen. Weder Nachbarn noch Freunde wußten, *welche* Ringe, Ketten und Armbänder gestohlen worden waren. »Nein, sieh doch nur, was sie dagelassen haben!« Außerdem war die Wahrscheinlichkeit groß, daß Nachbarn und Freunde den gleichen Schwindel selbst durchgeführt hatten und deshalb davon Abstand nahmen, dumme Fragen zu stellen.

Der Einbruch dieses Abends war von einem Ehepaar aus Jar bestellt worden. In diesem Augenblick saßen sie wahrscheinlich auf einem Ausflugsdampfer, oder sie verschafften sich in London ihr Alibi. Auch Jeje hätte lieber woanders sein sollen, so unvorsichtig, wie er war. Aber jetzt war es zu spät, einen Rückzieher zu machen.

Er hatte eine zwar nicht vertragliche, aber doch feste Absprache mit Schæfern darüber, daß er bei dieser Art Job nicht über Alarmanlagen informiert würde. Man hatte doch Berufsstolz.

Jetzt hätte dieser Stolz ihm beinahe das Genick gebrochen. Um ein Haar wäre er direkt in den Flur gelaufen – und in die Alarmfalle. Er stand ganz oben auf der Kellertreppe und wollte gerade den Flur betreten. Glücklicherweise öffnete die Tür, zur Kellertreppe hin – ein unverdienter Bonus für einen unachtsamen Einbrecher. Er wußte nicht, welcher Überwachungsfirma er für die Hilfe danken sollte. Die Alarmanlage war darauf eingestellt worden, Bewegungen einer Tür aufzufangen, die nach innen, zum Flur hin, geöffnet wurde. Aber derjenige, der die Alarmanlage montiert hatte, hatte sich nicht die Mühe gemacht zu überprüfen, ob die Tür zur richtigen Seite öffnete. Jeje schüttelte fassungslos den Kopf und studierte die Sensoren. Sie waren ziemlich weit unten an der Wand montiert. Er konnte kein Licht sehen, das ihm anzeigte, daß die Sensoren aktiv waren. Aber er riskierte nichts und schritt hoch über die Ebene hinweg, in der die Strahlen eventuell verliefen. Plötzlich wußte er, welchen Alternativberuf er ausüben konnte: Alarmanlagenspezialist. »Ihre Alarmanlage ist herausgeschmissenes Geld, gnä' Frau, solange ihre Kellertür nicht zum Flur hin öffnet. Das macht fünfhundert Kronen, vielen Dank!«

Er fand die Schalttafel der Alarmanlage bei der Eingangstür. Sie war abgeschaltet. Jeje mußte unbedingt Schæfern fragen, ob er dafür gesorgt hatte, daß ihm die Hindernisse aus dem Weg geräumt wurden.

Er inspizierte das Erdgeschoß und entdeckte bald, daß er sich in einem ansehnlichen Anwesen befand. Schwarz lackierte Wände im Wohnzimmer, eine Bar aus gebürstetem Aluminium und Spiegeln, und an den Wänden dreidimensionale Bilder. Kein Wunder, daß wir in der Selbstmordstatistik ganz oben liegen, dachte Jeje – und sah plötzlich ›Dagbladet‹ aufgeschlagen auf dem Tresen liegen.

Als ihm die Riesenlettern beim Bäcker vom Zeitungsständer entgegengeschrien hatten, war er zunächst schockiert gewesen. Daran bin ich schuld, hatte er gedacht. Aber dann hatte er angefangen, an der Wirkung zu zweifeln. War ein Aufmacher in ›Dagbladet‹ genug, um den Iren zu stoppen? Um sein Vorhaben zu vereiteln?

Ein weiteres Unruhemoment war mit Diana aufgetaucht, als sie von der Arbeit kam. Normalerweise war sie nach einem langen Tag erschöpft und klagte über Schmerzen im Rücken und in den Beinen und über Kopfschmerzen. Und nicht selten bekam sie eine Massage von Jeje – so weit, so gut. Aber heute hatte sie gelächelt und ihm erzählt, daß sie am Samstag auf der Königlichen Yacht arbeiten solle. »Sie waren so süß zu mir, Jeje. Alle haben sich die Finger danach geleckt, mit auf diese Tour zu kommen, und dann sagen sie zu mir: ›Du sollst mitfahren, Diana, das wird eine Erinnerung fürs Leben.‹«

Er hatte sie geistesabwesend geküßt.

»Carl I. Hagen hat recht, Jeje – Einwanderer haben es gut in Norwegen.«

Aber Jeje gefiel der Gedanke gar nicht. Er wollte Diana nicht im Zentrum der Ereignisse sehen.

Er zwang sich, seinen Blick von der Zeitung zu lösen, und ging zur Treppe, die in den ersten Stock hinaufführte. Er kam an das Ende eines langen Ganges, wo die Türen so eng nebeneinander standen wie die Bretter in einem Lattenzaun. Er inspizierte das Badezimmer und dann noch ein Badezimmer, und dann ein typisches Teenagerzimmer. Er hatte gerade die Tür zu einem weiteren Schlafzimmer geöffnet, als er das Geräusch hörte. Er schlüpfte rasch in das Zimmer, schloß die Tür bis auf einen Spalt und versuchte herauszufinden, wo das Geräusch herkam und was für ein Geräusch das war.

Letzteres war leichter. Es handelte sich um Gelächter. Da lachte jemand. Und wenn sein Gehör durch das Geheule des Wollknäuels nicht ganz zerstört war, dann kam das Gelächter aus dem Zimmer am Ende des Korridors.

Es stimmte. Je weiter er den Korridor entlangging, desto besser hörte er das Lachen. Ein wieherndes Männerlachen, das kam und ging. Plötzlich schlug in seinen Kopf ein Blitz ein: IRA! Der Ire hatte seinen alten Kontaktmann, Schæfern, ausfindig gemacht und ihn gezwungen, ihm den Namen desjenigen zu verraten, der für die beiden Waffeneinbrüche verantwortlich gewesen war. Schæfern hatte alles verraten – seinen Namen und daß Jeje heute abend einen Auftrag erledigte – und war dann getötet worden. Und jetzt war Jeje dran.

»Lauf die Treppe runter und dann nichts wie raus!« kommandierte sein Gehirn, aber er gehorchte nicht. Er drückte sich nur noch enger an die Wand.

»Wir sind hier!« rief eine Frauenstimme. Der Mann lachte wieder.

»Was zum Teufel ...?« dachte Jeje. »Hat Cäsar mich mit Tollwut angesteckt?«

»Wir sind hier«, wiederholte die Frau. Diesmal lauter.

»Ha, ha«, lachte der Mann.

Jeje sah sich um. Das Geräusch kam von dort, wo er das größte Schlafzimmer vermutete. Er untersuchte den Türschlitz. Verdammt, da drinnen brannte Licht. Ein schlechter Tag. So etwas hätte er feststellen müssen, bevor er sich dem Kellerfenster genähert hatte.

Er hörte Gekicher und noch mehr Gelächter. Feierten sie ein Fest da drinnen? Dann wurde die Tür aufgerissen, und Jeje stand von Angesicht zu Körper einer nackten Frau gegenüber.

»Komm schon herein!« Sie drehte sich um und verschwand in dem Zimmer. Jeje näherte sich zögernd. Er steckte den Kopf herein. Die Frau hatte sich auf das Bett gelegt, rücklings – und ihr Körper ergoß sich über das silbergraue Satinlaken.

»Wir sind soweit«, sagte ein ebenso nackter Mann, der in einem Schaukelstuhl rechts von der Tür saß. Er hatte eine Videokamera im Schoß. »Steh nicht in der Tür – steh hier drinnen«, sagte er und lachte.

»Dieser hier ist kräftiger als der vorige«, sagte die Frau. Sie hatte sich auf die Seite gelegt und musterte Jeje.

»Ja, dein Chef verkauft gute Ware«, sagte der Mann. Und lachte.

»Was zum Teufel wird das hier?« fragte Jeje – und wußte die Antwort, noch bevor er die Frage ausgesprochen hatte.

Es war natürlich Schæferns Dank für neulich. Für die »Kirchenasylverweigerung«. Jeje fühlte, wie die Demütigung sich in jeder Ecke und jedem Winkel seines Körpers breitmachte.

»Leck mich doch ...«, murmelte er – und rannte aus dem Schlafzimmer. Zur lautstarken Überraschung des Paares.

Als er die Treppe zur Halle erreichte, hörte er Schritte hinter sich. Es war der Mann – er wirkte erregt, hier wie dort. Er blieb stehen, als die Fehllieferung von Schæfern sich umdrehte und auf ihn zeigte.

Jeje nahm die Treppe in drei Sätzen. Er blieb im Flur stehen und riß die Schalttafel der Alarmanlage heraus, dann wirbelte er durch die Haustür hinaus. Sie war nicht abgeschlossen. Bevor sie wieder zuschlug, hörte er den Mann noch rufen:

»Ich will mein Geld zurück!«

»Wenn du Glück hast, kommt irgendein geiler Wachmann von Securitas«, dachte Jeje und merkte, daß seine schlimmste Wut verflogen war.

Er mußte kleine Steinchen gegen das Fenster werfen, um Diana zu wecken. Wie immer vor einem Einbruch hatte er seine Taschen von persönlichen Dingen geleert, darunter auch die Hausschlüssel für die Haxthausens Gate. Und er konnte sich nicht erinnern, wohin er sie gelegt hatte.

In zwei Wohnungen wurde es hell, ehe Diana sich zeigte.

42

Er hatte den Schweden in Bangkok gefunden, auf dem größten Sex-Supermarkt der Welt, Patpong. Der Schwede hatte auf einem Barhocker gesessen – die Arme um zwei junge Kerle geschlungen. Es hätte so aussehen können, als stützte er sich auf sie, sinnlos betrunken, wie er war. Aber für jemanden, der Schwedisch verstand, bestand kein Zweifel darüber, warum er seine beiden frisch eingekauften Freunde umarmte.

Er konnte sich nicht mehr daran erinnern, was seine Aufmerksamkeit zuerst erregt hatte, die lautstarken Sexvertraulichkeiten gegenüber dem Schweden oder die Haarfarbe. Aber er hatte sofort gespürt, daß der Schwede eine wichtige Bekanntschaft werden könnte.

Er hatte ihn zum Hotel begleitet und dafür gesorgt, daß er nüchtern wurde. Am nächsten Tag hatten sie sich in Patpong amüsiert – und dabei unter anderem Mädchen gesehen, die Tischtennisbälle ins Publikum schossen, mit ihrer Scheide als Abschußrampe. Eine von ihnen hatte mit Bananen geladen – zur großen Begeisterung einer kleinen Kolonie Norweger, die auf den Stühlen standen und brüllten, daß sie befruchtet werden wollten. Die Aufschrift ihrer T-Shirts verkündete, daß sie Fluglotsen auf Fortbildungsreise waren.

Der Schwede hatte ihm anvertraut, daß er von Dienstleistungen lebte, welche ein weites Register aufwiesen, von Sex bis zu Inkassomaßnahmen. Später am Tag hatte der Schwede versucht, ihn anzufassen, und da hatte er eine Grenze gezogen, die bei dem Schweden jegliche Farbe aus dem Gesicht verschwinden ließ. Er hatte ihm klargemacht, daß er gerne eine geschäftsmäßige und freundschaftliche Beziehung aufbauen wollte, daß sexuelle Annäherungen aber tabu waren. Er hatte Wort gehalten und den Schweden für verschiedene Nebentätigkeiten in Verbindung mit Waffendiebstählen in Norwegen engagiert. Und er hatte ihn großzügig entlohnt. Sie hatten auch eine Art Freundschaft aufgebaut. Aus seiner Sicht war das Verschwendung, während der Schwede sich – aus welchem Grund auch immer – in der Beziehung offensichtlich wohlfühlte. Ab und zu machte er den Schweden betrunken, um herauszubekommen, ob er Geheimnisse vor ihm hatte und um zu testen, ob er vergessen hatte, wo die Grenze verlief. Aber alles deutete darauf hin, daß der Schwede ein ergebener Freund und Kollege war – der bezüglich sexueller Belästigungen seine Lektion gelernt hatte.

Trotzdem mußte er sterben.

Sie legten ungeniert in einer Bucht in einem nach außen fast ganz abgeschlossenen Fjord an. Er hatte keine Eile und beschloß, dem Schweden einen letzten Rausch zu gönnen. Sie tranken Bier. Der Schwede half mit Aquavit nach. Um Mitternacht herum war er voll.

»Weißt du was?« nuschelte er.

»Nein.«

»Olof Palme war schwul!«

»Aha.«

»Und das hat ihn das Leben gekostet.«

»Er wurde doch erschossen!«

»Das sag ich doch, verdammt.«

»Aber schwul? Er war doch verheiratet und hatte zwei Kinder.«

»Als ob das eine große Leistung wäre! Man braucht nicht viel zu tun, damit Kinder dabei herauskommen. Die meisten homosexuellen Männer verstecken sich hinter einer Frau.«

»Aber was hat das damit zu tun, daß Palme erschossen wurde?«

»Ich bin nicht der Meinung, daß Leute, die andersrum sind, mit einem Schild um den Hals herumlaufen sollten, auf dem steht: ›Hallo du da, ich bin schwul!‹ Aber das Gegenteil sollte man auch nicht tun, und genau das hat Palme getan.«

»Was hat er getan?«

»Hör doch mal zu! Er war so besonders darum bemüht, zu zeigen, daß er *nicht* schwul war. All diese prominenten Frauen, die er gefickt hat. Klar provozierte das!«

»Provozierte wen?«

»Wen? Weiß der Teufel! Aber einer muß sich ganz besonders aufgeregt haben, denke ich mir. Also, wie viele Prominente geben es geradeheraus zu, daß sie schwul sind? Daß sie *stolz* darauf sind, schwul zu sein? Keiner! Wundert es da noch, daß die Leute glauben, Homosexualität sei ein Klassenproblem?«

»Du glaubst also, der Palmemord war ein Schwulenmord?«

»Einer, der wirklich wütend war, hat ihn erschossen. PENG! No more Palme.«

Gegen halb eins schlug er den Schweden mit einem Nackenschlag bewußtlos.

43

Freitag

Das »Postcafé« ist eine der wenigen Eckkneipen, die nicht »populär« geworden sind. Von feuchtkalten verbalen Umarmungen irgendwelcher Szeneschriftsteller ist es aufgrund seiner Lage glücklich verschont geblieben. Das »Postcafé« liegt in der Skippergate, und für Trendjäger ist die Skippergate kein übliches Jagdterrain.

Folglich sieht man die geistige Elite aus dem Bogstadvei nur selten im »Postcafé«. Aber trotzdem ist es gut besucht – hauptsächlich von treuen und unkomplizierten Voll- oder Teilzeittrinkern und eher sporadisch auftauchenden Leuten, die ihren Kater auskurieren und sowohl zum Nahen als auch zum Fernen Osten ein entspanntes Verhältnis haben.

Es war Jahre her, daß Anton Amundsen zuletzt im »Postcafé« war, und genauso lange war es her, daß er den Tag mit einem halben Liter Bier begonnen hatte.

Er hatte fast die ganze Nacht hindurch getrunken. Und als er gegen acht Uhr aufgewacht war – immer noch betrunken –, war er bei ›Dagbladet‹ hereingetorkelt und geradewegs ins Büro des Chefredakteurs gegangen, dem er erzählt hatte, was für ein ausgemachter Drecksack und was für eine Enttäuschung er war.

Wenn er sich darüber nicht im klaren wäre, hatte Cicero gesagt, dann könne er ihn darüber aufklären, daß seine Feigheit geradezu historisch sei.

»Die Male, die die norwegische Presse mit der Obrigkeit herumgehurt hat, kann man an einer Hand abzählen – wenn wir mal vom Krieg absehen!«

Der Chefredakteur hatte dagesessen und zugehört.

»Man ist feige genug gewesen, die Seitensprünge von zwei oder drei führenden Gestalten des öffentlichen Lebens zu verschweigen – und jetzt diese Sache hier! Willkommen im Club!«

Steifen Schritts hatte Anton Amundsen das Büro des Chefredakteurs verlassen und sein eigenes aufgesucht. Um es zu räumen.

Er hatte die Zeitungen des Tages und die Post zusammengesammelt – und festgestellt, daß es nicht viel mehr mitzunehmen gab.

»Zwanzig Jahre habe ich hier gearbeitet«, hatte er gedacht, »und dann kann ich alles, was es wert ist, mitgenommen zu werden, in der Innentasche meiner Jacke unterbringen?«

Daraufhin hatte er beschlossen, ins »Postcafé« zu gehen.

»Hier sitzt du also!«

Cicero blickte von seinem Bierdeckel auf. Es war der Chefredakteur. Sie sahen sich an, lange. Dann nahm Cicero das Studium des Pappdeckels wieder auf, der die Fußabdrücke von seinen drei halben Litern trug. Der Redakteur ließ sich ihm gegenüber auf einen Stuhl gleiten. Mit einer Handbewegung wimmelte er eine Serviererin ab, die auf dem Weg zu ihrem Tisch war.

»Fristlos zu gehen ist eine Sonderbehandlung, die der Betrieb dir einräumen kann, ein Recht hast du darauf aber nicht. Auch daß du verärgert bist und im Zorn gekündigt hast, nützt da nichts. Wenn du uns entgehen willst, dann mußt du dir für die Zeit der Kündigungsfrist eine Krankmeldung verschaffen – und solange die nicht vorliegt, hast du auf deinem Posten zu erscheinen.«

»Geh doch zum Teufel!«

Cicero merkte, daß er provoziert wurde. Das Schwein

saß grinsend da und genoß seine Macht. War er imstande, dem Chefredakteur eine zu verpassen, ihm die Faust mitten in seine selbstzufriedene Fresse zu rammen? Er war sich nicht ganz sicher.

»Komm nach einem halben Liter wieder. Dann verpaß ich dir eine!«

»Sie haben ihn gefunden, Cicero.«

Die Worte drangen durch den Alkoholnebel, aber es dauerte eine Weile, bis er ihre Bedeutung verstand. Er hob wieder den Kopf – und starrte vor sich hin.

»Sie haben den Eunuchen gefunden. Tot! Und es ist deine Story, Cicero.«

44

Das Bett war voller Krümel. Und wenn es etwas gab, das Jeje haßte, dann war es, durch den »Wasa«-Konzern abgelenkt zu werden, wenn er mit Diana Munkebjerg beschäftigt war. Je intensiver die Aktivität im Bett wurde, desto aufdringlicher wurde die Anwesenheit der Knäckebrotkrümel. Durch eine mentale Kraftanstrengung gelang es Jeje, seine ganze Aufmerksamkeit und Konzentration einem dänischen Exportartikel zu widmen – und einen schwedischen auszuschalten. Und er stand das Rennen durch.

Hinterher lagen sie schweigend da und sahen an die Decke. Diana hatte an diesem Freitag frei, wovon Jeje erst erfuhr, als er sie gegen halb acht wachrüttelte. Sie hatte frei, weil sie am Samstag arbeiten sollte. Auf der Königlichen Yacht. Hatte er das vergessen?

Vergessen? Er dachte an nichts anderes. Aber er durfte Diana nicht in seine Angst einbeziehen. Statt dessen hatte er keck verkündet, daß auch er sich den Freitag freinehmen würde, wenn das Schloß so frech war, ihn am Samstag um die Gemütlichkeit zu bringen.

Diana warf sich über ihn und bedeckte sein Gesicht mit schmatzenden Küssen. Dann ging sie los, um Kaffee und die ›Aftenposten‹ zu holen. Die Zeitung war ein Geschenk. Der Vermieter hatte das Abonnement abbestellt, aber trotzdem lag die Zeitung jeden Morgen auf der Fußmatte. Jeje hatte damit gescherzt, daß sie klagen sollte, wenn sie eines Morgens nicht mehr kommen sollte.

Sobald Diana aus dem Zimmer war, warf Jeje das Wollknäuel aus dem Bett, das sofort zu heulen begann. Jeje schaltete den Radiowecker ein, in der Hoffnung, Cäsar zu übertönen.

Der Ire war tot, hörte er. Bei einem Bootsunfall im Bunnefjord umgekommen. Sein Name war Ian MacKellogh, er war ein gefürchteter IRA-Terrorist. Er wurde meist der »Eunuch« genannt, berichtete der Radiosprecher.

Die Polizei verlautbarte, daß kein Zweifel daran bestand, daß Kellogh einen Anschlag auf das Friedensfest geplant hatte. Auf einem in Schweden gemieteten Boot der Marke Princess hatte man Waffen, Munition und Sprengstoff gefunden.

Die Sendung rauschte weiter, mit Kommentaren, Details und Interviews. Jeje war abgeschweift. In seinem Kopf schwirrte eine unbeantwortete Frage herum. Was war mit dem Schweden? Sie waren zu zweit an Bord gewesen, aber davon wußten die Medien offenbar nichts. Hielt die Polizei diese Information zurück? Oder war es ein uninteressantes Detail? Vielleicht saß der Schwede schon im Gefängnis. Aber was, wenn nicht? Dann war die Gefahr noch nicht vorbei. Es wurde Jeje klar, daß er sich noch einmal mit dem Journalisten Anton Amundsen in Verbindung setzen mußte.

Als Diana mit dem Frühstückstablett ins Zimmer kam, war Jeje fast fertig angezogen. Bevor sie ihr Erstaunen ausdrücken konnte, kam die Überraschung Nummer zwei.

»Ich gehe nur mal kurz mit Cäsar vor die Tür – der Ärmste sieht aus, als ob er gleich platzt.«

»Ist Herrchen nicht lieb zu dir, Cäsar?« sagte Diana.

Der Journalist Anton Amundsen sei dienstlich außer Haus, sagte die Dame in der Vermittlung, aber sie könne eine Nachricht entgegennehmen.

»Ich rufe später wieder an«, sagte Jeje.

Cäsar hatte die Zeit dazu genutzt, sich vor der Telefonzelle zu erleichtern – direkt vor der Tür. Jeje machte die Leine vom Türgriff los und zog Cäsar hinter sich her. Aber er war nicht schnell genug. Ein Mann rief ihm hinterher und zeigte mit zitterndem Regenschirm auf den Hundehaufen.

»Ich hoffe, Sie haben eine Tüte dabei!«

Zwei weitere, ältere Fußgänger schlossen sich dem Regenschirmmann an, und einer von ihnen schlug die unendliche Geschichte von bösen Hundebesitzern an, die keine Tüte dabeihatten, und von Hundehaufen, die sich vor Türen und auf Bürgersteigen aufhäuften und als braune Frühjahrslawinen auseinanderzulaufen drohten.

Es wurde schlagartig still, als Jeje sich die rechte Socke auszog und Cäsars Hinterlassenschaften damit aufsammelte.

45

Ciceros Magen drehte sich um, und die ganze Investition aus dem »Postcafé« ging in den Abfluß. Oder genauer gesagt, in die Toilette des neuen Schnellboots der Hafenpolizei.

Der Eunuch hatte deutliche Spuren hinterlassen – auf dem Schlauchboot, an dem Tauwerk und an den Ufersteinen. Die Polizei hatte eine Persenning ausgebreitet, um die Möwen von dem kalten Buffet am Spülsaum fernzuhalten. Fünfzig Meter vom Ufer entfernt lag die Motorjacht vor Anker. Dünner, grauer Rauch stieg von ihr auf. Das Feuer war gelöscht, aber es hatte aus dem flotten Fahrzeug ein Wrack gemacht. Die Aufbauten lagen mit gebrochenem Rückgrat traurig auf dem Rumpf.

»Was hier passiert ist, ist ...«

Berg sah Cicero an, als wolle er sich versichern, ob er Stift und Block parat hätte. Keiner von ihnen hatte es als merkwürdig kommentiert, daß ›Dagbladet‹ das einzige Nachrichtenorgan am Ort des Geschehens war.

»Also, hier ist folgendes passiert: An Bord ist Feuer ausgebrochen. Es ist ihm nicht gelungen, es zu löschen, und schließlich ist er von den Flammen und der Hitze über Bord getrieben worden. In der Eile oder im Chaos oder wie auch immer – panisch ist er wohl kaum geworden – ist ihm das Tau in den Propeller des Zodiacks geraten, und der Motor ist stehengeblieben.«

Cicero erriet, daß Zodiack ein Fachbegriff für Schlauchboot sein mußte.

»Es ist ihm sicher verdammt heiß um die Ohren geworden, und er ist hektisch geworden –, und dann ist er ins Wasser gesprungen und hat versucht, das Tau von dem Propeller zu lösen. Als ihm das gelungen war, ist der Propeller wieder angefangen zu laufen. Und zwar im Rückwärtsgang, mit voller Fahrt. Und so wurde er in kleine Stücke zermahlen. Der reinste Fleischwolf. Er hatte vergessen, den Motor abzustellen, bevor er den Propeller gereinigt hat. Das war der Fehler, der dem Eunuchen das Genick gebrochen hat.«

Cicero betrachtete den Außenbordmotor, der vor ihnen auf dem Deck lag. Die metallic-graue Propellerachse war mit einer zähen Masse überzogen.

»Gewebereste«, erklärte Berg. Unter der Persenning und unter dem Zodiack ist noch mehr davon. Aber vielleicht ist das nicht so wichtig?«

Cicero antwortete, indem er sich abwandte. Berg tat es ihm nach.

»Er hat maximales Unglück gehabt. Der Zodiack hat ja diese beiden Schwimmer, die hinten an beiden Seiten überstehen. Und mit dem Motor im Rückwärtsgang werden sie zur reinsten Mausefalle. Er hatte keine Chance.«

Berg wippte in reinster Polizistenfreude auf den Zehen auf und ab – oder schaukelte das Boot? Cicero war sich nicht sicher, aber auf jeden Fall waren es Bewegungen, die einen unangenehmen Einfluß auf sein Allgemeinbefinden ausübten.

»Und die Leiche?« fragte er.

»Das, was davon übrig ist, ist im Kühlhaus. Zumindest waren da ein paar rote Haare.« Berg lächelte aufmunternd.

46

In Kopenhagen wechselte er das Flugzeug und die Kleidung. Von SAS zur Lufthansa, von Jeans zum Kilt. Die »S/S Norway« lag in Hamburg, und es war an der Zeit, wieder zum Schotten zu werden.

Er stellte fest, daß das Leben eine zusammenhängende Kette von Überraschungen war. Genausowenig, wie er geglaubt hatte, daß die Kollaborateure es wagen würden, in ihrer Anbiederung an den Feind bis zum Äußersten zu gehen, genausowenig hatte er damit gerechnet, wieder auf die »S/S Norway« zurückzukehren. Ohne das eine mit dem anderen zu vergleichen, natürlich. Aber ein Zusammenhang bestand! Das zweite war eine Konsequenz aus dem ersten.

Es würde natürlich eine gewisse Aufmerksamkeit erwecken, wenn er wieder auf das Schiff zurückkehrte, aber er befürchtete keine größeren Reaktionen. Irgendwie war es ethnisch richtig, daß ein Schotte nicht so leicht hergab, was er einmal bezahlt hatte.

Die Reederei verzeichnete eine große Nachfrage von Leuten, die das historische Treffen im Oslofjord miterleben wollten, hatte man ihm mitgeteilt, als er anrief, um seine Ankunft zu melden. Aber glücklicherweise stand seine Suite leer und wartete auf ihn.

Er stellte die Rückenlehne zurück, ging in die Horizontale und schloß die Augen. Ein starkes Gefühl des Wohlbehagens durchströmte ihn. Es lud ihn auf – positiv – und vibrierte gegen die Grundmauern des Verlorenen. Ein seltenes Gefühl. Und diesmal hatte er es dem Schweden zu verdanken. Nachdem er ihn ohnmächtig geschlagen hatte, hatte er das Boot in den Bunnefjord gebracht. Er brauchte leicht abfallenden Grund und hatte eine ideale Stelle gefunden – beinahe ohne zu suchen. Die nächsten beleuchteten Fenster waren weit genug entfernt, und selbst wenn jemand das Motorgeräusch hören sollte, war das kein Geräusch, das die Leute in dieser Gegend auf den Balkon hinaustrieb.

Es hatte ihm wirklich Lust bereitet, den Schweden so zu bearbeiten. Besonders am Anfang, als er merkte, wie der Körper auf die Hiebe des Propellers reagierte. Obwohl der Schwede ohnmächtig war, hatten die Muskeln gegen die Behandlung protestiert. Vielleicht war er geweckt worden und war für eine oder zwei Sekunden Zeuge geworden. Man durfte ja hoffen. Es war von entscheidender Bedeutung, daß er noch lebte, wenn der Propeller ihn das erste Mal traf – es wäre zu dumm, wenn ein Gerichtsmediziner entdecken würde, daß er tot war, *bevor* sich der Unfall ereignet hatte.

Er hatte eine merkwürdige Form von Feierlichkeit verspürt, als er hinter dem Zodiack stand und den Schweden in Stücke zermalmte. Er hatte das Gefühl, ihn nach seinem Bild zu formen, eine neue Ausgabe von sich selbst zu erschaffen. Eine tote, allerdings. Aber bedeutungsvoll war es dennoch.

Er überlegte, ob man es bemerkt hätte, wenn er die »S/S Norway« verlassen hätte, ohne Bescheid zu sagen. Auf einem Kreuzfahrtschiff mit fast zweitausend Passagieren herrscht immer ein gewisser romantischer Verkehr zwischen den Kabinennummern. Niemand schlägt Alarm, wenn ein Bett ein oder zwei Nächte unbenutzt ist. Das bedeutet nur, daß ein anderes Bett entsprechend heftiger benutzt wird.

Aber bei der Fracht, die die »S/S Norway« auf dem Weg über die Nordsee geladen hatte, war die Mannschaft sicher mehr auf der Hut. Denn wenn bleiche englische Pensionäre ein anderes Bett als das eigene aufsuchen, dann ist die Erklärung dafür nicht Sexualität, sondern Senilität.

Der Schatten eines Lächelns fing sich auf seinen Lippen.

Eine weitere interessante Frage war die, ob er die Tür zu seiner Kabine aufbekommen würde – wegen all der Zettel, die da lagen und auf ihn warteten.

Es war Freitag, und er hatte nur noch einen Tag. Er hielt direkten Kurs auf sein Ziel.

Und auf Gill!

Die Pläne des Majors schlossen ein Leben nach dem Tod nicht aus. Und sollte er den Einsatz für die »Sache« überleben, dann würde er sich unmittelbar auf das nächste Projekt stürzen.

Gill, Gill, Gill!

47

Der Journalist Anton Amundsen antwortete beim dritten Versuch. Diana war beim Friseur, und Jeje ergriff die Gelegenheit, aus aus der Haxthausens Gate anzurufen.

»Ich hatte wegen des Iren angerufen!«

»Ach ja! Der ist jetzt tot. Sie haben es mitbekommen?«

»Ich habe es gehört – aber ich habe meine Zweifel.«

Amundsen lachte.

»Die hätten Sie nicht, wenn Sie gesehen hätten, was ich gesehen habe. Er ist durch eine Mühle gegangen – von einer Schiffsschraube umgebracht.«

»*Einer* wurde von der Schraube umgebracht«, sagte Jeje.

»Und das heißt?« fragte Amundsen.

»Sie waren zu zweit. Neben dem Iren war noch ein Schwede an Bord, auch mit roten Haaren.«

Auf der anderen Seite wurde es still.

»Zwei Rothaarige?!«

»Zwei Rothaarige. Entweder ist der andere auch tot, aber nicht gefunden worden, oder er ist entkommen.«

»Nur einer ist umgekommen.«

»Dann ist der Ire auf freiem Fuß.«

»Wissen Sie, was Sie da sagen?«

»Wissen Sie hundertprozentig, daß der Tote der Ire ist?«

»Wer zum Teufel sollte es sonst sein?«

»Es waren zwei, habe ich doch gesagt. Und der Schwede war nicht der Typ, der den Iren überlebt.«

Erneutes Schweigen.

»Verdammt! Wenn das wahr ist ... – Das erklärt das Hackfleisch.«

Jeje hörte, daß Amundsen einen großen Schluck von irgend etwas nahm.

»Da Sie nun das zweite Mal anrufen, gehe ich davon aus, daß Sie sich der Größe der Sache bewußt sind. Dann sollten Sie mir auch erzählen können, ob Sie den Iren beruflich getroffen haben.«

»Das kann man so sagen.«

»Und Sie persönlich haben ihn erkannt?«

»Kann man so sagen.«

»Was halten Sie von dem tödlichen Unfall im Bunnefjord?«

»Ich glaube, daß der Ire den Schweden umgebracht und die Leiche verstümmelt hat, damit man glauben sollte, es handele sich um ihn. Sie haben ja heute geschrieben, warum er der ›Eunuch‹ genannt wird ... wurde.«

»Was für ein Schweinehund! Entschuldigen Sie den Ausdruck. Nimmt sich selbst das Leben, aber nur in übertragener Bedeutung. Er lebt weiter und kann seinen Auftritt am Samstag in Ruhe vorbereiten.«

»Sie müssen sofort die Polizei benachrichtigen. Sie können nicht bis morgen darüber brüten, um daraus eine Story zu machen.«

»Hören Sie mir jetzt bitte mal gut zu. Ich weiß, daß Sie ein Krimineller sind und daher nicht öffentlich auftreten können. Aber genau das müssen Sie jetzt trotzdem tun.«

»Ich gehe nicht zu den Bullen.«

»Die Polizei hat kein Interesse an Ihnen. Sie sind ein viel zu kleiner Fisch für die Maschenweite, mit der sie jetzt arbeiten. Auf der Jagd nach dem Eunuchen werden die sich nicht durch einen Kunden ablenken lassen, der maximal sechs Monate bekommt. Sie müssen mir vertrauen. Wie kann ich Sie nennen?«

»Jørgen.«

»O. k., Jørgen. In dieser Angelegenheit müssen wir beide ein paar Kröten schlucken. Wir dürfen nicht an Stolz und Prinzipien denken, sonst wird es ein blutiger Samstag.«

»Ich riskiere mehr als meinen Stolz.«

»Tun Sie nicht! Ich garantiere Ihnen volle Anonymität. ›Dagbladet‹ garantiert Ihnen Freiheit und Gleichheit und Brüderlichkeit und alles, was Sie wollen. Ich möchte, daß Sie mich in einer halben Stunde anrufen. Dann wird die Polizei hiersein. Und der Chefredakteur von ›Dagbladet‹. Rufen Sie die Vermittlung an und fragen Sie nach mir.«

»Können Sie das, was ich Ihnen erzählt habe, nicht weitervermitteln?«

»Hier geht es jetzt darum, die Polizei zum Umkehren zu bewegen. Sie sind fest davon überzeugt, daß der Eunuch in die ewigen Jagdgründe eingegangen ist. Dieser Glaube ist bequem für die Polizei, und ich befürchte sehr, daß einiges dazugehört, um sie auf andere Gedanken zu bringen. Das können nur Sie. Sie können sie dazu bringen, ihre Meinung zu ändern. Nicht ich.«

»O. k. Aber ich brauche mehr als eine halbe Stunde. Ich muß den Ort wechseln – zu einem anderen Telefon.«

48

Noker riß die Tür des Taxis auf und zerrte Linnar Slouhn förmlich aus dem Wagen.

»Schön, daß du kommen konntest, Linnar! Hierher! Wir schaffen noch ein Abschiedspils!«

Noker ging voraus und bahnte einen Weg durch den Heringsstrom auf dem Flughafen Fornebu. Sein Ziel war der Pub direkt neben dem SAS-Schalter. Keiner von beiden machte den Versuch, auf dem Weg etwas zu sagen. Der Pub war gerammelt voll – mit Ausnahme eines freien Tischs. Noker eroberte ihn mit dem Stolz eines Polarfahrers.

»Dürfen wir hier rauchen?«

»Weißt du was, Linnar? Heute pfeifen wir drauf. Wir tun es einfach. Und wenn die Polizei kommt und uns festnimmt, kann Berg uns sicher herausreden.«

Noker bestellte mit den Fingern zwei Pils.

»Berg ist jetzt sicher zufrieden?«

»Du hättest ihn sehen sollen. Er hat die ganze Mannschaft im ›Plaza‹ unterhalten. Er hat alle zum Informationstreffen in die Rezeption eingeladen. Selbst stand er auf der Treppe. Und nachdem er verkündet hatte, daß der Eunuch tot ist, hat er die Zügel ganz schießen lassen. ›O. k., Sokne‹, hat er mir zugebrüllt, ›dann brauchen wir deine Expertise wohl nicht mehr. Hiermit bist du vom Eunuchen-Dienst befreit und mit sofortiger Wirkung dem Gegenteil zugestellt – dem pflichtgemäßen Beisammensein mit deiner Frau Ada an Bord der 'S/S Norway'!«

»Ein merkwürdiger Typ, dieser Berg«, sagte Linnar.

»Ja, das ist er! Er könnte überall einen Job kriegen.«

Sie bekamen ihr Bier und stießen an.

»Er war in Dienstuniform, als er ins Hotel kam – er war ja im Feld gewesen. Und dann hat er die Überschuhe vergessen!«

Noker lachte bei dem Gedanken.

»Karlsen hat sich die Treppe hochgeschlichen und ein Schuhkondom auf Bergs Kopf plaziert – wie ein Tirolerhut – und gesagt, das schütze den Teppich vor Marschstiefeln und Führungskräfte vor gesundem Menschenverstand.«

Sie lachten und tranken. Linnar rückte seine Pfeife im Mund zurecht, saugte ein paarmal daran und nahm sie wieder heraus.

»Das war dann ja ein überraschendes Ende!«

»Das war noch das Geringste, wenn du mich fragst. Denk doch nur, Linnar – während wir in Peel seine Mutter ausgequetscht haben, befand sich der Eunuch auf einer Motorjacht im Oslofjord.«

»Ich würde gerne wissen, was bei ihm schiefgegangen ist.«

»Und ich würde gerne wissen, was er gedacht hat, als er merkte, daß alles schiefgeht. Als er wußte, daß es aus war. Hat er bereut, hat er Gott um Vergebung gebeten, oder hat er sich geärgert, daß er jetzt seinen Job im Oslofjord nicht ausführen kann?«

»Vielleicht wäre es noch interessanter zu wissen, was die Falken in der IRA denken.«

»Da hast du recht.«

Sie tranken sich stumm zu. Linnar legte die Pfeife auf

den Tisch und fing an, sie zu sezieren. Dann schaute er zu Nokers Perücke auf.

»Bist du die Krankheit los?«

»Theoretisch: Ja. Aber man hat permanent Angst. Man weiß ja nie. Meistens kann man mit der Angst leben, aber ab und zu wächst sie dermaßen, daß sie dich unterkriegt. Zum Beispiel wenn du Halsschmerzen hast oder der Rücken wehtut. Dann bricht dir vor Angst der kalte Schweiß aus, obwohl du weißt, daß du nur eine Grippe hast.«

»Krebs benimmt sich wie ein Terrorist.«

»Verdammt gutes Bild, Linnar. Außerdem ist es ja bei Krebs so, daß die Behandlung deinen Körper mürbe gemacht hat, auch wenn du geheilt bist.«

»Du meinst die Haare?«

»Die wachsen wieder, darf man hoffen. Nein, das, woran ich denke, sind wichtigere Dinge. Zum Beispiel bin ich, als ich nach der ersten Strahlenbehandlung nach Hause kam, zuerst mit Ada ins Bett gegangen. Nicht, weil ich geil war, sondern um herauszufinden, ob es noch ging. So sieht die Angst aus.«

Noker sah auf die Uhr, fluchte – und erhob sich.

»Nun trennen sich unsere Wege, Linnar.«

Der Ire sprang auf und reichte ihm die Hand.

»Wir sehen uns bald – auf der grünen Insel.«

Sie umarmten sich. Noker flüsterte Linnar zu:

»Hier ist *wirklich* Rauchverbot!«

Er griff sich seinen Diplomatenkoffer und nickte Linnar ein letztes Mal zu. Linnar wies mit der Pfeife in seine Richtung.

»Schalte das Fernsehen ein am Samstag!«

»Worauf du dich verlassen kannst.«

»Du wirst sehen, daß von einem der Stühle im Rathaus Rauch aufsteigt – das bin ich. Linnar Slouhn.«

49

»Sind Sie da, Jørgen?«

»Ich bin hier.«

Cicero sah sich stolz um. Die flache Telefonstimme, die den Raum erfüllte, hatte etwas Magisches.

»Zuerst möchte ich Ihnen sagen, daß wir an diesem Ende vier Personen sind. Wir sind um ein Telefon mit Lautsprecheinrichtung im Büro des Chefredakteurs von ›Dagbladet‹ versammelt. Außer dem Chefredakteur und mir sind hier noch die Polizeichefin von Oslo und Polizeiinspektor Odd Berg.«

Jeje sagte nichts. Cicero fuhr fort.

»Folgende Prämissen sind der Polizei bekanntgemacht und von ihr anerkannt worden. Es werden keine Anstrengungen unternommen, Jørgen zu finden. Die Informationen aus diesem Gespräch dürfen in keinem anderen Zusammenhang verwendet werden als in dem Eunuchen-Fall. Und last, but not least: Sie haben die Leitung, Jørgen. Sie antworten nur, wenn Sie wollen und soviel Sie wollen. Wenn Sie auflegen, dann bedeutet das nichts weiter, als daß das Gespräch beendet ist. O. k.?«

»Kann losgehen«, sagte Jeje.

»Ich möchte gerne anfangen. Berg hier. Können Sie die Situation beschreiben, in der Sie Kellogh wiedererkannt haben?«

»Er war auf dem Weg zu dem Motorboot. Er fuhr mit dem Schweden zusammen in dem Schlauchboot.«

»Können Sie das Schlauchboot beschreiben?«

»Es war vom Typ Zodiack, genauer gesagt ein roter Narwhal – zirka fünfzehn Fuß. Es hatte einen starken Motor. Einen ›Mariner‹ – sechzig, siebzig PS, schätze ich.«

»Wo war das?«

»In der Bestumbucht. Die Yacht lag dort vor Anker, auf

Höhe des Fischereihafens. Auf jeden Fall Montag und Dienstag.«

»Handelte es sich um ein verabredetes, offenes Treffen zwischen Ihnen?«

»Nein.«

»Was hatten Sie in dem Hafen zu tun?«

»Nächste Frage.«

»Wie nahe waren Sie dem Eunuchen?« fragte die Polizeichefin.

»Nahe genug.«

»Ich frage mich, ob Sie etwas über Ihre früheren Treffen mit dem Eunuchen sagen können. Wie gut kennen Sie ihn?«

»Darauf will ich nicht eingehen. Aber das folgende möchte ich sagen: Ich habe einen Iren wiedererkannt, von dem ich sicher weiß, daß er für die IRA arbeitet. Er hat rotes Haar, ist durchschnittlich groß – vielleicht etwas größer, er ist schlank, und beim Gehen zieht er den rechten Fuß etwas nach.«

Die Polizeichefin fuhr fort.

»Können Sie die andere Person beschreiben?«

»Der Schwede, wie ich ihn nenne, ist dem Iren sehr ähnlich – von der Figur her. Und auch er hat rotes Haar.«

»Berg wieder. Sie sagen, daß Sie das Boot zweimal beobachtet hätten ...«

»Sage ich das?«

»Sie sagten, daß das Boot Montag und Dienstag in der Bestumbucht vor Anker lag. Das kann doch nur bedeuten, daß Sie es dort gesehen haben – an beiden Tagen, oder?«

»Weiter.«

»Waren beide die ganze Zeit an Bord?«

»Am ersten Tag war der Schwede allein.«

Es entstand eine Pause.

»Hallo?« sagte Jeje.

»Wir sind noch da«, antwortete Cicero. »Hier wird nur mitgeschrieben. Wir nehmen das Gespräch nicht auf – wie abgesprochen. Als wir uns unterhielten, Jørgen, da sagten Sie, daß Sie davon überzeugt seien, daß der Schwede umgekommen ist, und nicht der Ire. Warum glauben Sie das?«

»Weil ich beide getroffen habe. Der Schwede ist übrigens schwul – oder war es.«

»Und?«

»Er hatte Schwulenmagazine im Aktenkoffer.«

»Jetzt bin ich wieder dabei«, meldete sich Berg.

»Mich beschäftigt ein wenig die Frage, Jørgen, warum Sie in der Bestumbucht waren. Haben Sie selbst dort ein Boot liegen?«

»Nein.«

»Warum waren Sie da?«

»Weil ich mich für Boote interessiere.«

»Aus der Sicht der Polizei könnten auch Sie Teil eines IRA-Paketes sein. Ihr Job könnte es sein, noch mehr Verwirrung zu stiften. Können Sie mir folgen, Jørgen?«

»Ja.«

»Und es spricht ehrlich gesagt nicht gerade für Sie, daß Sie den Eunuchen ›ganz zufällig‹ in der Bestumbucht wiedererkannt haben.«

»Ich habe ganz zufällig in das Boot eingebrochen.«

Jeje konnte die Stille am anderen Ende der Leitung fühlen.

»Am Montag machte ich den Einbruch, und dabei habe ich gemerkt, daß das keine gewöhnlichen Touristen waren, die über das Boot verfügten.«

»Woran haben Sie das erkannt?«

»An den Waffen. Zwei oder drei AG-3. Ein Scharfschützengewehr mit Zielfernrohr. Leere Magazine. An dem Scharfschützengewehr war auch ein Schalldämpfer. Eine Masse Bilder und Karten. Bilder vom ›Hotel Plaza‹.«

»Mit Waffen kennen Sie sich gut aus, Jørgen.« Er mochte ihre Stimme.

»War das eine Frage?«

»Meinetwegen auch das.«

»Ich interessiere mich auch für Waffen.«

»Können Sie sich noch an andere Dinge bei Ihrem Besuch an Bord erinnern?«

»Es müßte ein Koffer an Bord sein. Und dann war da dieses Blatt, oder Heft. Nein, es war ein Programmheft – von einer Show mit den ›Chippendales‹. Auf die Jungs waren Penisse gemalt, mit einem Kugelschreiber.«

»Sie haben ein selten gutes Erinnerungsvermögen«, sagte sie. »Das war als Kompliment gemeint.«

»Sind wir dann fertig?« fragte Jeje.

Cicero sah in die Runde.

»Vielen, vielen Dank, Jørgen!«

50

»Ja, was sagt ihr?« fragte Cicero.

Er war bei seinem erneuten Treffen mit dem Chefredakteur, der Polizeichefin und Berg aufgetaucht, als wäre nichts geschehen. Er ging davon aus, daß wenigstens die Polizisten erwarteten, daß er mit eingekniffenem Schwanz ankam – und dieses Vergnügen gönnte er ihnen nicht. Aber es fiel ihm schwer, denn hinter der überlegenen Fassade kämpfte er mit den Nebenwirkungen eines abklingenden Rausches.

In einem Anflug von Übermut hatte er überlegt, ob er Berg zu sich nach Hause einladen sollte, damit er das

Knut-Rose-Bild sehen könnte. Aber er kam zu dem Entschluß, daß das mißverstanden werden könnte – noch einmal.

»Er wirkt vertrauenswürdig«, sagte Berg.

»Ohne daß ich mich in die Arbeit der Polizei einmischen will …« Der Chefredakteur stützte sich mit den Ellbogen auf den Schreibtisch, »… muß es doch wohl jetzt das Wichtigste sein, hundertprozentig festzustellen, ob die gefundene Leiche zu dem Eunuchen gehört oder nicht.«

Er sah die Polizeichefin an.

»Bis jetzt haben wir wohl das getan, was der Eunuch gehofft hat – nämlich wenig. Die Sache wirkte so eindeutig, daß wir bisher nur eine vorläufige Untersuchung durchgeführt haben, die mit großer Sicherheit ergeben hat, daß die Leiche zu dem Eunuchen gehört.«

»Und damit haben Sie den Eunuchen dann auf Eis gelegt, sozusagen.« Der Chefredakteur lachte über seinen eigenen Witz.

»Aber ist es denn überhaupt möglich, hundertprozentige Gewißheit zu erlangen, und das möglichst bald?« drängte Cicero. Die Polizeichefin blickte Berg an, der die Hände vor der Brust gefaltet hatte.

»Eine hundertprozentige Identifikation braucht ihre Zeit. Finger, Gesicht und große Teile des Kiefers sind … in Stücke gerissen. Außerdem gibt es große Verletzungen am Bauch und im Schritt. Aber ich glaube, daß unsere Leute schon schwierigere Aufgaben gemeistert haben.«

»Da ist noch etwas«, sagte der Chefredakteur. »Ist es nicht auffällig, daß sich die Verletzungen um die Körperteile herum konzentrieren, die den Eunuchen eindeutig identifiziert hätten?«

Berg zuckte mit den Schultern.

»Nach Auskunft der bisher mit dem Fall befaßten

Experten wirken die Verletzungen schlüssig. Aber bisher haben sie die Leiche ja noch nicht gründlich untersucht. Sie vermuten, daß er versucht hat, sich mit den Armen vom Propeller wegzudrücken. Das erklärt die Verletzungen am Oberkörper. Dann, oder gleichzeitig – oder zuerst, hat er versucht, sich mit den Beinen vom Achterende abzustoßen, was die Verletzungen am Bauch und im Schritt erklärt. Im übrigen kann ich hinzufügen, daß wir eine Tüte gefunden haben, wie sie von Leuten mit künstlichem Darmausgang benutzt wird.«

»Aber habt ihr nichts von dem gefunden, was Jørgen erwähnt hat? Die Gewehre, die Hefte?« Cicero wußte, daß er einschlafen würde, wenn er nicht aufpaßte.

»All das, was Jørgen an Beobachtungen erwähnt hat, stimmt mit unseren bisherigen Funden überein. Jedenfalls bisher. Wir sind dabei, in den Ruinen herumzuwühlen – und die Waffen haben wir: zwei AG-3, eine einläufige Schrotflinte und ein Scharfschützengewehr. Und zwei kleinere Handwaffen, Pistolen. Wir haben Reste von Karten und Fotos gefunden …«

»Vom ›Plaza‹?«

»Genau. Und ein Programmheft von den ›Chippendales‹. Ich bin aber leider nicht in der Lage, bestätigen zu können, ob dort mit Kugelschreiber Penisse eingezeichnet waren.«

Cicero grinste und schaute auf seinen Block.

»Und was ist mit dem Koffer?«

»An den kann ich mich nicht erinnern.«

»Es steht außer Zweifel, daß er an Bord gewesen ist«, hielt die Polizeichefin fest. »Es fragt sich nur, ob wir uns auf ihn verlassen können. Ich bin mit Berg einer Meinung und finde ihn vertrauenswürdig. Und wir können wohl davon ausgehen, daß zwei Personen an Bord gewesen sind – daß der Eunuch einen Helfer hatte. Aber der weitere Handlungsverlauf muß nicht unbedingt so kompliziert und ausgekocht geplant gewesen sein, wie Jørgen – und vielleicht auch noch andere – es gerne hätten.«

Sie warf Cicero einen Blick zu und fuhr fort.

»Sie können einen Unfall an Bord gehabt haben. Einer von ihnen hat versucht, mit dem Schlauchboot wegzukommen, und wurde dabei getötet. Vielleicht finden wir Reste von dem anderen, wenn wir das Boot besser untersuchen lassen. Oder vielleicht hat es der andere – wer auch immer das nun sein mag – geschafft, das Boot zu verlassen. Er kann verletzt sein. Verbrannt. Oder kampfbereit, aber ohne Waffen und Ausrüstung.«

»Mit den bloßen Fäusten kann er kein Attentat verüben«, sagte Cicero.

»Sie vergessen, daß er große Mengen Waffen in Norwegen eingekauft hat. Das Arsenal im Boot wird er kaum aus Irland mitgebracht haben. Er kann hier im Land und in Schweden Lager haben.«

»Es gibt viele ›Wenns‹ und ›Vielleichts‹«, kommentierte der Chefredakteur.

Berg nickte zustimmend. Die Polizeichefin blickte von Cicero zum Chefredakteur.

»Aber egal, was passiert ist, so möchte ich doch ›Dagbladet‹ meinen Dank aussprechen. Sie waren eine große Hilfe.«

»Schade nur, daß unser Terrorismusexperte nicht dabeisein konnte«, sagte Berg.

»Es wäre dumm gewesen, mehr Personen mit einzubeziehen, als ich mit Jørgen verabredet hatte«, sagte Cicero – eine Spur zu hitzig.

»Es wäre sowieso nicht möglich gewesen. Er ist beurlaubt. Aber Anfang der Woche bat er mich, ihn mit so einem wie Jørgen zusammenzubringen.«

»Warum das?«

»VERDAMMT! – Entschuldigung. Wie konnte das nur passieren!«

Berg beugte seinen Kopf weit vornüber und holte tief Luft. Er atmete mit einem leisen zischenden Laut wieder aus. Dann setzte er sich auf.

»Wir hätten die Gelegenheit nutzen müssen, um uns gründlich über das jetzige Aussehen des Eunuchen zu informieren.«

»Was hat ›Dagbladet‹ jetzt vor?« fragte die Polizeichefin.

Der Chefredakteur antwortete mit dem Blick auf Cicero.

»Wir haben eine Menge guten Stoff über den Tod des Eunuchen. Es wäre schade, das alles wegwerfen zu müssen.«

»Meiner Meinung nach«, sagte Berg und bat die Polizeichefin mit einem Blick um die Erlaubnis, fortfahren zu dürfen, »muß der Tod des Eunuchen die offizielle Version sein. Und wir müssen die Daumen drücken, daß bei uns im Kühlhaus wirklich der Eunuch liegt. Aber wir dürfen auch nicht die Augen vor der Möglichkeit verschließen, daß er statt seiner einen Stellvertreter in den Tod geschickt hat und daß er sich weiterhin in Oslo befindet. Kampfbereit. Eventuell ist er bei dem Bootsbrand halbwegs unverletzt davongekommen.«

Er seufzte schwer.

»Das heißt, wir müssen den Eunuchen von den Toten auferstehen lassen. – Ein Wunder, auf das wir gut verzichten könnten.«

51

Noker lief auf dem Heathrower Flughafen herum, das heißt, er versuchte zu laufen – überall waren Menschen, hauptsächlich Polizisten, und Bombenhunde. Und das Telefon klingelte. Es hatte schon eine Stunde lang geklingelt. Jeder Klingelton konnte der letzte sein. Ein wichtiges Gespräch – der Eunuch wollte sich ergeben, aber nur an Noker persönlich. Wo war das Telefon? Egal wohin er sich durchdrängelte, das Klingeln war immer gleich laut. Das konnte nur eins bedeuten – daß er die ganze Zeit in der Nähe des Telefons gewesen war. Aber wo war es?

Er wachte auf und brauchte ein paar Sekunden, um sein Bewußtsein davon zu informieren, daß er an Bord der »S/S Norway« war. Er lag im Bett in Adas Kabine. Er war seit einer Stunde an Bord, und etwa fünfzig Minuten davon hatte er in Adas Bett verbracht. Er streckte den Arm aus und nahm den Hörer ab.

Es war Lucy Everett.

»Jetzt hast du mich im Bett erwischt, Lucy!«

»Störe ich?«

»Du störst nicht. Was glaubst du eigentlich, was ich hier mache? Und wie hast du mich überhaupt gefunden?«

»Berg hat mich angerufen.«

»Das war nett von ihm. Ich hätte dich noch am Tag selbst anrufen sollen, um dir zu gratulieren, aber plötzlich überschlugen sich die Dinge.«

»Und vielleicht wäre das auch eine verschwendete Gratulation gewesen.«

»Was meinst du damit?«

»Es ist nicht sicher, daß er wirklich tot ist.«

»Was zum Teufel sagst du da?«

»Daß Zweifel daran bestehen, daß man wirklich den

Eunuchen gefunden hat. Sie waren zwei. Zwei Rothaarige. Es war wie ein Schlag ins Gesicht.«

»Erzähl!«

»Einiges deutet darauf hin, daß er seinen eigenen Tod in Szene gesetzt hat – mit einem Double.«

»Verdammt, was kann man mich doch leicht hereinlegen!«

»Sag das nicht – das konnte auf der ganzen Welt nur einer. Aber so etwas ist natürlich ein Rückschlag.«

»Du hast mein Mitgefühl, Lucy.«

»Stuart war mir heute besonders nah. Wir haben uns an den Details beim Tod des Eunuchen ergötzt, uns daran gefreut, daß er so gequält und geschunden wurde. Und dann ruft Berg an und sagt, daß er vielleicht noch lebt.«

»Ist das lange her?«

»Nein, nach dem Gespräch mit Berg habe ich sofort bei dir angerufen. Ich brauchte jemanden, mit dem ich meinen Frust teilen konnte. Du wirst ihn übrigens bald an der Strippe haben. Ist es unprofessionell, so sehr zu hassen, Noker?«

»Genauso unprofessionell wie mein Glaube, daß ich Gunvor MacKellogh überlisten kann. Ich habe den Bootsverleih in England angerufen. Sie haben die Miete in bar bekommen – in englischen Pfund. Der Eigentümer hat sie im Safe aufbewahrt, um einen günstigen Kurs abzuwarten. Endlich haben wir vielleicht etwas gegen sie in der Hand.«

»Ich will dir die Freude nicht verderben, Noker, aber das wird eine mühselige Arbeit. Natürlich darf sie ihrem Sohn Geld geben. Wenn du sie überführen willst, mußt du beweisen, daß sie wußte, daß das Geld für kriminelle Machenschaften gedacht war. Und selbst wenn dir das wider Erwarten gelingen sollte, kann sie immer noch behaupten, sie sei bedroht worden.«

»He, auf wessen Seite bist du eigentlich!?«

»Ich kann dich damit erfreuen, daß sie einen ›dies horribilis‹ hatte, um mit der Königin zu sprechen.«

»Wie?«

»Die Presse hat ihr Haus belagert, und der General hat von der Polizei verlangt, die Presse zu entfernen – was die Polizei natürlich nicht getan hat. Es endete damit, daß man sie zum Flughafen eskortiert hat – sie ist jetzt in London.«

»Und keine weiteren Bomben?«

»Ha! Das habe ich ganz vergessen. Gestern abend haben wir eine gefunden. In einem Auto in einem Parkhaus in der Nähe von Heathrow. Ein reiner Glückstreffer – eine Bombenhundpatrouille hat sie gefunden.«

»Ich würde sagen, das ist das Gegenteil von Glück.«

»Wir wissen nicht, ob sie dem Parkhaus zugedacht war oder ob sie anderswo deponiert werden sollte. Aber bisher ist noch keiner aufgetaucht, um das Auto abzuholen.«

»Die Polizei hat Bombenhunde – die IRA hat Polizeihunde.«

»Den kannte ich schon!«

»Vielleicht kannst du mich morgen im Fernsehen sehen, Lucy. Wenn die Fernsehhelikopter die ›S/S Norway‹ umkreisen und du einen Glatzkopf siehst, der hinter einer schwarzen Katze herrennt, dann bin ich das – Noker Sokne aus Norway –, der versucht, seine Perücke einzufangen!«

»The one and only!«

»Gleich kommt ein Helikopter und holt mich ab. In einer Viertelstunde.«

52

Berg entschied sich, die Treppe zum Büro der Polizeichefin hinauf zu nehmen. Diese physische Anstrengung lenkte ihn von der unterschwelligen Unruhe ab, die er empfand. Was Berg an seinem Beruf am wenigsten mochte, waren die Überraschungen. In der Regel waren sie unangenehm. Nur selten rief ein Anwalt an und erzählte, er habe einen reuigen Sünder in seiner Kanzlei, der gerne ein Geständnis ablegen wolle. Berg beneidete die Leute, die Kontrolle über ihre Arbeit hatten. Es kam ihm so vor, als ob das bei ihm umgekehrt sei.

Die Chefin lud ihn in die Sitzgruppe ein und bot Kaffee und Kekse an. »Ich komme gleich zur Sache, Berg. Von den vielen Treffen heute war eins im Justizministerium. Es besteht der starke Wunsch, von oberster Stelle, …«

Berg wußte, was sie sagen wollte, und sie tat ihm leid. Ein weiteres Mal wurde ihr von der obersten politischen Führung befohlen. Zuletzt war das beim Besuch des chinesischen Präsidenten geschehen. »Wir hoffen inständig, daß nichts geschieht, was den Präsidenten in Verlegenheit bringen könnte«, hatte der scheinbar unschuldige Bescheid an sie gelautet, der aber einem Befehl gleichkam – nur mit dem Unterschied, daß er den Politikern Rückendeckung gab.

»Sie wollen also raus auf den Fjord«, sagte er.

Sie nickte.

»Die aktuelle Entwicklung ist dem Justizminister selbstverständlich bekannt?«

»Selbstverständlich. Aber es wurde angefragt, ob man es nicht als einen Gewinn an Sicherheit auffassen und darstellen könnte, wenn man die Gäste weg von den Straßen auf ein Schiff brächte.«

»Ha!«

»Es war natürlich nur eine Frage.«

»Aber wenn an Land etwas passiert, dann war es ein Befehl. Vielen Dank! Aber letztlich mußt du den Druck aushalten. Wenn du sagst ›Bootsausflug‹, dann wird es ein ›Bootsausflug‹.«

»Alle aufgereiht auf einem Tablett?!«

»Alle aufgereiht auf einem Tablett. Und dann braucht man dem servierenden Kellner nur einen kleinen Puff zu geben, und alle fallen um, und die Hölle ist los.«

»Hast du Sokne erreicht?«

»Er ist noch nicht an Bord gegangen, aber wir versuchen es regelmäßig.«

»Es gibt noch eine Sache, über die ich bei ›Dagbladet‹ nicht sprechen wollte. Du hast wahrscheinlich selbst daran gedacht?«

»Daß der andere den Eunuchen umgebracht hat? Ja, das ist keine schlechte Theorie. Wenn ein Unfall geschehen ist, dann können wir ganz sicher sein, daß der Eunuch umgekommen ist – die Tüte ist ein starkes Indiz.«

»Aber auch ein Indiz, das der Eunuch nicht vergessen würde, wenn er seinen eigenen Tod inszenierte.«

Sie tranken stumm ihren Kaffee. Berg nahm einen Keks.

Die Polizeichefin räusperte sich.

»Ich fühle mich jetzt wie der Chefredakteur von ›Dagbladet‹. Aber ich muß dich darum bitten, dafür zu sorgen, daß die Bootstour sicherheitstechnisch durchführbar ist.«

Berg mußte lachen, hörte aber abrupt auf, als er im Gesicht der Polizeichefin eine zunehmende Rotfärbung bemerkte.

»Mir ist nur gerade etwas eingefallen. Wenn du der

Chefredakteur bist, dann muß ich Cicero sein, und das heißt, daß ich endlich der Besitzer eines Gemäldes bin, nach dem ich mir schon lange die Finger lecke.«

Die Polizeichefin sah ihn verständnislos an.

53

Samstag

Jeje erwachte mit einem Schrei. Ein gesellschaftsbedürftiger Cäsar hatte von der Küche aus Anlauf genommen, das Absprungbrett – also die Türschwelle – getroffen und glitt jetzt elegant die Decke hinauf, um dann bei Jeje mitten in der Unterhaltungsabteilung zu landen. Jeje verscheuchte das Wollknäuel und drehte sich auf die Seite – konnte aber nicht schlafen. Er wurde von der schleichenden Erkenntnis gequält, daß der letzte Abend eine Katastrophe gewesen war. Allein die Tatsache, daß er auf dem Sofa im Wohnzimmer aufwachte, war ein schlechtes Zeichen. Er schob den Unterkörper über die Sofakante und glitt auf die Knie. In dieser Lage, mit dem Oberkörper auf dem Sofa, fiel er eine Zeitlang in Halbschlaf. Dann stand er stöhnend auf und torkelte ins Bad.

Am Spiegel hing ein Zettel: Sie hatte auf ein Stück von der Pizzaschachtel geschrieben und es mit Pflaster an den Spiegel geklebt. »Du wagst es nicht noch einmal, Cäsar in der Toilette einzusperren!«

Gleich nachdem er aufgelegt hatte, hatte er das telefonische Treffen bereut. Er hatte keine Angst vor dem irischen Eunuchen, aber er fürchtete den mächtigen Schæfern. Er hatte Glück gehabt, daß er sich nicht versprochen hatte und die Polizei auf die Spur von Schæferns Organisation gebracht hatte. Und wäre nicht das Glück mit ihm gewesen, dann hätte man Johnny Jøran Johansen als lebenden Dienstleistungskatalog der Osloer Unterwelt gebrauchen können.

Als er nach Hause kam, hatte Diana vor dem Kamin den Tisch gedeckt – mit Kerzen und Rotwein. Und mit Pepes Pizza. Der Streit hatte angefangen, als sie sich an ihn kuschelte und ankündigte, daß sie ihm etwas sagen müsse, wovor sie schon lange Angst hatte.

Und dieses »etwas« war, daß Diana Munkebjerg – *seine* Diana Munkebjerg – *verheiratet* war. Mit einem prämierten dänischen Bodybuilder, der ein eigenes Trainingsstudio in Odense hatte. Zu allem Überfluß hatten sie auch noch eine gemeinsame Tochter von fünf Jahren, die am Sonntag nach Oslo kommen sollte, um eine Woche lang bei ihrer Mutter zu wohnen.

Er war explodiert. Das erzählte sie ihm *jetzt!* Nachdem er tagelang alle Höllenqualen durchlitten hatte, weil er beschlossen hatte, Schluß zu machen – aus Rücksicht auf ihren guten Ruf und ihr Ansehen und auf ihr zukünftiges Kind. Da gab es also gar keinen guten Ruf und kein Ansehen, auf das man Rücksicht nehmen konnte. Und ein Kind war auch schon da – das verwahrloste, weil die Mutter ihr Leben in Oslo verbringen wollte. Ein krimineller Hilfsvater würde die Kernfamilie nur noch komplettieren.

Er hatte sich ein wenig beruhigt, als die Nachbarn an die Decke und an die Wände klopften. Und noch ein wenig mehr, als sie ihm versicherte, daß sie einander nicht liebten – sie und der Bodybuilder. Sie wollten sich scheiden lassen. Aber Jeje war nicht in die Versöhnungsfalle gegangen. Er hatte alle Zärtlichkeitsversuche abgewiesen und sich hinter einer ansehnlichen Anzahl Rotweinflaschen eingemauert. Und als das Wollknäuel zu heulen anfing, weil Frauchen weinte, hatte er es in der Toilette eingesperrt. Als sie das entdeckte, hatte sie Cäsar mit zu sich ins Schlafzimmer genommen, seine Decke und sein Kissen hinausgeschmissen und die Tür abgeschlossen.

Jeje schüttelte resigniert den Kopf.

Was für ein Start für das Friedensfest.

54

Cicero hatte keine Blumenvase mehr gebraucht, seit er von zu Hause ausgezogen war. Und jetzt knallte er mit den Schranktüren, um etwas zu finden, was einer Vase ähnelte.

Eigentlich hätte Kjerstin ausziehen sollen, da sie den peinlichen Fehltritt begangen hatte, mit einem Finanzjournalisten einer Wirtschaftszeitung in Druck zu gehen. Im Dezember erwarteten sie eine kleine Beilage. Aber da gab es schon ein Neunjähriges – und folglich lag es auf der Hand, wer ausziehen mußte.

Die Vasen waren nicht schön. Er wählte ein Halbliterglas, das der »Bergen-Brauerei« gehörte. Er erinnerte sich nicht daran, wo er das hatte mitgehen lassen. Der Strauß war riesig – und er war vom Chefredakteur. Er mußte mehrere hundert Kronen gekostet haben. Auf der Karte stand: »Herzlichen Glückwunsch zu der guten Arbeit. Sehe dich am Montag. Ruf bei Toril von ›Star Tour‹ an, Telefonbuch Seite 413 – sofort!«

Er rief bei »Star Tour« an und wurde mit Toril verbunden. Er stellte sich vor und sagte, wie es war – daß der Chefredakteur von ›Dagbladet‹ ihm Bescheid gegeben habe, dort anzurufen.

»Das stimmt«, sagte Toril. »Sie fliegen nach Gran Canaria.«

»Ich fliege nach Gran Canaria?« sagte Cicero.

»Nach Bahia Feliz. Superior Apartments. Abflug Sonntag 8.30 Uhr von Gardermoen. Einchecken spätestens eine Stunde vorher.«

»Wer sagt das?«

»So sind die Vorschriften.«

»Ich meine, wer hat die Reise gebucht?«

»Die Rechnung geht an ›Dagbladet‹, aber die Tickets müssen Sie an unserem Schalter in Gardermoen abholen. Gute Reise, Herr Amundsen!«

»Danke, danke«, murmelte Cicero.

Er dachte eine Weile nach, den Blick auf den Blumenstrauß geheftet. Dann nahm er das Telefonbuch, suchte sich die Privatnummer des Chefredakteurs heraus und wählte hastig. Es klingelte zweimal, bevor abgenommen wurde.

Cicero legte auf.

55

»Kapitän Sørensen, das hier ist mein Mann!«

Adas Gesicht strahlte mit der Morgensonne um die Wette, die direkt auf die Brücke der »S/S Norway« schien. Sie blickte vom Kapitän zu Noker und zurück zum Kapitän.

»Er heißt Noker und ist Experte für Terroristen. Er berät die Polizei und die UNO! Tritt mich nicht, Noker!«

Gelächter auf der Brücke.

Der Kapitän nickte Noker anerkennend zu.

»Dann sollte ich wohl eher Sie als Sicherheitsoffizier haben.«

Noker lächelte und schüttelte verneinend den Kopf.

»Ich bin Theoretiker. In unserer Familie legt Ada die Leute um.«

Noch mehr Gelächter. Ada tat unberührt.

»Noker war mit dem Eunuchen-Fall befaßt.«

»Dann haben Sie sich die Ferien ja richtig verdient«, sagte der Kapitän. »Das war ja wohl ein schwieriger Fall.«

Noker nickte. Der Kapitän wechselte das Thema.

»Wie kommen Sie denn zu dem Namen Noker?«

Es wurde ein langes Gespräch über Namen und deren Wurzeln, und sie kamen zu dem Schluß, daß der Kapitän Sander Sørensen und der Dozent Noker Sokne höchstwahrscheinlich über mehrere Ecken miteinander verwandt waren.

»Was ist das dort?« fragte Noker und zeigte hinaus auf das Vorschiff. Dort drängten sich zwei riesige Gebilde, die für Nokers Augen aussahen wie zwei große Fähren.

»Rettungsboote?« fragte er.

»Nein, das sind unsere Tender. Die, die Elvis zu seinem ›Love Me Tender‹ inspiriert haben.«

Der Witz des Kapitäns traf auf weit weniger Respons als die Witze von Ada und Sokne. Vielleicht hing das damit zusammen, daß die Besatzung der Brücke ihn schon kannte.

»Man kann sie natürlich auch als Rettungsboote benutzen, aber wir brauchen sie hauptsächlich dazu, an unseren Reisezielen in der Karibik die Leute an Land oder an Bord zu befördern.«

»Die sind ja groß genug, um selbst auf Kreuzfahrt zu gehen. Wie viele Leute fassen sie?«

»Vierhundertfünfzig – jeder. Einer von ihnen wird bald

zu Wasser gehen, um in Moss Leute aufzunehmen. Kollegen von Ihnen übrigens – amerikanische Sicherheitskräfte. Wenn Sie wollen, können Sie mitfahren.«

»Danke, aber ich glaube …«

»Ich habe andere Pläne mit ihm«, unterbrach ihn Ada und griff ihren Ehemann beim Arm. »Noker muß meine Kabine aufräumen.«

56

Es war der 17. Mai. Norwegens Nationalfeiertag und gleichzeitig der Tag des Pokalendspiels in Oslo.

Polizeiinspektor Odd Berg stand mit einem starken Fernglas vor den Augen auf der Festungsmauer von Akershus und studierte das ungeheure Menschenmeer auf dem Rathausplatz. Er hatte einen Knopf im Ohr, Funkgerät und Mobiltelefon, und zu seiner Rechten stand Arnstein Karlsen.

»So far, so good«, kommentierte Karlsen. Anläßlich des Tages hatte er seinen Kampfanzug angezogen.

»Clinton ist gelandet«, informierte Berg, bevor er sich erinnerte, daß Karlsen dieselben Nachrichten ins Ohr gespielt bekam wie er selbst.

Quer über den Rathausplatz hatte man eine Durchfahrtschneise für die Autos freigehalten. Direkt vor dem Rathaus war ein größeres Gebiet abgesperrt, wo die Gäste aus den Autos steigen würden. Dann sollten sie auf einem roten Teppich bis zu einer eigens aus imprägniertem Holz errichteten Plattform weitergehen, um von dort aus die Schaluppen zu besteigen, die sie wiederum auf die Königliche Yacht »Norge« bringen sollten.

»Es wird schön heute auf dem Fjord!« Karlsen hatte das Fernglas auf die Königliche Yacht gerichtet.

»Ja, wenigstens mit dem Wetter haben wir heute Glück«, ergänzte Berg.

»Glaubst du, er sucht sich den Rathausplatz aus?« Karlsen ließ das Fernglas vor den Bauch sinken und wandte sich an Berg.

»Davor sei Gott.«

Sie hatten die halbe Nacht damit verbracht, mögliche Szenerien zu konstruieren. Und sie waren sich bald darüber einig geworden, daß er kaum auf den Transportetappen von den Flugplätzen ins Zentrum zuschlagen würde. Sie hatten die Gäste auf drei Flugplätze verteilt, und der Eunuch konnte unmöglich wissen, wann wer auf welchem Flugplatz landete.

Der Rathausplatz war natürlich eine Möglichkeit. Aus Sicht der Polizei die denkbar schlimmste. Eine Bombe in die Menschenmenge!? Des weiteren hatte man ein Interesse des Eunuchen am »Hotel Plaza« dokumentiert. Andere Möglichkeiten waren die Ankunft zu dem eigentlichen Friedensfest – und dann natürlich die Bootstour.

Die Showleute vom Außenministerium wünschten sich, daß die Schiffe sich im Drøbaksund trafen, an der schmalsten Stelle des Oslofjords. Berg hatte den Wunsch zur Kenntnis genommen. Technisch gesehen war ein Beschuß der Königlichen Yacht von Land aus möglich, wenn sie im Drøbaksund lag. Aber solange der Treffpunkt nicht bekannt war, würde kaum ein Terrorist irgendwo am Fjord Stellung beziehen und sich auf sein Glück verlassen. Nein, die größte Gefahr – so sahen Berg und Karlsen es – ging von einem kleinen, anonymen Boot aus, das mit Sprengstoff beladen war und von einem Selbstmordkandidaten geführt wurde.

Und auf dem Fjord wimmelte es nur so von kleinen

Booten. Der Luftraum war abgesperrt und wurde von zwei Polizeihubschraubern bewacht. Die Arrangeure wünschten sich indessen ein »Volksfest« auf dem Rathausplatz und auf dem Wasser.

Und jetzt war abzuwarten, ob es bei einem Fest blieb.

»Wir können wohl wieder zurückgehen«, sagte Berg.

»Ich hoffe, er ist sich darüber im klaren, daß ich um acht zu Hause sein muß.«

Berg sah ihn fragend an.

»Die Olsenbande im zweiten Programm.«

57

Cicero fühlte sich wie ein eingesperrtes wildes Tier. Ein Wolf im Käfig inmitten einer Schafherde. Der Chefredakteur dachte offensichtlich, daß Cicero sich kaufen ließ – mit einem Blumenstrauß. Cicero war anscheinend nicht in der Lage gewesen, dem Chefredakteur klarzumachen, daß er nicht zu kaufen war. Er lief mit dem Kopf gegen ein Gitter. Eine weitere Sperre war die Freiheit. Am Abend zuvor hatte er das freie Wochenende dankend angenommen, aber da hatte er einen bösen Kater gehabt. Jetzt war er ausgeschlafen und rastlos.

Er schaltete den Fernseher ein. Auf allen Kanälen liefen Countdown-Programme, und die Arbeitsabstinenz wurde noch schlimmer. Er beschloß, in das Pressezentrum im Rica-Park oben am Holmenkollen zu fahren.

Das Außenministerium hatte der Presse eigens ein Boot zur Verfügung gestellt. Es war vollgestopft mit Fotografen – die Journalisten zogen es vor, das historische Treffen im Drøbaksund an Großbildschirmen im Pressezentrum zu verfolgen. Bei Räucherlachs und Rührei und Hostessen, die ihnen das Bier einschenkten.

Cicero hatte das WM-Haus schon passiert, als er plötzlich rechts heranfuhr und anhielt. »Was habe ich eigentlich hier zu suchen?« dachte er. »Wenn die Show doch im Drøbaksund stattfindet?«

Es mußte jedermann einleuchten, daß der Eunuch beziehungsweise der Schwede seinen Anschlag auf die voll beladene, vor Anker liegende Königsjacht verüben würde. Von einem kleinen Boot aus. Jedenfalls bestand daran kein Zweifel bei Journalist Anton Amundsen.

Er legte den Gang ein, fuhr in die Auffahrt des Hotels, wendete und raste wieder hinab Richtung Zentrum. Unterwegs rief er bei der Zeitung an und bat den Diensthabenden, einen Fotografen aufzutreiben.

»Hast du einen bestellt?«

»Das tu ich jetzt.«

»Aber verdammt, Cicero, es ist Samstag, und nicht irgendein beliebiger obendrein.«

»Eben! Und ihr wollt doch sicher Bilder davon haben, wenn es passiert?«

Eine halbe Stunde später hielt er in der Akersgate an und öffnete dem Fotografen die Tür.

»Wohin geht es?« Es war einer von den neuen, Cicero kannte ihn nicht.

»Nach Drøbak«, antwortete Cicero. »Dort wird es passieren!«

58

»Du mußt etwas zu tun haben! Das ist wichtig auf einer Kreuzfahrt«, ermahnte Ada ihren Mann und drückte ihm eine Videokamera in die Hand. Sie waren in ihrer Kabine.

»Gerade gekauft?« fragte Noker. Sie sah neu aus.

»Das ist ein Geschenk«, sagte sie. »Ein Geburtstagsgeschenk. Von dir. Ich bekomme sie Mittwoch nächste Woche.«

»Aber ich und eine Videokamera, Ada?«

»Du bist jetzt auf einer Kreuzfahrt, Noker. Da macht man so etwas.« Sie gab ihm einen Kuß und den Befehl, »hübsche« Motive zu finden.

Noker blieb leicht deprimiert mit einem säuerlichen Seitenblick auf die Videokamera im Sofa sitzen. Er hätte in Oslo bleiben sollen, auch wenn Berg darauf bestanden hatte, daß er an Bord blieb. »Du hast hervorragende Arbeit geleistet, Noker. Der Rest liegt jetzt bei uns Actionhelden.« Dann stand er auf, nahm die Videokamera, seufzte – und ging hinaus.

Unmittelbar meldete sich das Gefühl, ein Massentourist zu sein. Er sah hundert Noker Soknes mit Videokameras vor dem Bauch oder dem Auge auf dem Deck herumtraben. Und nachdem er drei Decks besucht hatte, ohne ein »hübsches« Motiv zu finden, beschloß er, Adas Arbeitsbeschaffungsmaßnahme zu boykottieren. Während er nachdenklich wie angewurzelt auf dem Deck dastand und den Entschluß reifen ließ, hörte er direkt hinter sich ein sirenenartiges Geräusch. In der nächsten Sekunde knallte es, und Noker kapierte, daß ihm etwas Unglaubliches passiert war – er war an Bord der »S/S Norway« von einem Lastwagen überfahren worden!

Er war auf dem »Olympic Deck«, und als er den Kopf

von der Laufbahn erhob, sah er, daß er nicht von einem Lastwagen überfahren worden war, sondern von einem menschlichen Schwertransporter in Joggingschuhen. Noker rappelte sich auf, und zu seiner großen Überraschung war der Jogger – es mußte ein Deutscher sein – in zehn Sekunden nur so weit gekommen, daß Noker die Hand nach ihm ausstrecken und ihn packen konnte. Das sirenenartige Geräusch entstand jedesmal, wenn der Jogger einatmete, und das war nicht gerade selten. »Von null auf hundert in vierzig Jahren«, dachte Noker, während er die Kamera überprüfte. Auch sie war heil, und plötzlich hatte Noker sein Motiv. Mehr als das, er hatte die Idee für einen Spielfilm: »Die Gefahren des Kreuzfahrtlebens«!

Er stellte sich in sicherem Abstand zur Joggingbahn auf, nahm den Jogger in den Sucher, und Noker Sokne machte seine ersten Aufnahmen mit einer Videokamera.

59

Jeje konnte weder das Mineralwasser noch die schönen Fernsehbilder vom Oslofjord genießen. Sein Kopf war schwer, angefüllt mit einer grauschwarzen Schlacke aus Selbstvorwürfen und Eifersucht. Er hielt die Fernbedienung in der Hand und fragte sich dumpf, warum er CNN sah, wenn mindestens drei norwegische Sender direkt vom Friedensfest übertrugen. Aber er wollte den Weltkanal nicht verlassen und registrierte durch den Schlackenhaufen hindurch, daß die Reklame für Norwegen ausgezeichnet war. Die Norweger regelten nicht nur den Frieden und den Sonnenschein – sie zermalmten auch Terroristen, bekam die Welt zu wissen.

»Das Schwein lebt!« brüllte er der Mattscheibe entgegen.

Die CNN-Reporterin – übrigens eine tolle Erscheinung – listete auf, was die VIPs an Bord der Königlichen Yacht zu essen bekommen würden. Spezialitäten aus dem Meer – Canapees mit verschiedenen Sorten Kaviar, Schalentiercocktail und Fischsuppe. Miesmuschelsuppe will man wohl nicht riskieren, dachte Jeje. Und es gab Wild – getrocknetes Rentierfleisch, geräucherte Elchzunge und warme Schneehuhnbrüstchen. Die Zunge vom König des Waldes hatte ein anderer König geliefert. Sie kam von einem Tier, das »The Norwegian King Harald« selbst geschossen hatte, quietschte die Dame. Jeje dachte sich sein Teil.

Die Königliche Yacht tauchte auf dem Bildschirm auf. Sie wartete auf die Passagiere, und schon bald sollte sie den Fjord hinausfahren – zum Rendezvous mit der »S/S Norway«.

»Als beste Zielscheibe der Weltgeschichte«, dachte Jeje.

Und auf dieser schwimmenden Zielscheibe war Diana. Seine Diana. Vielleicht würde sie genau im Zentrum der Zielscheibe stehen, wenn es knallte – ohne jede Chance.

Und ihre letzte Tat war vielleicht, dem Prinzen von Wales ein Tablett mit Campari-Soda in hohen Gläsern darzureichen. Wahrlich ein sinnloser Tod.

Er hatte auf dem Schloß angerufen und mit ihr geredet. Er hatte sie um Entschuldigung gebeten. Aber plötzlich war sie es gewesen, die auf dem hohen Roß saß.

»Wenn du so herzlos bist, daß du es fertigbringst, Cäsar auf der Toilette einzuschließen – wie kann ich dann wissen, ob du mich überhaupt liebst?« hatte sie gesagt.

»Aber Diana, jetzt mal ehrlich, da besteht doch überhaupt kein Zusammenhang …«

»Ich muß jetzt weg, Jeje. Mach's gut.«

Dann hatte sie aufgelegt. Zumindest hatte sie ihn nicht gebeten, auszuziehen. Aber das konnte auch daran gelegen haben, daß sie Angst hatte, sich in dieser Situation im Ton zu vergreifen.

Er nahm Cäsar unter den Arm, schloß die Wohnung ab und lief zum Auto. Normalerweise ließ er das Wollknäuel vorne sitzen, aber jetzt setzte er es auf die Rückbank. Dem Vieh durfte nichts passieren.

»Wir fahren nach Drøbak«, sagte Jeje, als sie an der Bjørbucht vorbeifuhren.

Cäsar sabberte verständnislos.

»Und von jetzt an werden wir beide Freunde sein.«

Cäsar sah ihn an, sabberte noch mehr und fing an zu hyperventilieren. Jeje sah im Spiegel etwas Hellrotes aus der Wolle herausragen.

»Sitzt du da und geilst dich auf?! In meinem Auto?« Jeje war so abgelenkt, daß er nur haarscharf an einer Leitplanke vorbeischrappte.

»Wag es noch einmal, das Verhältnis zwischen Diana und mir kaputtzumachen, und ich binde deine Zunge mit dem anderen Roten da zusammen. Hörst du?« brüllte er in den Rückspiegel.

60

Noker hatte sich ein Deck weiter nach unten gearbeitet. Dort hatte man unter freiem Himmel ein Mittagsbuffet aufgebaut, und seine Inspiration wuchs, als er bemerkte, daß die Leute sich wie wild um die Bissen schlugen.

Die ethnische Vielfalt an Bord hatte beträchtlich zugenommen, nachdem in Norwegen, Kiel und Kopenhagen weitere Passagiere zugestiegen waren. Und für die englischen Pfeifenreinigerpensionäre bedeutete das einen erneuten und noch härteren Kampf ums Dasein. War einer von ihnen so dumm, einem EU-Kollegen aus Deutschland den Vortritt zu lassen, dann lag er in der nächsten Sekunde auf dem Bauch und diente als Fußmatte für die Adidas-Kollektion der Saison. Und wagte es eine alternde Lady, mit einer Haut, so bleich, daß die Adern wie ein blaues Spinnengewebe hervorstanden, sich auf dem Weg zum Teetisch ein wenig voranzuarbeiten, dann hörte man ein vorsichtiges »Excuse me, Sir«, und weg war sie. Und tauchte sie wieder auf, dann als vakuumverpackter Stangensellerie an der Salatbar.

Noker hob die Kamera ans Auge und begab sich entschlossen auf das Schlachtfeld. Und er bekam einzigartige Nahaufnahmen von kompakten Zentraleuropäern mit niedriger Toleranzschwelle und ausgeprägter Hamstermentalität, die reinen Tisch auf Deck machten, sowohl in wörtlicher als auch in übertragener Bedeutung – nämlich mit dem Einfluß von vornehmem Alter aus England.

Die Kamera ans Auge geklebt, dokumentierte er, daß sich unter der Urbevölkerung der »S/S Norway« eine Hungerkatastrophe anbahnte. Als unabwendbare Konsequenz aus den ethnischen Säuberungen in der Schlange am Buffet. Er zoomte lange Gesichter ein, die hungrig auf die germanisch dominierte Schlemmerei starrten, die sich in »The Great Outdoor Restaurant« vollzog. Die gebrechlichen Briten waren zu Tode erschreckt abgezogen, an einen sichereren Platz an Deck – und dort warteten sie verschüchtert darauf, daß die Raubtiere satt würden und die Beute verließen.

Noker lag auf den Knien und sicherte sich diese herzzerreißenden Szenen, als er plötzlich ein gesundes und bekanntes Gesicht in den Sucher bekam. Es war Ada. Sie hielt eine Pump-Gun in den Händen.

Noker richtete sich auf.

»Nein, Ada!« rief er, »es gibt sicher eine friedliche Lösung dafür. Es ist immerhin …«

»Was quasselst du denn da?«

»Wohin willst du?«

»Zum Tontaubenschießen! Hast du ein paar nette Bilder gemacht?«

»O ja!«

Sie schmiegte sich dicht an ihn, und einen Moment lang befürchtete Noker, die männliche Hauptrolle in einem Softporno bekommen zu haben. Aber sie wollte ihm nur etwas ins Ohr flüstern.

»Dreh dich nicht um, er steht direkt hinter dir!«

»Wer?«

»Mein schottischer Prinz. Du *mußt* ihn einfach filmen!«

Noker wartete kurz und nestelte ein wenig an der Kamera herum. Dann drehte er sich langsam um und hob die Kamera – und im selben Moment drehte ihm der Schotte den Rücken zu.

61

Er hatte draußen gegessen. Es war ein merkwürdiges Erlebnis gewesen. Eine Kreuzfahrt auf der »S/S Norway« hatte nicht mehr viel Stil. Nicht, daß er früher schon einmal mit dem Schiff gefahren wäre – vielleicht als es noch die »S/S France« war – und selbst eine glorreichere Ära miterlebt hätte. Nein, er wußte einfach, daß es früher etwas ganz anderes gewesen war.

Sobald sich die Kabinentür hinter ihm geschlossen hatte, begann er, die Schottentracht auszuziehen. Sie hatte ihren Zweck erfüllt. Und es hatte ihn mit beruflichem Stolz erfüllt, daß sich die Zweifel daran als unbegründet erwiesen hatte. Selbst für jemanden, der Verkleidung als Berufsritual betrieb, war es auffallend, wie sehr die Leute genau die Signale in sich aufsogen, die die Verkleidung ausstrahlen sollte, und wie gering der Aufwand war, um als exotisch dazustehen. Er gab sich als Schotte aus, also war er Schotte. Und die Leute lächelten – so wie sie Clowns und Wachsoldaten anlächelten. Und sie machten Fotos. Die meisten, wenn sie glaubten, er sähe sie nicht. Er drehte sich immer weg. Nur wenige fragten, und dann ging es darum, ein Bild machen zu dürfen, auf dem er neben einer Frau oder einem Großvater stand. Er hatte jedesmal Probleme mit dem Hörgerät.

Kurz nach Mitternacht hatte der Major angerufen. Er hatte mitgeteilt, daß alles in geplanten Bahnen lief. Keiner der Gäste hatte irgendeinen Vorfall gemeldet, das schöne Wetter sollte andauern – nichts konnte das Schiffstreffen im Oslofjord aufhalten. Er hatte ihm viel Glück gewünscht.

Es war bald zwanzig Jahre her, daß er den Major zum ersten Mal getroffen hatte. Das war in den USA gewesen – der Major hatte seinen Vater besucht. Er hatte sofort bemerkt, daß das kein gewöhnlicher Freundschaftsbesuch war. Er hatte an der Bibliothekstür gelauscht und gehört, daß der Major um Geld für die »Sache« bat – für die IRA. Sein Vater hatte sich geweigert zu zahlen. Und er hatte den Major verspottet – ihn einen Lakaien und Bettler genannt und ihn des Hauses verwiesen.

Er hatte alles gehört und vor Scham geweint. Er wußte, daß sein Vater mit diesem Benehmen sein eigenes

Todesurteil unterschrieben hatte – ein Todesurteil, das ausgeführt werden würde, wenn der Vater irgendwann einmal nach Irland zurückkehrte. Aber er war der Meinung, daß er damit zu billig davonkäme.

Ian war dem Major zum Auto gefolgt. Er war 16 Jahre alt und hatte darum gebettelt, in die IRA aufgenommen zu werden. Der Major hatte seine Einstellung gelobt, ihm aber geraten, ein paar Jahre zu warten.

»Sieh zu, daß du so viel militärische Ausbildung wie möglich mitbekommst«, hatte er gesagt. Seitdem hatten sie Kontakt gehalten.

Als er einige Jahre später nach Irland kam, übergab er dem Major eine größere Summe in bar – und die Todesanzeige seines Vaters.

Er haßte Unordnung – und legte die Schottentracht sauber zusammen. Er legte den Stapel in den Schrank unter dem Fernseher. Dann stellte er sich einen Arbeitsanzug zusammen. Er wählte helle Jeans und ein senfgelbes Polo-Shirt. Die nackten Füße steckte er in ein Paar schwarze Slippers.

Er sah auf die Armbanduhr – es war noch ein wenig zu früh, um die Waffe zu holen.

Der Plan war einfach. Er wollte auf der Brücke das Kommando übernehmen und dann die Königliche Yacht rammen und versenken. Obwohl er sich bewaffnen wollte, wäre es ihm durchaus möglich, die »S/S Norway« mit bloßen Händen zu kapern. War er erst einmal auf die Brücke gelangt, konnte man ihm nichts mehr anhaben, jedenfalls so lange nicht, bis die Königliche Yacht versenkt war. Und das war garantiert. Nichts konnte die »S/S Norway« im Drøbaksund stoppen. Weder die Plastikboote der Polizei noch die Kanonen von Oscarsborg.

62

Jeje wußte, daß er ein Blickfang war – und er haßte das, aber er hatte keine Wahl. Wollte er Diana retten, dann mußte er laufen, als sei ihm der Teufel auf den Fersen. Auch im Zentrum von Drøbak.

Er hatte den Wagen in der Storgate im Parkverbot abgestellt, direkt neben dem Reenskaug-Hotel, und sofort Kurs auf die Badestelle genommen. Natürlich war ihm nicht der Teufel auf den Fersen, dafür aber Cäsar, und es war hauptsächlich dieses Wollknäuel, das Aufmerksamkeit erregte. Das lag an der improvisierten Hundeleine aus zwei zusammengeknoteten Starthilfekabeln, die dem Wollknäuel schwer um den Hals hingen.

Jeje sah ein, daß es ein dummer Fehler gewesen war, das Abschleppseil wegzuwerfen.

Erst wollte er Cäsar im Wagen zurücklassen. Aufhalten würde ihn das Wollknäuel allemal, aber ohne Leine konnte man ihn zusätzlich noch als wandelndes Katastrophengebiet betrachten. Aber dann war ihm eingefallen, daß Cäsar anfangen würde zu heulen, sobald Jeje außer Sichtweite wäre, und dann würde irgendein streitsüchtiges Weib kommen, das die Polizei riefe, die dann das Auto aufbrechen würde – und er würde ziemlich dumm dastehen!

Aus diesem Grund lag Cäsar jetzt so tief im Gelände, daß all das, was in der Storgate so herumflog, an seiner Zunge klebenblieb – Zigarettenstummel, Kaugummi und Kleingeld. Und deshalb schnaufte er wie eine Dampfmaschine. Er lief unter Volldampf. Jeje hatte Cäsar in Verdacht, daß er die Startkabelleine irgendwie verwegen fand. Ein Hauch von Labrador und Irischem Wolfshund.

Sie kamen an der Kirche vorbei und liefen auf dem

asphaltierten Weg durch die Badeanlage weiter. Cäsar ging der Witterung eines verlassenen Softeises nach – und Jeje stolperte nach rechts und traf einen stattlichen Baumstamm. Mit der Schulter. Er sah Sternschnuppen und Scharfschützen, und mit dem Schmerz kam der Mißmut. Sein Vorhaben war unmöglich! Im Gelände beiderseits des Drøbaksundes konnten hundert Mann mit Gewehren verborgen liegen – ja sogar tausend, in diesem Fall. Und er konnte bis Silvester so weiterlaufen, ohne einen einzigen von ihnen zu Gesicht zu bekommen. Seine Vernunft sagte ihm, daß er aufgeben und nach Hause gehen sollte. Aber der Rest von ihm ließ das nicht zu. Diana schwebte in Lebensgefahr, er könnte sie verlieren. Diese verzweifelte Erkenntnis gab ihm Kraft.

Er zerrte an den Startkabeln und lief auf dem Sandstrand weiter. An dessen Ende begann eine lange Holztreppe. Sie keuchten hinauf und liefen dann auf den Husvikvei.

63

In der Einsatzzentrale im »Oslo Plaza« herrschte konzentrierte Stimmung. Berg saß im Konferenzzimmer und verfolgte die Sendung des Norwegischen Reichsrundfunks. Die Tür zu seiner Mannschaft und zu Karlsen stand offen.

Wenn man die Begeisterungsstürme des Publikums als Barometer nahm, dann war ohne Zweifel Präsident Clinton der populärste Gast bei dem »Großen Friedensfest« – wie die Samstagausgabe von ›VG‹ das Ereignis nannte. Berg fand die Phrase peinlich, wenn man an die Ausgangslage dachte. Immerhin handelte es sich um einen

Konflikt, der schon 27 Jahre dauerte, 3.000 Menschen getötet und 30.000 verletzt hatte.

Der Jubel für den Präsidenten traf die Fernsehmikrophone wie Hammerschläge. Clinton ging als letzter an Bord.

Berg war der einzige in der Einsatzzentrale, der die Fernsehübertragung ungeniert verfolgte. Die anderen waren unter der festen Führung von Karlsen hektisch damit beschäftigt, den größten Sicherheitseinsatz in der norwegischen Polizeigeschichte zu koordinieren. Alle Abteilungen der Polizei waren beteiligt – Schutzpolizei, Verkehrspolizei, Polizei zu Pferd, zu Wasser und in der Luft, uniformierte und zivile Streifen und die Bereitschaftstruppe. Wenn man die eigenen Kräfte der Delegationen mitzählte, war eine Mannschaft von fast tausend Leuten an dem Einsatz beteiligt. Die Mehrheit von ihnen war bewaffnet. Fünfzig Scharfschützen waren auf Dächern und hochgelegenen Terrassen und Balkons postiert.

Zusätzlich zu fast tausend Paar wachsamer Augen wurde das Ereignis von einer großen Anzahl Fernsehkameras überwacht, wovon sich zwei in Hubschraubern befanden – und im Polizeigebäude saßen Experten und beobachteten die Bilder. Das Zentrum von Oslo war von Privatwagen gereinigt. Trotz umfassender Bekanntmachung durch Annoncen und Schilder hatten im Laufe der Nacht 316 Fahrzeuge abgeschleppt werden müssen. Außerdem bestand ein Flugverbot über weiten Teilen des Landesteils Østland.

Clinton winkte und grinste auf seinem Weg von der Limousine zur Schaluppe. »O nein!« Berg stöhnte. Natürlich mußte er stehenbleiben und die hysterische Frau begrüßen! Berg sträubten sich die Haare, als er sah, wie Bill Clinton mit den Fans flirtete. Die Leibwächter bildeten sofort eine Mauer um den Präsidenten. Es war wohl nicht das erste Mal, daß er sich von Frauen und Kameralinsen geschmeichelt fühlte, dachte Berg.

Und das Volk jubelte.

Die Lautstärkeunterschiede beim Jubel für die verschiedenen Gäste waren auffällig. Oben lag ganz klar Clinton – eher unten dagegen Prinz Charles. Aber um der Gerechtigkeit willen mußte Berg zugeben, daß es sogar für Staatsministerin Brundtland der reinste Triumphzug war, als sie sich im rotgepunkteten Sommerkleid zum Schaluppenanleger durchwand. Und Brundtland wäre nicht Brundtland, wenn sie nicht schon am Rathauskai eine kurze, improvisierte PR-Botschaft losgelassen hätte. Sie hatte der Versuchung nicht widerstehen können, als sie an aufgereihten Kameras und Mikrophonen vorbeikam:

»It's a wonderful day today – and let's hope that the nice weather on this day of peace soon will change the political climate all over the world to the better.«

Es fiel Berg auf, daß sie sich auf englisch verständlicher ausdrückte als auf norwegisch. Immerhin.

Nach Frau Brundtland kam John Major, der beherrscht empfangen wurde. Aber dann war der Jubel wirklich zurückgegangen, als die Delegation von Sinn Fein und der IRA eintraf, angeführt von Gerry Adams.

Berg lehnte sich zurück und rieb sich die Augen. Als er sich wieder aufrichtete, traf sein Blick den von Arnstein Karlsen. Sie sahen einander fest an. Sie brauchten keine Worte.

»Hoffentlich übersteht er den Film«, dachte Berg.

64

Er stand am Panoramafenster und beobachtete den sich nähernden Tender. Auf die übliche Weise war ein Zettel hereingeflattert, der den Abstecher nach Moss erklärte. Man würde einige Passagiere abholen, hieß es. Er wußte, daß das eine Wahrheit mit Modifikationen war.

Er holte das Fernglas und ging auf den Balkon hinaus. Der Tender kam näher. Er hob das Fernglas vor die Augen und sah, daß sich dreißig bis vierzig Personen an Bord des fährenähnlichen »Supplybootes« befanden. Die Passagiere saßen auf dem oberen Deck auf Holzbänken. Soweit er das sehen konnte, waren es nur Männer. Die meisten von ihnen trugen dunkle Anzüge – bei der Hitze! Dazu passende dunkle Schnüre führten vom Ohr hinab in die Krägen der Anzüge. Sicherheitskräfte.

Er ließ das Fernglas von einem zum andern gleiten. Meistenteils junge, humorlose Gesichter, die sich unter dem Kauen des obligatorischen Kaugummis zu Grimassen verzogen. Dann zuckte er zusammen, geblendet von einem Gesicht, das so kräftig strahlte, daß er gerade noch die Züge erkennen konnte. Es war das Gesicht von Gill.

Der bleiche, weichliche Gill war auf dem Tender.

65

Jeje war zu einem Haus hinabgelaufen, das direkt am Wasser lag. Er wollte sehen, ob dort Gewehrläufe aus den Fenstern ragten. Oder aus den Fliederbüschen. Aber auch hier keine Spur vom Eunuchen. Dafür fand er eine Fototasche. Sie stand auf einem Tisch gleich hinter der geöffneten Terrassentür.

»Hallo!« rief er.

Keine Reaktion.

Er untersuchte die Fototasche. Sie sah vielversprechend aus, weder billig noch klein.

»Reiß dich zusammen, Jeje!« sagte er zu sich selbst.

Und griff die Tasche.

Durch seinen Blitzstart flog Cäsar, der immer noch an dem einen Ende des Startkabels hing, einige Meter durch die Luft. Jeje folgte der üblichen Rückzugsroutine: Volle Fahrt entgegen der sich zuerst anbietenden Richtung. Also mußte er die Böschung hinauf.

Nach einem kräftezehrenden Umweg kam er wieder beim Auto an. Er brachte Cäsar und die Fototasche im Kofferraum unter und fuhr aus Drøbak heraus. Ein paar Kilometer hinter dem Zentrum bog er in Richtung Heerløkka ab, fuhr noch ein paar hundert Meter und hielt an. Er öffnete den Kofferraum. Das Wollknäuel sprang ihm direkt in die Arme und leckte ihn mit seiner Kehrmaschinenzunge ab. Er setzte ihn auf den Vordersitz, sah sich um – und begutachtete seine Beute. Eine Nikon-Profiausrüstung. Wert mindestens 50.000 Kronen.

Er schloß den Kofferraum. Gerade als er sich hinter das Lenkrad setzen wollte, hörte er ein Dröhnen – ein niedrigfrequentes Geräusch, das sein Zwerchfell erschütterte. Er blickte auf und sah, daß das Donnern von Menschen geschaffen war. Am Horizont tauchte die »S/S Norway« auf. Bis vor kurzem das größte Passagierschiff der Welt, immer noch das längste, und konkurrenzlos das schönste.

Plötzlich war Jeje alles klar. Die »S/S Norway« – natürlich! Dort war er. Wie ein Ritterfürst hatte sich der Ire eine geeignete Anhöhe gesucht, von der aus er alles übersehen und dann zuschlagen konnte. Das war nicht mehr nur so eine Ahnung oder ein Gefühl. Jeje wußte es plötzlich! In dem Augenblick, als er die »S/S Norway« sah, wußte Jeje, daß er dort war – der Eunuch.

Er ließ den Blick weiterschweifen und entdeckte die Königliche Yacht. Sie schien still zu liegen – quer im Drøbaksund. Mit Diana an Bord.

Er brauchte ein Boot.

66

Wenn Ada Sokne das Tontaubenschießen leitete, nahmen immer sehr viele daran teil. Besonders Männer! Das hing mit Adas gewissenhafter Art und Weise zusammen, mit der sie die Schützen anleitete.

Da diese Beschäftigung den Gebrauch von Waffen erforderte, mußte sie von einem der Offiziere geleitet werden. Die meisten der männlichen Offiziere hielten das Tontaubenschießen für unter ihrer Würde. Und als sie erfuhren, daß die stellvertretende Sicherheitsoffizierin dreifache norwegische Meisterin im Luftgewehrschießen war, hatten sie Ada mit Erleichterung und Jubel zur Tontaubenkönigin ausgerufen.

Die meisten derjenigen, die tote Vögel schießen wollten, hatten wenig oder keine Erfahrung im Umgang mit Waffen – und Ada sah es als ihre und des Schiffes Pflicht an, sie gründlich zu unterweisen. Als das Gerücht von Adas gründlichem Schießunterricht sich verbreitete, behaupteten plötzlich auch viele erfahrene Schützen, sie hätten noch nie eine Waffe in der Hand gehabt, was zu immensen Warteschlangen und entsprechend langen Tontaubenschichten für Ada führte.

Sie begann die Einweisung damit, dem Schützen das Gewehr – eine amerikanische Pump-Gun, in Norwegen verboten – ungeladen in die Hand zu geben. Dann stellte sie sich hinter ihn und preßte sich dicht an seinen Rücken, legte ihr Kinn auf seine rechte Schulter, so daß ihr volles, dunkelblondes Haar ihn in der Nase kitzelte, und erzählte mit ihrer rauhen, sinnlichen Stimme, daß das ganze Geheimnis darin bestand, das Gewehr wie einen Zeigestock zu behandeln. »Zeigen Sie mit dem Gewehr gerade auf die Tontaube«. Und die Männer nickten und fragten sich, was sie wohl gesagt hatte. Weiter ermahnte sie sie, nur mit dem Finger abzudrücken, nicht mit der ganzen Hand. »Ziehen, nicht reißen!« Und sie brachte ihnen bei, sich vorzustellen, mitten auf einem Zifferblatt zu stehen. Bei neun Uhr wurde die Tontaube herausgeschleudert, und war sie bei elf Uhr noch nicht getroffen, brauchte man es gar nicht mehr zu versuchen.

Das Seltsame an diesem Intensivunterricht war, daß er zu regem Zulauf führte, aber zu miserablen Schießleistungen.

Sie hatte die Warteschlange dieses Tages fast abgearbeitet, als sie sah, daß *er* aus dem Hintergrund heraus die sonderbare Vorstellung verfolgte – der Prinz oder Lord oder was er nun war. Er hatte seine Schottentracht nicht an, statt dessen trug er elegante Freizeitkleidung. Er sah zu, bis sie den letzten aus der Schlange bedient hatte. Dann ging er zu ihr hin und stellte sich vor.

»Eigentlich ist das Training zu Ende«, sagte Ada, »aber wenn Sie es einmal versuchen wollen – meinetwegen gerne.«

Der Prinz nickte und bedankte sich.

67

Es war nicht zu glauben, aber die nackte Wahrheit: Der Bootshafen war leer! Klinisch rein! Kein einziges Boot! Jeje stand mitten auf der Mole und traute seinen eigenen Augen nicht. Es war tatsächlich nichts Schwimmfähiges zu sehen, nirgends. Kein Floß, kein Kajak, nicht mal eine Luftmatratze. Jeje hatte das ungute Gefühl, daß die Leute aus Drøbak sogar an ihre Bügelbretter und Brotschneidebretter Außenbordmotoren montiert hatten, um an diesem Samstag aufs Wasser zu kommen.

Und selbst damit waren nicht alle auf den Fjord hinausgekommen. Viele hatten auf Brücken Aufstellung bezogen, sich auf einen Stein am Ufer gesetzt, sich auf der Veranda eingerichtet, oder sie hingen in den Fenstern, um die Vorstellung auf dem Fjord mitzubekommen.

Die Königliche Yacht lag bereits vor Anker und war bereit für das Treffen mit Goliath.

Jeje riß an den Starthilfekabeln und bahnte sich einen Weg zurück durch die Schlange derer, die die Mole als Tribüne benutzen wollten. Plötzlich stoppte er – so abrupt, daß Cäsar ihm in die Hacken lief. Er sah ein Boot! Ein leibhaftiges Boot! Ein Ruderboot, das kieloben auf einer Steinbrücke ein paar hundert Meter unterhalb rechts von ihm lag. Jeje nahm Cäsar unter den Arm, legte sich die Starthilfekabel um den Hals und lief im Slalom durch die Menschenmasse. Als er endlich aus der Schlange herauskam, begann er um sein Leben zu laufen. Um Dianas Leben. Drei Minuten nach seiner Entdeckung stürmte er auf die Brücke und lief direkt auf einen alten Mann zu, der mit dem Boot beschäftigt war. Zwei andere standen dabei und sahen zu.

»Was wollen Sie dafür haben, wenn Sie mir Ihr Boot ausleihen?« japste Jeje.

»Das Boot ist verkauft«, antwortete der Alte, ohne Jeje anzusehen. »An Amundsen von ›Dagbladet‹.«

68

Noker war nach einer intensiven Rauchpause wieder auf seinem Posten als Filmproduzent. Er machte die Kamera klar und war offen für jedes Motiv, als er plötzlich Schüsse hörte. Er wirbelte herum, um herauszufinden, woher das Geräusch kam, und dann erinnerte er sich. Das war Ada. Warum sollten ›Die Gefahren des Kreuzfahrtlebens‹ nicht eine Sequenz mit Tontaubenschießen enthalten? Er überprüfte den Akku an der Kamera.

Die Tontaubenschießanlage war am Achterende des »Viking Decks« angelegt. Es war keine großartige Sportanlage – eine Tontaubenschleuder mit Spannfeder, das war alles. Noker näherte sich, so unbemerkt er konnte – er wollte nicht, daß Ada ihn sah. Nicht aus aufnahmetechnischen Gründen, er fürchtete vielmehr, daß sie eine aufziehende Skepsis in seinem Gesicht entdecken und den begründeten Zweifel hegen könnte, daß er auf einem Kreuzfahrtschiff nichts anzufangen wußte – kurz gesagt, daß er sich langweilte. Denn dann wäre sicher Tontaubenschießen die nächste Arbeitsbeschaffungsmaßnahme für Noker Sokne.

Er sank auf die Knie und hob die Kamera, nahm Ada in den Sucher – und bekam einen Schock. Er senkte die Kamera wieder, um sich mit bloßen Augen zu vergewissern, und da stand sie tatsächlich … und umarmte einen Kerl. Von hinten allerdings. Er zweifelte nicht daran, daß das mit den Schießübungen zu tun hatte. Aber war dazu denn ein solch inniger Körperkontakt nötig? Noker schluckte. Das da würde er aufnehmen, sowohl mit der Videokamera als auch später in einem Gespräch unter vier Augen. Er hob die Kamera, befeuchtete seine vor Nervosität trockenen Lippen und machte sich bereit, Ada Soknes Schießtraining auf das Magnetband zu bannen. Dies würde die konkurrenzlos gefühlsbeladenste Sequenz in seinem Film werden.

»Du glaubst es nicht, bevor du es selbst gesehen hast«, dachte Noker und drückte den Aufnahmeknopf. Nach einer Weile, die Noker wie eine Ewigkeit vorkam, riß sie sich los und ging herüber zur Tontaubenschleuder. Der Mann brüllte »Go!«, die Tontaube schnellte los – und verschwand im Wasser. So ging es weiter, der Mann rief »Go!«, die Tontaube kam, und nie gelang es ihm zu schießen, bevor die Tontaube ins Wasser fiel.

Was er im Sucher sah, gefiel Noker. Es hätte ihn irritiert, wenn ein Mann konzentriert genug war, um ins Schwarze zu treffen, nachdem er sich minutenlang an Adas Brüsten ausgeruht hatte.

Ein neuer Kunde. Noker wappnete sich gegen das, was er zu erwarten hatte – eine weitere Intimszene. Aber sie kam nicht. Dieser Kerl war offenbar erfahrener. Sie unterhielten sich kurz, dann bekam er von Ada das Gewehr. Sie trabte zur Tontaubenschleuder, gab das O. k.-Zeichen – und er rief: »Go!«. Sofort danach knallte es, und eine weiße Puderwolke am Himmel verkündete den Treffer.

Auch der nächste Schuß traf, aber dann passierte etwas. Der Mann hob das Gewehr in die Luft, als Signal für Ada. Funktionsfehler, dachte Noker. Der Schütze senkte das Gewehr wieder und hielt es, wie es sich gehört, mit dem Lauf nach unten, als Ada zu ihm kam.

Dann passierte etwas Merkwürdiges. Ada griff nach der Waffe, aber er zog sie weg. Ada versuchte zurückzuweichen, aber der Schütze packte sie am Jackenärmel und zog sie zu sich heran. Im nächsten Augenblick drehte er das Gewehr um und zerrte Ada direkt vor den Lauf. Durch den Sucher erlebte Noker all das als unwirklich. Dann ging es ihm langsam auf, daß Ada in Schwierigkeiten war. Ja, mehr als das, sie war zu Tode erschreckt, weiß vor Angst. Entsetzt legte Noker die Kamera weg und stand auf. Er wollte schreien, er wollte rennen – tat aber keines von beidem. Er wagte es nicht, aus Rücksicht auf Ada.

Dann hielt ein verspäteter Kurierwagen im Innern seines Gehirns und überbrachte einen Bescheid. »Sieh dir den Mann an!« stand darauf. Noker ging wieder auf die Knie und zog mit zitternden Händen die Kamera zu sich heran. Er zoomte ein, auf den Mann – widerstand der Versuchung, auf Ada zu schwenken. Automatisch drückte er den Aufnahmeknopf und filmte einen schlanken, großen Mann. Model-Figur. Kurzgeschnittenes, rotes Haar …

Natürlich! Es war der Eunuch!

Noker vergaß das Atmen. Er setzte sich hin und lehnte den Rücken gegen einen Stahlträger. Er schnappte mit offenem Mund und nach oben gerichtetem Blick nach Luft. Dann begann sein Gehirn wieder zu arbeiten. Noch einmal hielt er die Kamera in ihre Richtung, fand sie aber nicht. Sie waren nicht mehr da. Er kämpfte gegen die Panik an und wedelte wild mit der Kamera umher, um sein Motiv wiederzufinden. Da tauchten sie wieder auf. Sie waren auf dem Weg nach drinnen. Noker kämpfte mit sich selbst, um die Kamera festzuhalten. Der Mann hatte seinen linken Arm um Adas Schulter gelegt, in dem rechten hielt er das Gewehr. Die Szene war so unwirklich. Sie sahen aus wie ein Liebespaar, das die Treffer und die Seitenabweichung analysierte.

Noker zwang das Objektiv nach unten, weg von Adas weißem Gesicht, auf das Deck hinab, zu den Füßen.

Und merkwürdigerweise wurde Noker ruhiger, als er sah, daß der Mann beim Gehen den rechten Fuß ein wenig nachzog.

69

Die »S/S Norway« hatte die UNO-Flagge gehißt, und Kapitän Sander Sørensen hatte seine Galauniform angezogen. Alles war shipshape und klar.

Er stand auf der Brücke und beobachtete die Sportbootaktivität mit dem Fernglas. »Schlimmer als der Osterverkehr in Oslos Skigebiete«, kommentierte er. »Hoffentlich kann die Polizei sie auf Abstand halten.« Er setzte das Fernglas ab.

»Langsame Fahrt.« Er hob das Fernglas wieder und hielt weiter Ausschau.

»Und dann werden wir ordentlich ins Horn stoßen. Das müssen wir tun, bevor wir der Königlichen Yacht zu nahe kommen.«

Während er sprach, bemerkte Sørensen, daß sich die Aufmerksamkeit auf der Brücke etwas anderem zuwandte. Etwa hinter seinem Rücken. Leicht irritiert sprach er seinen Satz zu Ende und drehte sich um. In der Tür stand die Sicherheitsoffizierin Ada Sokne. Bleich und zitternd. Und hinter ihr stand der Grund für ihre Angst – ein Mann mit einer Pump-Gun. Das Gewehr von der »Norway«, registrierte Sørensen. Der Mann trug Freizeitkleidung.

»Was zum Teu...« Mehr brachte Sørensen nicht heraus. Ada stürzte ihm in die Arme. Der Mann mit dem Gewehr zog ruhig die Tür hinter sich zu und schloß sie ab. Dann richtete er das Gewehr auf Adas Rücken – sie hing immer noch in Kapitän Sørensens Armen.

»Wenn irgend jemand irgendwas versucht, schieße ich«, sagte der Mann.

Er sprach überraschend leise.

»Sie zuerst. Oder vielleicht fangen wir mit dem Kapitän an. Wir werden sehen!«

»Was wollen Sie?« Sørensen schaute auf. Er stand gebeugt und half Ada, die Balance wiederzugewinnen.

»Er hat den Funkoffizier getötet«, rief Ada panisch. Sie schüttelte hilflos den Kopf – als ob sie jemanden suchte, der sie in die Wirklichkeit zurückholen könnte.

»Das Telefon funktioniert auch nicht«, lachte der Mann. »War das keine nützliche Information?« Er sprach Englisch.

»Ich wiederhole: Was wollen Sie?«

Obwohl Kapitän Sørensen kaum eine relevantere Frage stellen konnte, klang sie fehl am Platze. Beinahe theatralisch. Und sie hinterließ – bei Freund und Feind – den Eindruck, als hätte er besser den Mund gehalten.

Der Eunuch übersah den Kapitän komplett. Er schenkte ihm nicht eine Sekunde Aufmerksamkeit. Statt dessen stach er Ada mit dem Gewehr in den Bauch. Sie hatte die Fassung so weit wiedergewonnen, daß sie auf eigenen Beinen stehen konnte.

»Nimm den Uniformfreak mit und geh zurück.« Er starrte sie eiskalt an. »Fünf Schritte zurück – jetzt!« Er unterstrich seinen Befehl dadurch, daß er Ada den Gewehrlauf in den Bauch rammte. Sie brach zusammen, schaffte aber den Rückzug. Als das Gewehr sie traf, war ein scharfer Ausruf von der Offiziersgruppe auf der anderen Seite der Brücke gekommen. Blitzschnell richtete er den Gewehrlauf auf sie.

»Wer will hier den Helden spielen?«

Niemand antwortete.

»Die Beine auseinander. Los – ich will einen halben Meter zwischen euren Beinen haben!«

Sie taten, wie er gesagt hatte, den Blick fest auf den Gewehrlauf gerichtet.

»Die Hände hinter den Kopf!«

Auf der Brücke waren drei Offiziere zuviel. Sie hatten sich anläßlich des Rendezvous auf dem Fjord selbst eingeladen. Und alle gehorchten dem Eunuchen ohne Trotz oder Widerspruch. Nur der Rudergänger protestierte mit einem verzweifelten Blick und seufzte laut vor Erleichterung, als ihm der Eunuch mit einem Nicken signalisierte, daß er das Schiff weiterhin steuern dürfe.

»Siehst du die Königsjacht?«

Der Rudergänger nickte. Seine Lippen bebten, obwohl er sie fest zusammenpreßte.

»Halte direkt darauf zu. Die kleinste Abweichung, und ich erschieß dich. In den Bauch.«

»Könnten Sie uns bitte erklären, was Sie wollen?«

Kapitän Sørensen hatte sowohl die Stimme als auch seine Autorität wiedergewonnen. Und diesmal klang die Frage nicht wie eine Entschuldigung.

Der Eunuch zeigte sich weiterhin uninteressiert an dem Kapitän, aber plötzlich drehte er sich um, glitt wie ein Fechter nach vorn – und schlug ihm mit dem Gewehrlauf gegen die Schläfe. So hart, daß er vor Anstrengung stöhnte. Der Lauf traf die rechte Schläfe und hieb einen tiefen Riß in die Wange. Er traf die Nase und zertrümmerte das Nasenbein, bevor der Schlag endlich seine Kraft verlor. Sørensen brach mit einem kurzen Stöhnen zusammen. Ada begann zu weinen. Ein leises, monotones Geräusch der Verzweiflung. Aber sie hatte sich doch soweit in der Gewalt, daß sie neben Sørensen niederkniete, ihn auf die Seite drehte und dafür sorgte, daß er frei atmen konnte. Der Eunuch machte einen Schritt zurück auf die Gruppe zu, die auf der anderen Seite der Brücke stand.

»Hat noch jemand irgendwelche Fragen?«

Sie starrten stumm vor sich hin.

»Gut.« Er richtete das Gewehr auf den ersten Steuermann. »Mach eine Durchsage über Lautsprecher. Auf englisch. Mr. Gill von der Sicherheitstruppe des Präsidenten soll auf die Brücke kommen. Sag, daß es eilt!«

70

Im nachhinein stellte Jeje den Vorfall als Cäsars glorreichen Einsatz dar, um sein Frauchen vor dem sicheren Tod auf der Königlichen Yacht zu retten. »Hätte Cäsar mich nicht auf den Parkplatz gelockt – ja dann ...«

Als sich die Episode abspielte, war der Ton allerdings ein ganz anderer gewesen.

Nachdem er von der Brücke zum Auto zurückgelaufen war, war Jeje total ausgepumpt. Unterwegs war es ihm aufgegangen, daß er weniger als einen Meter von dem Journalisten Amundsen entfernt gestanden hatte, ohne mitbekommen zu haben, wie er eigentlich aussah.

Er lehnte sich mit dem Rücken an das Auto und wühlte in seiner Tasche nach dem Autoschlüssel. Er fand ihn nicht und ließ das Starthilfekabel fallen, um in der anderen Tasche zu suchen. Die Gelegenheit nutzte Cäsar, um abzuhauen. Das Wollknäuel flitzte über die

Storgate und lief dann auf der rechten Straßenseite weiter Richtung Fähranleger.

»Teufel!« brüllte Jeje, aber Cäsar kannte diesen Namen nicht und lief weiter. Was er dagegen sehr gut kannte, war ein einladender Duft – ein Ruf, der sich durch die Luft verbreitete und ihn zwischen den Hinterbeinen warm und feucht werden ließ. Das Wollknäuel jubelte innerlich und vergaß Zeit und Ort und Jeje.

Love is in the air!

Ein vor sich hin fluchender Jeje sah, wie Cäsar mit lüsternen Sätzen in einen Parkplatz einbog – der vollbesetzt war. Er verlor das Wollknäuel aus den Augen, und sein Unterbewußtsein begann bereits, sich auf den Augenblick vorzubereiten, da er Diana über Cäsars Verschwinden informieren müßte.

Die Hauptperson war hoffnungslos von Amors Pfeil getroffen, und mit zunehmendem Tempo holte der Liebesgott die Leine ein. Unglücklicherweise führte die unsichtbare Leine an dem Pfeil durch einen Maschenzaun, und da fiel Cäsar unter großem Lärm auf die Schnauze. Wodurch der Kontakt mit dem keuchenden Jeje wieder hergestellt war.

Das Wollknäuel hatte sich im Zaun verheddert und heulte vor Schmerz und unerfüllter Lüsternheit. Jeje bückte sich und befreite ihn beherzt mit beiden Händen, und als er sich wieder aufrichtete, stand das Fahrzeug direkt vor seinen Augen. Ein Jetski auf einem Anhänger! Ein Wasserscooter. Genau das, was er brauchte. In wenigen Sekunden hatte er sich dafür entschieden, das ganze Gefährt zu stehlen, den Granada und den Hänger. In noch kürzerer Zeit hatte er den alten Ford geöffnet. Er setzte Cäsar auf den Beifahrersitz, beugte sich unter die Lenksäule, verband ein paar Kabel, und beim dritten Versuch bekam er den Motor zum Laufen.

Als er an seinem eigenen, falsch geparkten Auto in der Storgate vorbeifuhr, kam ihm eine Idee. Er hielt an, stieg aus, öffnete den Kofferraum und kam mit der leeren Fototasche wieder. Dann fuhr er weiter zum Bootshafen und ließ den Jetski zu Wasser. Er griff Cäsar am Nackenfell, steckte ihn in die Fototasche und zog den Reißverschluß zu. Dann hängte er sich die Tasche um den Hals und bestieg die Yamaha – ein Fahrzeug, auf dem er sich im letzten Sommer lange herumgetrieben hatte.

Ein qualvolles Heulen aus der Fototasche erweichte ihn dazu, den Reißverschluß so weit zu öffnen, daß Cäsar seine Schnauze herausstrecken konnte. Dann gab er Gas und schoß wie ein Pfeil direkt auf die Mitte des Fjords zu.

71

Der Eunuch hatte Ada als Geisel genommen.

Noker war aufgestanden, er hielt die Videokamera schlaff in der rechten Hand und starrte mit leerem Blick auf die Stelle, wo Ada und der Eunuch verschwunden waren. Er fühlte, wie jegliche Kraft seinen Körper verließ und sich statt dessen Angst und Ohnmacht ausbreiteten.

Nach einer Weile – er wußte nicht, wie lange er so dagestanden hatte – konnte er sich endlich an die heraufdämmernde Erkenntnis klammern: Ich kann Ada nicht helfen, wenn ich panisch werde! Ein Experte hätte wohl kaum unterschrieben, daß Noker von Panik ergriffen war. Sein Zustand ähnelte eher dem der Apathie.

Langsam wurde er wieder handlungsfähig. Zuallererst mußte er Ada signalisieren, daß er wußte, was geschehen war. Er dachte sich, daß das Ziel des Eunuchen die

Brücke war und daß er den am wenigsten bevölkerten Weg nehmen würde. Und der führte geradeaus. Zum Stairtower 3 oder 2, um dann den Aufzug nach oben zu nehmen.

Ada hatte ihn herumgeführt und ihm die Geographie des Schiffs erklärt. Daß die Einkaufs- und Restaurantstraßen auf dem »International Deck« lagen, daß das »Olympic Deck« den Sportlern vorbehalten war und daß man ganz oben baden und sich sonnen konnte. Und sie hatte ihm erzählt, daß das Schiff sechs durchgehende Treppen- und Aufzugstürme hatte, die sogenannten Stairtower.

Er lief hinein und holte sie beim Stairtower 4 ein. Er beschloß, an ihnen vorbeizugehen. Tat er das, ohne sich zu erkennen zu geben, würde Ada verstehen, daß er im Bilde war. Das würde ihr Hoffnung geben. Er verzichtete darauf, weiter darüber nachzudenken, wieviel Hoffnung noch bestand. Er beschleunigte seine Schritte, begann zu pfeifen, und mit einem beherzten »Excuse me« drängte er sich an ihnen vorbei. Er konnte nicht widerstehen, rasch zu ihr hinüberzusehen, und ihre Blicke trafen sich. Dann eilte er weiter. Er rechnete jeden Augenblick damit, Schüsse zu hören. Aber er lebte immer noch, als er den nächsten Stairtower erreichte, und konnte hinaufrennen.

Er mußte Alarm schlagen. Sollte er auf die Brücke hinauflaufen? Er verwarf den Gedanken. Er kannte den Weg nicht, Ada war ortskundig – und der Eunuch sicher auch. Sie wären vor ihm da. Und wenn der Eunuch ihn noch einmal sähe, würde es knallen.

Er mußte die Polizei anrufen! Am Ende des Gangs verkündete ein großer Handwagen, daß dort eine Kabine aufgeräumt wurde. Er lief darauf zu und stürmte in die Kabine. Eine Frau fuhr vom Staubsaugen auf und grüßte »Hello Sir«. Er antwortete nicht, noch würdigte er sie eines Blicks, sondern sah sich verzweifelt nach einem Telefon um. Auf einer niedrigen Kommode neben dem Fernseher stand eines. Er riß den Hörer ans Ohr – tot. Fieberhaft trommelte er auf der Signaltaste herum, aber ohne Resultat. Er warf den Hörer fort, wandte sich zu der Frau um und rief »Officers«. Sie sah ihn fragend an, lächelte aber herzlich. »Officers«, wiederholte er. Mit Fistelstimme. »No officer«, antwortete sie, ohne das Lächeln aufzugeben.

Noker gab auf und lief hinaus auf den Gang. Hinter sich hörte er, wie die Frau das Telefon ausprobierte. Sie drückte Tasten und sagte »Hello!«. Dann legte sie schulterzuckend auf.

»Mobiltelefon«, dachte Noker – um den Gedanken sofort wieder zu begraben. Wenn Leute auf eine Kreuzfahrt nach Spitzbergen gingen, dann doch wohl gerade, um dem Kreischen der Handys zu entgehen. Er spürte die lähmende Verzweiflung wieder aufziehen. Das Schiffstelefon war tot, kein Offizier war zu sehen, und niemand vom Kabinenservice verstand Englisch.

»Beruhige dich, Noker.« Immer wieder murmelte er diese Beschwörung leise vor sich hin, wußte aber im Innersten, daß es zu spät war. Er warf auf dem Weg ins Aus. Er konnte nichts mehr tun. Und immer noch schleppte er diese verdammte Videokamera mit sich herum.

Da fiel es ihm wie Schuppen von den Augen.

Bilder vom Eunuchen. Für Berg. Das war es! Auf dem Fjord wimmelte es von Polizeibooten – er konnte ihnen die Videokassette zuwerfen. Zusammen mit der Bitte, Berg zu alarmieren.

72

Gill schlenderte die »Fifth Avenue« entlang – eine der »Hauptstraßen« an Bord der »S/S Norway« – und es wurde ihm bewußt, daß man, selbst wenn man den besten Job der Welt hatte, doch vom Glück abhängig war. Er hätte wie die Made im Speck leben können, an Bord der Königlichen Yacht – das hätte jedoch bedeutet, vier Stunden lang unter Anspannung zu stehen. Aber er hatte Glück gehabt und war für den Sahnejob auf der »S/S Norway« herausgepickt worden.

Sie hatten die Decks unter sich aufgeteilt, und der erste Teil des Jobs bestand darin, herumzuschlendern und sich umzuschauen und dabei so wenig Aufmerksamkeit wie möglich zu erwecken. Eben ein Sahnejob!

Da riß ihn der Lautsprecher aus seinem Traumzustand. Er sollte sich auf der Brücke melden. Worum konnte es gehen? Jedenfalls um nichts, was mit seinem Job an Bord des Schiffes zu tun hatte – sie hatten ihr eigenes Kommunikationsnetz. Aber es konnte ein Telefonanruf sein. Vielleicht war das Kind geboren? Er hielt an einem Schnellrestaurant und breitete auf einem freien Tisch den Schiffsplan aus. Er prägte sich den kürzesten Weg zur Brücke ein, faltete den Plan wieder zusammen und machte sich auf.

Gill hatte niemals gefürchtet, daß Ian MacKellogh sich rächen könnte. Erstens war der Kerl Invalide, und zweitens waren Jahre vergangen, ohne daß er es versucht hatte. Rache ist Leidenschaft, und Leidenschaft vergeht mit der Zeit. Rache war nach so langer Zeit einfach nicht mehr zu erwarten.

Deshalb hatte Gill gegenüber norwegischen Polizisten, die meinten, daß Ian MacKellogh ein gefährlicher IRA-

Terrorist sei, nur milde gelächelt. Kellogh! Ein schwuler Krüppel, der mit nach außen verlegtem Darm und Blase durch die Gegend humpelte?

Wenn er so gefährlich war, warum hatte er dann nicht zugeschlagen, als sie mit Clinton in Nordirland waren? Aber genau wie all die anderen feigen Bombenleger war Kellogh in Deckung gegangen. Die ganze IRA war ein Haufen von überschätzten Sonderlingen. Außerdem war Kellogh tot. Umgebracht von einem Außenbordmotor. Wie pathetisch.

Gill hatte es nicht eine Sekunde bereut, daß er bei der Bestrafung dabeigewesen war. Sie hatten richtig gehandelt, vielleicht nicht ganz korrekt – was die Regeln und Gesetze anging. Alle, die daran beteiligt waren, Kellogh zu grillen, waren zu einem Tadel verurteilt worden, was die mildeste Strafe innerhalb des Militärs ist. Und nachdem der Tadel ausgesprochen war, hatten die Offiziere Gill und den anderen auf die Schultern geklopft und ihnen empfohlen, auf eine Militärkarriere zu setzen.

Er kam an eine Tür mit Code-Schloß und der Aufschrift »Crew only«. Er drückte die Ruftaste.

»Brücke«, sagte eine Stimme.

»Gill hier.«

»Willkommen«, hörte er, und dann ein Summen im Türschloß.

Er ging durch einen schmalen Korridor. Am Ende lagen zu beiden Seiten die Offizierskabinen, am Anfang links lag die Funkzentrale, rechts das Quartier des Kapitäns. Am Ende des Korridors klopfte er an eine Tür mit der Aufschrift »Bridge«.

Die wurde von einem Offizier geöffnet, der ihm sofort den Rücken zuwandte und zu einer Gruppe Kollegen ging. Erst als er hörte, daß die Tür hinter ihm verschlossen wurde, warnte ihn sein Gehirn, daß etwas nicht stimmte. Er fuhr herum – und stand Auge in Auge mit Ian Kellogh!

»Schön, daß du kommen konntest, Gill!« sagte der Eunuch.

73

Noker Sokne stand auf dem »Olympic Deck« an der Reling und winkte mit dem blauen Paket, das er geschnürt hatte. Er sah viele Boote, die meisten randvoll mit prominenzgeilen Zuschauern, aber niemand nahm von dem Mann dort hoch oben auf der »S/S Norway« Notiz, der verzweifelt mit irgend etwas Blauem in der Hand wedelte.

Niemand außer Jeje.

Er hielt Kurs direkt auf die »S/S Norway«. Und er sah den winkenden Mann. Es war klar, daß er etwas wollte. Aber was? Jeje fuhr direkt auf ihn zu, und als er sich nicht näher traute, setzte er einen parallelen Kurs. Der Mann hatte ihn gesehen und winkte noch aufgeregter. Jeje nahm die linke Hand vom Lenker und winkte zurück. Dann zeigte er auf den Mann und dann auf sich selbst. Der Mann nickte, nahm Anlauf – und warf das blaue Paket ins Wasser. Es wirkte verschwindend klein, als es durch die Luft wirbelte. Jeje drehte nach rechts ab und fuhr zu der Aufschlagstelle. Dort war kein blaues Paket zu sehen. Er fuhr im Kreis herum, fand aber nichts als weißen Schaum. Er wußte, daß der Mann dort oben ihn beobachtete, und er fürchtete den Augenblick, in dem er wieder längsseits zum Schiff gehen und signalisieren mußte, daß das Paket weg war. Jeje hatte instinktiv begriffen, daß der Inhalt wichtig war, und er ging wie selbstverständlich davon aus, daß das Paket etwas mit dem Iren zu tun hatte.

Er beschloß, die Suche abzubrechen. Wahrscheinlich hatte der Schraubensog der »S/S Norway« das Paket auf den Grund gezogen. Und jetzt lag es vielleicht im Metallschrott eingekeilt als verspätetes Postpaket für Blücher.

Plötzlich war es da und dümpelte in den Wellen.

Jeje bückte sich und fischte es auf. Lage für Lage dünnes Plastik riß er fort. Es waren Abfalltüten. Die gleichen wurden in der Polizeihochschule benutzt. Schließlich offenbarten sich ein paar Coladosen und eine Batterie für eine Videokamera – und noch ein Plastikpaket. Jeje warf die Coladosen und die Batterie ins Wasser und machte sich daran, weitere Plastikschichten abzupellen. Bei diesem Paket waren es nicht so viele, und bald hatte er eine Videokassette freigelegt und einen Zettel, auf dem stand:

»HILFE! Mein Name ist Noker Sokne – ich bin Polizist. Unterrichten Sie bitte den nächsten Polizisten davon, daß der Terrorist Ian Kellogh lebt und das Kommando über die »S/S Norway« übernommen hat. Ziel: Rammung und Versenkung der Königlichen Yacht. Nachricht an: Polizeiinspektor Odd Berg. Polizeikammer Oslo.«

Jeje wurde schlecht. Und schwindelig. Er stopfte den Brief und die Kassette in seine College-Jacke. Die Yacht versenken! Mit beiden Händen griff er den Lenker – hauptsächlich, um sich festzuhalten. Was sollte er nur tun? Das Paket der Polizei übergeben. Dabei würde er riskieren, selbst hochzugehen – aber es könnte Diana retten. Die Wahl war einfach. Er sah das massive Schiff, das sich zu seiner Linken durch das Wasser schob. Es mußte gestoppt werden. Bald – und um jeden Preis.

Er legte sich wieder dicht längsseits zur »S/S Norway« – der Mann stand immer noch da. Jeje winkte, hob einen Daumen hoch und zeigte auf seine Brust. Der Mann winkte zurück. Dann gab Jeje Vollgas, und stoppte. Vollgas – und Stop. Und vor jedem Blitzstart zeigte er auf den Mann.

Noker war den Tränen nahe vor Erleichterung. Das Paket war geborgen. Aber warum fuhr der Kerl nicht direkt auf ein Polizeiboot zu – oder an Land –, statt wie ein Verrückter neben der »S/S Norway« herzufahren. Eine eisige Angst überkam ihn. Vielleicht hatte er Probleme mit dem Motor. Noker kannte sich mit dem Gefährt des Mannes nicht aus, aber soweit er wußte, ging es unter, wenn der Motor stehenblieb. Das fehlte jetzt nur noch!

Die Stotterfahrt hielt an. Das motorradähnliche Speedboot fuhr ein kurzes Stück. Und hielt an. Es wirkte nicht so, als sei der Fahrer besonders mit dem Fahrzeug beschäftigt. Statt dessen zeigt er auf Noker und danach auf sich selbst. Wollte er ihm etwas mitteilen?

Noker dachte scharf nach. Der Mann fuhr, gab Gas – und stoppte. Abrupt. Und er zeigte auf Noker.

Der die Botschaft endlich verstand. Verdammt, der Kerl war gewitzt. Was er ihm sagen wollte, war »Maschinen stop!«.

Noker stürzte los und lief. Er wußte weder Weg noch Ziel, aber er vermutete, daß der Maschinenraum irgendwo im Rumpf des Schiffes lag.

74

»Dreh dich um, Gill, und komm her!« Der Eunuch hielt die Pump-Gun in der rechten Hand. Den Kolben hatte er fest unter den Arm geklemmt.

»Und die Hände schön hoch – dann bekommst du den besten Balkonplatz. Die Show fängt bald an, und als erste Nummer teilen wir deinen Präsidenten in zwei Hälften.« Gill wandte sich den Brückenfenstern zu und hob den rechten Fuß, um die erste Stufe zu nehmen – aber bevor er den Fuß absetzte, wurde er von einem lähmenden Schlag ins Kreuz getroffen. Die Beine knickten ihm weg, und er brach auf dem Boden zusammen. Im nächsten Augenblick donnerte ein Fußtritt gegen seine Rippen. Er hustete und fühlte einen stechenden Schmerz in der Brust.

»Hoch mit dir, Gill! Hoch!«

Gill rappelte sich auf und taumelte auf eine Konsole ganz hinten auf der Brücke zu. Er hielt sich mit beiden Händen fest und biß die Zähne zusammen.

»Die Beine auseinander, Gill! Und du ...«

Er schwenkte das Gewehr auf Ada.

»... holst seine Pistole.«

Ada erhob sich. Der Kapitän stöhnte, als sie seinen Kopf auf den Boden legte. Ängstlich sah sie den Eunuchen an.

»Klopf ihn ab. Die Beine, das Kreuz und unter den Armen. Er kann noch eine zweite haben, zusätzlich zu der obligatorischen Kanone im Schulterholster.«

Ada steckte eine Hand unter Gills Jacke. Sie fand das Pistolenholster unter dem linken Arm und versuchte, die Waffe zu lösen, sie saß aber fest.

»Es ...«

»Heb die Jacke hoch, dann kannst du sehen, daß das

Holster geschlossen ist. Nimm sie vorsichtig heraus, und komm ja nicht in Versuchung. Nimm bloß einen Arm dazu, leg den anderen auf den Rücken.« Er hörte sich fast freundlich an.

»Hast du mehr als eine Waffe bei dir, Gill?«

Ada reichte ihm die Pistole – sie hielt sie ganz außen am Griff. Ihre Hand zitterte heftig. Der Eunuch lächelte und steckte die Pistole vorne hinter seinen Gürtel. Dann hob er das Gewehr, wechselte den Griff – und schlug Gill den Kolben an den Hinterkopf. Es knallte, wie wenn man aus Skistiefeln an der Hauswand den Schnee herausklopft.

Ada schrie auf und sprang in drei Sätzen zum Kapitän zurück.

»Ich habe dich etwas gefragt, Gill.« Seine Stimme war immer noch leise und beängstigend wenig aggressiv.

»Nein, nichts mehr!« Die Antwort kam stoßweise, und aus den Nasenlöchern trat im Atemtakt Blut aus.

»Können wir uns darauf verlassen?« Es war mehr ein ausgesprochener Gedanke als eine Frage.

Gill nickte eifrig.

»Wie viele sind mit dir heraufgekommen?«

»Niemand«, zischte er zwischen den zusammengebissenen Zähnen hervor.

»Wir werden sehen, wir werden sehen«, sagte der Eunuch.

Und dann schoß er Gill in die linke Kniekehle. Der Schuß peitschte durch den engen Raum. Einer der Offiziere wurde panisch und begann, anhaltend und immer in der gleichen Tonlage zu heulen. Gill saß am Boden und suchte mit der rechten Hand die Konsole. Nicht ein Laut kam von ihm. Der Kapitän dagegen gurgelte und hustete – er versuchte, etwas zu sagen. Ada hob seinen Kopf. Genau das hatte offensichtlich dazu gefehlt, daß seine Stimme sich den Weg bahnen konnte.

»Maschinen stop!«

Der Eunuch reagierte augenblicklich. Er drehte sich um, ging los und stellte sich breitbeinig über den Kapitän. Er schob Ada mit dem Gewehrlauf beiseite. Dann zog er die Waffe wieder zu sich heran und preßte dem Kapitän den Lauf gegen den Mund. In der Vertiefung, die die Mündung drückte, sammelte sich Blut.

»Wer zum Teufel hat dir erlaubt zu reden!« schrie er. Ada rutschte noch weiter nach hinten und stand auf.

»Wir müssen ...« Der Kopf des Kapitäns lag wieder auf dem Boden, und er brachte nur Gurgellaute hervor. Er spuckte eine ganze Blutlache aus. Dann zog er langsam einen Ellbogen unter den Körper und drückte sich hoch.

»Wir ... kollidieren.« Sein Kopf schwankte.

»Wir sollen kollidieren, du Idiot.« Der Eunuch warf ihn wieder zu Boden – und drückte ab. Roter Nebel füllte den Raum. Und verschwand. Die Schreie aber hielten sich lange.

Zu ihrer Überraschung entdeckte Ada, daß nicht sie am lautesten schrie. Es war der Rudergänger. Ihn und einen der höheren Offiziere hatte der Schock am härtesten getroffen. Ada hätte gerne ihren Standort gewechselt, aber es war ihr nicht möglich. Es war ihr überhaupt nicht möglich, sich zu bewegen – abgesehen von einem unkontrollierten Zittern.

»Halt's Maul!« brüllte der Eunuch den Rudergänger an. »Und sollte noch irgend jemand im Zweifel sein – es gilt das Kommando ›volle Fahrt voraus‹. Und direkter Kurs auf die Königliche Yacht.«

75

Jeje sah, daß der Mann oben an Deck sich umdrehte und loslief, und er konnte nur hoffen, daß er die Mitteilung verstanden hatte. Jeje hatte niemals einen Fuß an Bord der »S/S Norway« gesetzt, aber er konnte es sich nicht anders vorstellen, als daß man die Motoren vom Maschinenraum aus stoppen – und vielleicht sogar in den Rückwärtsgang versetzen konnte.

Dann war da noch der Inhalt des Pakets. Er mußte natürlich Alarm schlagen, und unter Hochdruck hatte sein Gehirn eine Lösung gefunden, bei der er Berg alarmieren konnte, ohne sich selbst der aufziehenden Polizei auszusetzen. Er konnte an das Fährterminal fahren und Berg selbst anrufen. Aus der Telefonzelle. Gedacht, getan. Er schlängelte sich durch den harten Kern der Friedensfans und kam in offenes Fahrwasser. Als er gerade den Gashandgriff richtig aufdrehen wollte, sah er ein mit zwei Männern besetztes Ruderboot. Das Boot kam ihm irgendwie bekannt vor. Es war das Boot, das ›Dagbladet‹ ihm vor der Nase weggeschnappt hatte. Er ging längsseits.

»Amundsen?« rief er.

Der Mann an den Riemen sah Jeje an. Er hatte etwas Leidendes an sich.

»Ich habe ein Paket für Sie«, fuhr Jeje fort. Amundsen hörte auf zu rudern, der Wasserscooter kam heran. Mit der rechten Hand hielt Jeje sich am Boot fest, mit der linken überreichte er die Kassette und den Zettel.

»Das habe ich von einem Polizisten an Bord der ›S/S Norway‹ bekommen. Der Eunuch hat das Schiff übernommen. Haben Sie ein Mobiltelefon?«

Amundsen nickte. Wie gelähmt.

»Sie müssen sofort Polizeiinspektor Berg anrufen. Mit

der Videokassette können Sie meinetwegen machen, was Sie wollen. Es spricht vieles dafür, daß Sie der einzige auf der Welt sind, der von dem, was an Bord der ›Norway‹ geschehen ist, Bilder hat.«

Während Jeje sprach, hatte Amundsen das Mobiltelefon aus der Brusttasche seiner Militärweste geholt und eine Nummer gewählt. Während er darauf wartete, daß jemand abnahm, fragte er:

»Wer sind Sie?«

»Nennen Sie mich Jørgen«, sagte Jeje – und gab Vollgas. Aus dem Augenwinkel sah er, wie der Hand des ›Dagbladet‹-Fotografen eine kostbare »Nikon«-Kamera entrissen wurde.

76

Als Snikstad das Mineralwasserglas vom Tablett nahm, ergriff er die Gelegenheit, um einen kurzen Blick in den Ausschnitt der Serviererin zu werfen. Er sah ein hübsches Tal, und obwohl die Gipfel hinter Textilien verborgen waren, genügte der Anblick, um in seinem Schritt Zuckungen auszulösen. Er bedankte sich lächelnd. Und er glaubte, daß sie auf dänisch geantwortet hatte.

Er stand auf dem Achterdeck der Königlichen Yacht, aber eigentlich war er im siebten Himmel. Die Bootstour war ein phänomenaler Erfolg. Er sah, wie die Staatsoberhäupter den Ausflug genossen, wie Kinder. Sie scherzten und lachten, klopften sich auf die Schultern, tranken einander zu und aßen. Und das alles war seine Idee gewesen.

Er stellte sich mit dem Rücken zur Reling, schloß die Augen und hielt sein Gesicht in die Sonne. Seine Karriere würde einen Riesensprung machen. Botschafter Snikstad. Er ließ sich den Titel auf der Zunge zergehen. Er schmeckte gut. Die Kombination schmeckte gut. Botschafter Snikstad. In London? Oder vielleicht in Rom? London war nicht ganz unwahrscheinlich, wenn man bedachte, wie effektiv er sich für einen angemessenen Rahmen für die Unterzeichnung des Friedensvertrags für Nordirland eingesetzt hatte. Er senkte seinen Kopf wieder, öffnete die Augen – und sah John Major. Der englische Premierminister befand sich in einem angeregten Gespräch mit Königin Sonja. In ein paar Jahren stand vielleicht *er* so da. Vielleicht würde er auch eine Medaille bekommen – aus Dankbarkeit für das, was er für Großbritannien geleistet hatte. Er und Norwegen.

Er sah die »Norway«. Sie war jetzt nah. Nah und riesenhaft. Ihr schlanker Bug erhob sich wie ein Gebirge aus dem Wasser. Um ihn herum rauschte es. Snikstad registrierte ein unangenehmes Gefühl im Magen. Fuhr sie nicht reichlich schnell? Er trat von der Reling zurück. Auch andere starrten auf die riesige, scharfe Stahlkante, die sich von Süden her näherte. An Bord war es auffallend ruhig geworden. Fast jegliches Gelächter und Stimmengewirr war verschwunden. Dann plötzlich ein Krachen. Er wandte sich in Richtung des Geräusches. Die Serviererin mit den schönen Brüsten hatte ihr Tablett fallenlassen. Farbenfrohe Drinks ergossen sich über das blankgescheuerte Teakholzdeck. Sie starrte auf die zerbrochenen Gläser, dann hob sie ihr Gesicht, sah die ›Norway‹ – und schrie.

77

»Auf dieses Treffen habe ich mich wirklich gefreut, Gill!« Der Eunuch stand neben ihm, den Rücken in Fahrtrichtung. Er lehnte sich gegen die Konsole, an der Gill vergeblich versucht hatte, sich festzuhalten. Der Mann des Präsidenten lag in Seitenlage auf dem Boden. Ganz ruhig.

Ansonsten war das Tableau auf der Brücke unverändert. Ada stand versteinert zwei Schritte hinter dem toten Kapitän – die Offiziere waren auf dem anderen Flügel der Brücke aufgereiht wie Wattestäbchen.

»Sieh mal einer an, da habe ich jahrelang gesucht und geforscht und geglaubt, du versteckst dich. Und dabei warst du so sichtbar wie sonst etwas. Ich habe mich in dir geirrt, Gill. Du bist ja ein ganz Harter.«

Er trat in das Bündel, das vor seinen Füßen lag.

»Hol dich der Teufel!« Gill spuckte die Worte aus.

»Der Teufel? Ja, der hat mich besucht, hat mich aber nicht mitgenommen. Ich hab es wie die Ziege aus einem norwegischen Märchen gemacht, die dem Troll einen fetteren Braten als sich selbst verspricht. Ich habe dem Teufel Sergeant Buchanan gegeben.«

»Arschloch!« kam es vom Boden.

Er zielte mit dem Gewehr auf Gills anderes Knie. Sofort fing der Rudergänger an zu schreien. Er drückte ab. Das Gewehr klickte. Mit einem Fluch warf er das Gewehr in Richtung des toten Kapitäns, dann zog er die Pistole.

Es knallte, und ein verzweifelter Schmerzensschrei erfüllte die Brücke. Gill übertönte den Rudergänger. Alle Echos klangen aus, und abgesehen von dem gedämpften Schluchzen des Rudergängers war es vollkommen still auf der Brücke.

»Bevor du sterben darfst, Gill, und den Teufel treffen, wirst du mir die Namen der anderen sagen. An dem Abend war es so dunkel, daß ich nicht sehen konnte, wen ich zu Besuch hatte.«

Stille.

»Ich warte, Gill.«

»Sag es!« schrie der Rudergänger. Sein Gesicht war angstverzerrt.

Der Eunuch schoß Gill in den rechten Ellbogen. Seine Augen verdrehten sich, und er fiel zusammen, bewußtlos. Der Eunuch sprach weiter.

»Den Sergeanten kannst du vergessen, denn er hat sich nicht versteckt. Wir sind quitt. Wußtest du das, Gill?« Er trat auf das Bündel ein, bis es anfing zu winseln.

»Hast du gehört? Der Sergeant ist tot! Und willst du wissen, wie er gestorben ist?«

Wieder Stille. Vom Rudergänger kam ein jammervolles Wimmern.

»Ich höre nicht, was du sagst, Gill. Und wenn ich es richtig sehe, sagst du überhaupt nichts.«

Der Eunuch schoß Gill in den anderen Ellbogen. Das Bündel zuckte. »Verdammt noch mal, hör auf!« schrie einer der Offiziere – der Eunuch schoß ihm ins Bein.

Der Rudergänger schlug die Hände vors Gesicht und begann wild auf- und abzuspringen, während er ein durchdringendes Geheul ausstieß. Noch bevor der Eunuch dadurch irritiert werden konnte, legte ein Offizier einen kräftigen Arm um den Hals des Rudergängers und stoppte das Heulen. Der holte tief Luft und setzte seine Arbeit fort.

»Soll ich dir sagen, wie er gestorben ist?« Der Eunuch ging in die Hocke und steckte Gill den Pistolenlauf in den Mund.

»Ich habe jahrelang davon geträumt, dir die gleiche

Behandlung zukommen zu lassen, Gill – aber weißt du was? Ich glaube, ich schaff es nicht.«

Gill stieß ein Röcheln aus, und der Eunuch drehte sein Gesicht nach oben – mit dem Schuh.

»Wenn man kleinlich sein will, dann war es gar nicht ich, der den Sergeanten getötet hat, sondern ein paar süße, kleine Mäuse. Er hat mich geradezu darum angefleht, Schluß zu machen, aber ich fand das nicht richtig, solange die Mäuse noch zu tun hatten.«

Der Bericht des Eunuchen verbreitete eine bizarre Märchenstundenstimmung, bei der nur der Erzähler lebendig war. Die Offiziere standen wie Zinnsoldaten da und umringten ihren Verwundeten, Gill lag da wie ein Stück Schlachtvieh, Kapitän Sørensen war unwiderruflich tot, und Ada zitterte vor Schock – während sie langsam eine Schrotpatrone aus der Hosentasche beförderte.

»Nein, die Mäuse haben Buchanan umgebracht. Allerdings habe ich ihnen auf den Weg geholfen. Und ich war es auch, der gelesen hatte, daß der Vietkong die Mäusefolter mit Erfolg eingesetzt hat. Die Mäuse haben gute Arbeit geleistet. Ich habe ihn auf dem Boden gekreuzigt. Für die Mäuse habe ich einen Trichter benutzt. Den habe ich ihm in den Mund gesteckt und dann mit Mäusen und Cola aufgefüllt. Er schluckte die Cola, und mit jedem Schluck eine Maus. Mit zehn, zwölf Stück habe ich ihn gefüttert. Die meisten sind wohlbehalten in seinem Magen angekommen – und haben angefangen, sich herauszunagen. Süße, kleine ... *was zum Teufel ist das!?«*

Ada hatte es vor dem Eunuchen bemerkt. Ein schwaches Beben an Deck. Sie kannte es. Es bedeutete, daß die »S/S Norway« an Fahrt verlor. Auch die Offiziere hatten bemerkt, daß das Schiff nicht mehr angetrieben wurde. Zwei von ihnen hatten neue Entschlossenheit im Blick. Sie starrten abwechselnd auf den Eunuchen und die

Königliche Yacht, die quer zum Kurs der »Norway« verankert lag – in unbehaglicher Nähe.

Zweifellos wußte der Rudergänger, daß das, wozu er sich entschlossen hatte, seine letzte Tat sein würde. Trotzdem tat er es – er legte den Kurs hart nach Backbord.

Das Manöver brachte alle aufrecht Stehenden – inklusive des Eunuchen – aus der Balance. Und ein paar chaotische Sekunden lang hatten alle genug damit zu tun, die Balance wiederzugewinnen. Ada aber gelang es zusätzlich, mit dem Fuß das Gewehr zu sich heranzuziehen.

Der Eunuch fand wieder an der Konsole Halt, hob die Pistole und erschoß den Rudergänger. Der sterbende Held stürzte hintüber und landete mit einem weichen Klatschen auf dem Rücken. Der höhere Offizier, der zu einem früheren Zeitpunkt der Kaperung Probleme gehabt hatte, war einer von denen mit neuer Entschlossenheit im Blick. Er zog ein Fahrtenmesser und lief mit Gebrüll auf den Eunuchen zu. Ein Schuß ertönte, die Beine brachen unter dem Mann weg – aber er fiel nicht. Er schwankte bloß, erhob sich wieder und setzte seinen Lauf gegen den Eunuchen fort. Der schoß ein zweites Mal. Der Offizier starb mit dem zum Stoß erhobenen Messer in der Hand.

Ob der Eunuch den dritten Schuß hörte, ist zweifelhaft. Diejenigen, die es erlebt – und überlebt haben, behaupten, daß man den Schuß, der einen selbst trifft, nicht hört.

Es war Ada Sokne, die den dritten Schuß abgab, und die Schrotladung traf den Eunuchen direkt in den Rücken. Im Fallen drehte er sich um und starrte Ada mit aufgerissenen Augen an. Dann fiel er vornüber, auf Ada zu – und starb, ohne einen Laut.

78

Der Major hatte die Ereignisse am Fernsehschirm verfolgt. Er war zu unbedeutend, um für eine Bootstour auf dem Oslofjord bevollmächtigt zu werden. Selbst als Sicherheitschef. Aber für ihn war es spannend genug gewesen – in seinem Zimmer im »Oslo Plaza«.

Mit einem tiefen Seufzer nahm er die Fernbedienung und schaltete den Fernseher aus. Er stand auf, ließ die Hosenträger herunter und streckte sich, um die Steifheit aus dem Körper zu vertreiben. Dann knöpfte er die Manschetten seines Hemdes auf und holte seinen Smoking aus dem Garderobenschrank. Er legte ihn aufs Bett.

Als die »S/S Norway« abgebremst und vom Kollisionskurs mit der Königlichen Yacht abgeschwenkt hatte, war ihm klargeworden, daß er die beste Marionette verloren hatte, die er jemals gehabt hatte. Der Eunuch war einzigartig gewesen, und er hatte ihm gehört. Er war sein Produkt, sein Mann.

Er leerte das Bierglas und wischte sich den Bart ab.

Der Eunuch war ein Experiment gewesen. Es war ihm gelungen, bei ihm einen Haß zu provozieren, der jenseits des Hasses lag, den ein Mensch normalerweise aufbringen kann. Und es hatte ihn nicht mehr gekostet als ein Flugticket in die USA und die Koordination des Überfalls, der den Haß ausgelöst hatte – und der den Treibstoff zum weiteren Hassen darstellte. Jahr für Jahr. Der Schwulenhaß von Sergeant Buchanan war leicht anzustacheln gewesen; die Motivation von Anfang an vorhanden. Er hatte nur noch den zündenden Funken gegeben.

Herrgott, sie hätten ihn beinahe umgebracht.

Er hatte die Hände in die Hüften gestemmt und sah durch das Hotelfenster hinaus. Dort draußen war alles hübsch und friedlich.

Erst *jetzt* war er tot. Der Eunuch.

Ian Kellogh.

Er sprach den Namen laut und tief bewegt aus.

Und er war nicht vergebens gestorben. Niemand, der für die »Sache« starb, starb vergebens.

Der Kampf würde weitergehen. Der Major würde weitermachen. Er hatte noch mehr Marionetten auf Lager. Vielleicht nicht vom selben Kaliber wie der Eunuch.

»Du warst *einzigartig,* Ian«, flüsterte er.

Ein würdiger Gegner für einen Friedensvertrag.

Der Major zündete seine Pfeife an und begann sich umzuziehen.

79

Für die Menschen auf der Brücke – soweit sie noch lebten – war es, als begänne ein neuer Tag. Indem der Widerhall des letzten Schusses verklang, verbreitete sich eine sanfte Morgenstimmung. Mit gedämpfter Stimme verteilten die Offiziere die Aufgaben, Ada weinte still vor sich hin – und Gills Wimmern war kaum zu hören.

Der Betrieb auf der Brücke wirkte bis zur Komik beherrscht. Immerhin lagen Tote und Verletzte auf dem Boden verteilt. Ada dachte, daß vielleicht mit ihrem Gehör etwas nicht in Ordnung war – daß der Raum in Wirklichkeit ein Meer von Mißklängen war. Sie sah mehr, als daß sie hörte, wie ein Offizier ins Mikrophon sprach. Kurze Zeit später füllte sich die Brücke mit Leuten. Und unter ihnen war Noker.

Sie blieben einen Augenblick stehen und sahen sich an. Dann war er bei ihr. Sie umarmten sich. Fest. Noker führte sie beiseite. Sie vergrub ihr Gesicht in seiner

Jacke, er strich ihr über das Haar – und so standen sie lange da.

Über Adas Schulter hinweg sah Noker einen Schwarm von Booten, die die Königliche Yacht umkreisten. Darunter viele Polizeiboote. Ein Hubschrauber hing niedrig über der See hinter der »Norge«. Sein Blick wurde von einem schnellen Kielwasserstreifen abgelenkt, der sich schlank und kräftig von der Yacht direkt auf die »S/S Norway« zu abzeichnete. Es war das kleine Speedboot. Es fuhr direkt unterhalb von ihm vorbei. Er versuchte, das Gesicht des Mannes – des Retters – zu sehen. Doch es ging zu schnell.

Aber dort saßen ja zwei auf dem Gefährt. Eine Frau klammerte sich wie ein Motorradpassagier an den Fahrer. Und zwischen den Beinen des Mannes sah er etwas Weißes, das sich bewegte. Dann verschwanden sie hinter dem Bug. Er schüttelte den Kopf, und nach einer Weile sah er sie wieder. Als kleinen Punkt in der Ferne. Sie rasten auf Drøbak zu, daß die Gischt nur so stob.

Javier Marías im dtv

»Bisweilen erweist sich das wahre Wissen als bedeutungslos, und dann kann man es erfinden.«

Javier Marías

Mein Herz so weiß

Roman · dtv 12507

Eine junge Frau erhebt sich vom Tisch, geht ins Bad, knöpft sich die Bluse auf und erschießt sich. Vierzig Jahre später beschäftigt sich ihr Neffe mit der Tragödie. Er ist Dolmetscher und leidet an einer »déformation professionelle«, die ihn dazu zwingt, jedes Detail zu registrieren und zu interpretieren: die scheinbar unbedeutenden Dinge seines eigenen Ehelebens, aber auch jene Details, die ihm nach und nach mehr über die Ereignisse vor seiner Geburt verraten, als ihm lieb ist...

Alle Seelen

Roman · dtv 12575

Ein junger Spanier kommt als Gastdozent nach Oxford, einer Stadt wie »konserviert in Sirup«. Er beginnt eine Affäre mit der verheirateten Dozentin Clare, in deren Blicken er bei einem grausig-grotesken Dinner seine eigene Kindheit wiederfindet. – Immer enger verknüpft Marías die Erzählfäden, immer rascher treibt er seine suggestive Sprache einem dramatischen Finale zu, in dem Clare in der letzten gemeinsamen Nacht ihr Geheimnis enthüllt...

»... ich glaube, das ist einer der größten im Augenblick lebenden Schriftsteller der Welt.«

Marcel Reich-Ranicki

»Im Beschreiben des Begehrens und der Erwartung ist Javier Marías Meister.«

Verena Auffermann in der ›Süddeutschen Zeitung‹

Milan Kundera im dtv

»Kunderas Werk ist die Comédie humaine
des 20. Jahrhunderts.«
Kvéstolav Chvatík

Abschiedswalzer
Roman · dtv 12429

In einem Kurort von angejahrtem Charme umarmen sich acht Personen im Rhythmus eines Walzers, der immer schneller wird... Ein »Sommernachtstraum«, ein »schwarzes Vaudeville«. Die ernsthaftesten Fragen werden hier mit einer Leichtigkeit gestellt, die uns begreifen läßt, daß uns die moderne Welt selbst um das Recht auf das Tragische gebracht hat.

Der Scherz
Roman · dtv 12521

Mit einer Postkarte, die als Scherz gedacht war, stürzt der Student Ludvik sich ins Unglück. Er wird von der Universität relegiert und mit einem Strafbataillon in die Kohlegruben geschickt... Vordergründig eine ČSSR-Satire, eigentlich ein Buch über »die grundlegende Problematik des Individuums, das... doch nur Spielball ist«. Kunderas erster Roman »hat die zeitlose Selbstverständlichkeit des Klassikers«. (Frankfurter Allgemeine Zeitung)

Die unerträgliche Leichtigkeit des Seins
Roman · dtv 25040

Die Geschichte von Tomas und Teresa, eines der glaubhaftesten Liebespaare der modernen Literatur. Ein Roman vor dem Hintergrund des Prager Frühlings; ein politischer Roman, der die Moral der Ideologie an den Menschen mißt; ein tragischer Roman, der mit den Mitteln der wilden Komik und der Groteske argumentiert – kurz: ein Roman, der die Ungereimtheiten Europas über alle Grenzen hinweg mit seinem Gelächter, seinem Zorn und seiner Liebe verfolgt.